CB046059

PROVA FATAL

ROBERT HEILBRUN

PROVA FATAL

Tradução
Flávia Carneiro Anderson

**BB
BERTRAND BRASIL**

Copyright © 2003 *by* Robert Heilbrun
Título original: *Offer of Proof*

Capa: Raul Fernandes

Editoração: DFL

2005
Impresso no Brasil
Printed in Brazil

CIP-Brasil. Catalogação-na-fonte
Sindicato Nacional dos Editores de Livros, RJ

H376p	Heilbrun, Robert, 1957-
	    Prova fatal/Robert Heilbrun; tradução de Flávia Carneiro Anderson. – Rio de Janeiro: Bertrand Brasil, 2005.
	    308p.
	
	    Tradução de: Offer of proof
	    ISBN 85-286-1139-6
	
	    1. Romance americano. I. Anderson, Flávia Carneiro. II. Título.

05-2150	CDD – 813 CDU – 821.111(73)-3

Todos os direitos reservados pela:
EDITORA BERTRAND BRASIL LTDA.
Rua Argentina, 171 – 1ª andar – São Cristóvão
20921-380 – Rio de Janeiro – RJ
Tel.: (0xx21) 2585-2070 – Fax: (0xx21) 2585-2087

Não é permitida a reprodução total ou parcial desta obra, por quaisquer meios, sem a prévia autorização por escrito da Editora.

Atendemos pelo Reembolso Postal.

Para Laura

CAPÍTULO 1

SUPONHA QUE TUDO COMECE A DAR ERRADO em sua vida, que você esteja atravessando uma maré de azar e seja detido para averiguação, preso e levado sob custódia por um motivo qualquer aqui em Manhattan. Vai sumir de vista, simplesmente desaparecer. Passará pelo sistema, primeiro pela delegacia, onde vão tirar suas impressões digitais e obter o que chamam de informações sobre seu "pedigree" — o que dá a impressão de que você foi criado em cativeiro e está à venda, mas na verdade refere-se apenas a seu nome, endereço e data de nascimento —, depois passará pela Central de Registros, que enviará suas impressões digitais a Albany para verificação de seus antecedentes criminais. Por fim, você irá a juízo.

Quando se achar em uma cela nos fundos do tribunal, depois de esperar um dia ou dois em um xadrez imundo e encardido, de paredes azulejadas, tal como os banheiros antigos, dividindo alguns poucos metros quadrados com muitos outros indivíduos de aparência desesperada, pode ser que tenha a satisfação de saber que o advogado nomeado para defendê-lo sou eu, Arch Gold, do expediente noturno. Não vai se perguntar por que um jovem que poderia estar trabalhando em uma grande firma de advocacia, ganhando em um mês o que recebe por ano como defensor público, faz esse trabalho sujo. Não vai se perguntar: será que ele não tem nada melhor para fazer num sábado à noite? Vai ficar muito feliz em me ver, já que meu rosto simpático e minha evidente vontade de ajudá-lo, quaisquer que sejam seus supostos pecados, farão com que se sinta melhor e cheio de esperança.

Peguei o processo que estava no topo da pilha que o serventuário acabara de jogar na cesta de arame, sobre a mesa do advogado de defesa. No início de minha carreira como defensor público, costumava dar uma olhada nos processos e selecionar aqueles que me chamavam a atenção, esperando secretamente que meu expediente terminasse antes que eu chegasse a um processo particularmente desagradável que deixara no fundo da cesta. Já não faço isso. Depois de dez anos neste trabalho, simplesmente pego os processos na ordem em que aparecem. Com o tipo de trabalho que tenho não posso me dar ao luxo de escolher.

Olhei para o nome no primeiro processo: "Kathy Dupont".

Quando você é preso, o seu advogado recebe três documentos que serão utilizados em sua defesa perante o juiz na leitura do libelo: a queixa-crime, que tem como propósito expor exatamente quais leis foram infringidas e de que forma, tudo no afetado jargão jurídico; a folha de antecedentes, que se baseia em suas impressões digitais e permite a todos conhecer sua vida pregressa, não importando que nome possa ter adotado desta vez; e, por fim, uma piada: a ficha da AJC. Esse terceiro documento é preenchido por um burocrata profissional de um lugar chamado Agência de Justiça Criminal — um banco de dados com informações policiais —, a quem se espera que você informe endereço, pretensa ocupação ou ausência dela, e suposta pessoa para contato, de maneira que o juiz possa decidir se você possui suficientes "laços comunitários" para correr o risco de libertá-lo, ou de fixar uma fiança que tenha condições de pagar.

Chequei a folha de antecedentes de Kathy Dupont. Vinte e oito anos. Reincidente. Tinha um caso em aberto por lesão corporal, semelhante ao atual. A nova queixa dizia que ela havia esfaqueado um sujeito chamado James Johnson, no cruzamento da rua Cinqüenta e Dois com a Nona Avenida, às 4h45 da madrugada. Na ficha da AJC constava que era dançarina. Provavelmente não do corpo de baile de Nova York.

O caso de Kathy Dupont era um tanto curioso, já que a pessoa de contato relacionada na ficha da AJC era James Johnson, o mesmo indivíduo que a queixa afirmava ter sido esfaqueado nas nádegas por ela. Parecia ser um relacionamento complexo.

Caminhei de volta ao xadrez, ao parlatório das detentas, e chamei Kathy Dupont. Através das grades de aço nos fundos era possível ver a cela das prisioneiras. Você provavelmente nunca esteve em uma cadeia, nem mesmo por um ou dois dias, encarcerado nos fundos de uma sala de audiência, em uma cela de seis metros quadrados. Naquele momento, cerca de vinte e cinco mulheres estavam detidas, algumas sentadas em bancos, outras desacordadas no chão ou curvadas em posição fetal, esperando para ver o juiz. Quase todas eram prostitutas, ladras e viciadas. Com elas ficava também uma ou outra detida por agressão, geralmente em legítima defesa contra algum sujeito que buscava o que não podia ter. A ameaça de violência não pairava no ar aqui, como ocorria na cadeia masculina.

— Kathy Dupont — gritei novamente. Uma das jovens que dormiam no chão adquiriu vida. Vestia uma minissaia sobre um collant negro decotado, meia-calça e legging de tricô roxo. As botas estavam a seu lado, no chão. Na ponta dos pezinhos perfeitos, caminhou por entre os vários corpos adormecidos até chegar ao parlatório.

Os olhos grandes, escuros e tristes, as maçãs do rosto salientes, os longos cabelos castanhos, e o corpo que parecia ter tudo exatamente no lugar a tornavam extremamente atraente.

— Cigarro?

— Quanta gentileza!

Falava com o sotaque arrastado do Sul. Passei-lhe o cigarro através das grades. Eu não fumo, mas descobri que o cigarro com freqüência facilita as discussões difíceis que são inevitavelmente cruciais em meu trabalho. Por algum motivo, os presos tendem a fumar muito mais do que a população em geral. Há provavelmente um milhão de razões para tanto, nenhuma delas boa. Ela pousou o cigarro nos lábios e inclinou-se para a frente, os olhos grandes analisando-me enquanto eu o acendia através das grades.

— O senhor é meu advogado, fofo?

Recostou-se na cadeira e deu uma tragada profunda.

— Sou, sou seu advogado. Meu nome é Arch Gold. Quem é James Johnson?

— Um ex-namorado babaca.

— Ele a tem incomodado?

— Tem. O cara tem obsessão por mim. Não me deixa em paz. Aparece nas minhas apresentações e me segue por todo lado. Desta vez ele estava me enchendo o saco depois do show.

— Onde o esfaqueou?

— No traseiro.

— Por que no traseiro, srta. Dupont? — perguntei, sério. Por um momento, ela deixou transparecer certa ira.

— Porque se eu não tivesse dado uma facada ali, teria matado o bunda-mole. Simplesmente por isso. A gente estava na rua. Ele agarrou e torceu o meu braço, e cuspiu no meu rosto. Tudo porque eu disse pra ele me deixar em paz. Aí ele saiu andando como se eu nunca pudesse fazer nada contra ele. Tem sorte de só ter levado umas espetadas, o babaca. Aposto que nem precisou levar pontos.

— Como a prenderam?

— Ele deve ter prestado queixa na delegacia. Os tiras quase pediram desculpas, mas me prenderam.

— Estranho, está sendo acusada de crime doloso aqui.

— Grande coisa. Ele vai retirar a queixa. Não quer me ver na cadeia, quer que eu fique lá fora, onde pode... — A frase foi esvaecendo.

Soltou um longo suspiro e meneou a cabeça. Parecia um pouco resignada demais com tudo aquilo.

— E este outro caso? — Dei uma rápida olhada na folha de antecedentes criminais. — Parece que foi expedido um mandado de prisão em seu nome, porque a senhorita não compareceu à segunda audiência. Pois bem, isso pode complicar a sua situação hoje. É possível que o juiz não a deixe sair sem pagar fiança. Deixe-me adivinhar. O sr. James Johnson é o autor desta ação também, e a senhorita pensou que ele tinha retirado a queixa e que não precisaria voltar. Não foi isso?

— Meu bem, só me tira daqui hoje mesmo. Isto aqui não é meu lugar não.

— Em que trabalha?

— Danço em uma boate. Não faço striptease, apenas danço. Mas ganho uma boa grana. É só por isso que trabalho nesse ramo. Não uso drogas. Não transo com os clientes.

— Quanto ganha por semana?

— Que diferença faz?

— A senhorita pode não ter direito a um defensor público. Deve ganhar muito mais por ano do que eu.

Ela revirou os olhos para cima.

— Eu não preciso de um advogado particular. O senhor mesmo serve.

Não discuti. Se o caso tivesse continuidade, o que eu duvidava muito, em algum momento um juiz iria mandá-la contratar um advogado particular.

— De onde é?

— Da Carolina do Sul. Moça do interior ganha concurso de beleza, vai pra cidade grande, no Norte, em busca de fama e fortuna.

Ela pronunciou fortuna como se a grafia fosse "furrrtuna".

Agi como um típico advogado por alguns instantes. Eu poderia ficar ali sentado a noite toda, conversando com ela. Mas tinha muito trabalho pela frente, e a maioria das pessoas encarceradas tem problemas muito piores do que esse.

— Srta. Dupont, acho que o juiz deve liberá-la sem que tenha de pagar fiança, mas não posso garantir nada, porque a senhorita não compareceu à audiência do outro processo. Então, se por acaso o juiz fixar um valor mínimo de fiança, tem como pagar? Uns quinhentos dólares? Ou então pode ser que tenha de ficar aqui por mais algum tempo. Em seis dias, se o seu ex-namorado, o babaca, não vier depor contra a senhorita na audiência de inquérito, vão soltá-la.

— Meu bem, se me tirar daqui, vai se tornar meu novo melhor amigo.

Saí da penitenciária rapidamente, tentando não imaginar o que significaria ser o novo melhor amigo de Kathy Dupont.

De volta ao tribunal, peguei o processo seguinte. Joe, um dos meirinhos da sala de audiência — conhecido meu de longa data, era um dos que passavam o dia lá dentro, com a camisa engomada e a gravata negra de encaixar e, é claro, o revólver no coldre, para ter certeza de que nada fugiria do controle —, puxou conversa comigo.

— E aí, você deve ter ouvido falar do rapaz que atirou na jovem em Chelsea. Eu assisti a tudo no noticiário das seis. O cara está ferrado. Esse caso vai repercutir muito. Viu só a foto da boazuda na TV? Executiva de Wall Street. É uma pena. Tudo por causa de uns trocados. O rapaz vai se dar muito mal. E vão acabar pressionando o Leventhal neste caso. Só quero ver se o governador vai interferir e mandar matar o delinqüente.

Joe sabia o que todos ali sabiam: que Leventhal, o ilustre velhinho de oitenta e um anos que ainda comandava a promotoria, nunca havia pedido a aplicação da pena capital em um caso, e jamais o faria. Mesmo assim, o astuto promotor-chefe dava a entender que cada novo homicídio era cuidadosamente avaliado, e que o caso em que a pena capital se aplicaria ainda estaria por vir. Tudo para amansar o governador, que já havia afastado um promotor público do Bronx da investigação do homicídio, amplamente noticiado, de um policial só porque o promotor informara que sob nenhuma circunstância pediria a pena de morte. Aqui em Manhattan, qualquer pessoa que tenha visto o velhinho explicar calmamente, longe das câmeras, que não acreditava que o Estado deveria assumir a posição de vingador, sabia que, para ele, o caso apropriado jamais surgiria.

Contudo, todos os promotores-assistentes mais antigos, encarregados de investigar homicídios, fingiam, até o término do prazo legal, cento e vinte dias após a leitura do libelo, que ainda havia possibilidade de Leventhal pedir a pena de morte. A lealdade deles era comovente. Até agora, o governador havia evitado confrontos.

Joe inclinou a cabeça em direção à meia dúzia de repórteres sentados na primeira fila. Eu sabia quem eram e como se chamavam, mas somente porque já os vira em ação, trocara idéias com eles em algumas ocasiões e lera seus artigos. Eu nunca havia sido entrevistado oficialmente. Mas isso estava a ponto de mudar. Olhei para o processo seguinte. Era o do rapaz.

CAPÍTULO 2

"O POVO do Estado de Nova York contra Damon Tucker."

Isso era o que estava escrito na petição, o documento rosa oficial que estava no arquivo, aberto sobre a mesa de aço, na cela que ficava nos fundos do tribunal, onde eu estava interrogando Damon. O Povo sempre estivera contra Damon, pelo que pude constatar. Segundo a ficha da AJC, ele morava com a mãe nos arredores de Nova York, na esquina da 132 com a avenida Lenox. A sra. Tucker era auxiliar de enfermagem do Hospital do Harlem. Damon trabalhava em uma locadora de vídeo no West Side e era estudante universitário. Em sua folha de antecedentes constava uma confissão de culpa por agressão, um delito leve, quando tinha catorze anos. Foi considerado "delinqüente juvenil", então tecnicamente não tinha antecedentes criminais, mas, de qualquer forma, esse não era um bom começo. Já havia sido preso quatro vezes desde o caso de agressão, duas por saltar a catraca do metrô, e duas por furtos simples.

Nunca havia efetivamente cumprido pena, mas o "Povo do Estado de Nova York" vinha tendo muitos problemas com Damon. Agora afirmava que ele havia roubado e assassinado uma mulher chamada Charlotte King, em Chelsea.

— Como está, Damon, tudo bem?

Os olhos de Damon revelaram o quão assustado estava por trás de sua corajosa tentativa de deixar transparecer uma frieza impassível. Era um rapaz negro, enorme, musculoso e boa-pinta. Precisava de um médico. Tinha cortes e hematomas à altura do olho esquerdo.

— Por que me prenderam aqui? Eu não roubei mulher nenhuma.

Já estou neste trabalho há tempo demais para dar maior importância às alegações de inocência de meus clientes. Tirei uma barata da mesa de aço com um peteleco.

— Como o prenderam?

Damon olhou-me através das grades, apavorado, tentando decidir de que lado eu estava. Pela primeira vez em sua vida, ia fazer diferença exatamente que tipo de advogado o defenderia, e ele tinha consciência disso.

— A minha mãe contratou o senhor?

— Não, sou defensor público. Eu não conversei com a sua mãe. Acha que ela está lá fora?

— Não, ela está trabalhando.

Não fazia mesmo diferença. Damon permaneceria preso, sem possibilidade de pagar fiança, não importando quem viesse visitá-lo.

— Doutor, a gente tem de deixar as coisas claras desde já. Eu não cometi esse crime. Não assaltei e muito menos matei uma vadia branquela. Eu não vou confessar nada. Nunca. Só estava correndo na calçada, indo do trabalho pro metrô, escutando o meu walkman, como eu sempre faço, quando aqueles dois tiras me pararam a troco de nada. Foram dando porrada. Jogaram o meu walkman no esgoto. Os tiras colocaram isso no boletim?

— Damon, eu ainda não tive acesso ao boletim de ocorrência.

— Como é que pode? Que tipo de advogado não tem o boletim dos tiras? O senhor não está tentando me defender. Que se dane!

Não respondi. Não valia a pena entrar nessa discussão com ele. A maioria de meus clientes não acreditava que em Nova York o defensor público só recebia o relatório policial no dia do julgamento. Não acreditava que havia essa história de esconder o jogo entre a promotoria e o defensor. Só quando o acusado decidia levar o caso aos últimos limites conseguia descobrir os fatos, com freqüência muito depois de haver recusado seja lá qual fosse a proposta que lhe tivesse feito no início o promotor, que, por sua vez, se preocupava muito mais em diminuir a quantidade de trabalho e em encaminhar rapidamente os processos do que em fazer valer a justiça.

Menos de três por cento de todos os crimes de natureza grave na cidade de Nova York chegam ao Tribunal do Júri. O sistema funciona direcionado para a admissão de culpa, o que é compreensível, uma vez que quase todos os acusados são realmente culpados. Ainda assim, se cada acusado exercesse seu direito constitucional de ser julgado no Tribunal do Júri, todo o sistema congelaria, tal como a tubulação de uma casa sem aquecedor no inverno.

— Depois que aqueles policiais o pegaram, e jogaram o seu walkman no esgoto, o que aconteceu?

— Eles me meteram numa viatura e me levaram pro lugar onde a mulher branca estava deitada, em cima da maca, na calçada.

— E ficava longe?

— A uns dois quarteirões.

— Estava algemado quando ela o viu?

— Claro, porra. As algemas estavam superapertadas. Olha aqui as marcas. — Levantou as mãos e mostrou-me as feridas nos pulsos, feridas que qualquer policial afirmaria serem o resultado de uma tentativa de fuga ou de desobediência no percurso.

— E ela o reconheceu?

— Como assim, cara? Se ela me reconheceu? Claro que não, porra. A vaca começou a estrebuchar, aí acho que morreu. Eu nunca tinha visto aquela mulher antes!

O rosto dele se contorceu amargamente.

— É isso aí, aquela mulher, depois de ser assaltada, descreveu alguém pros tiras. Aí eles me pegaram. E aposto que sei qual foi a descrição.

Interrompi-o:

— Negro. Casaco negro.

— Doutor, então só porque sou negro e tenho um casaco preto, como todo outro cara negro nesta cidade, significa que cometi esse crime? Ô caramba!

Cuspiu as últimas palavras como se fossem projéteis.

— O senhor acha que sou tão burro pra roubar uma mulher a dois quarteirões do meu trabalho?

Não respondi. Os anos de experiência ensinaram-me que a resposta do júri à pergunta: "Acham realmente que meu cliente seria estúpido o bastante para...", era geralmente um rotundo: "Sim", fosse qual fosse o grau de estupidez demonstrado. A alegação "estúpido a ponto de" não funcionava. Mas guardei esses pensamentos para mim mesmo.

— Conte mais. Quando o prenderam, o que tinha?

Damon fez uma expressão de desgosto.

— Não é por aí, cara. Eu tinha cento e oitenta dólares no bolso da calça, e mais a fortuna de treze paus na carteira. Os cento e oitenta estavam separados. Estava indo comprar um presente pra minha mãe, um aparelho de DVD, é a pura verdade. E tinha deixado aquela grana separada porque sabia exatamente quanto o aparelho de DVD custava na Mundo Eletrônico, e era pra lá que eu estava indo quando me prenderam.

— De que marca era o aparelho?

— Que é isso? Um teste-surpresa? Era da Sony, está bom?

— E depois que tirou os cento e oitenta da carteira restaram então os treze?

— Cara, não está *tentando* me ajudar, não é mesmo? — Fez uma pausa, tentando se controlar. — Recebi meu pagamento ontem. Troquei o cheque na loja de vídeo onde trabalho. Ganho cento e oitenta por semana, o senhor pode *checar* essa porra toda.

O rapaz, sem dúvida, tinha uma resposta para tudo. Mas não senti que fosse bravata, sensação que eu sempre tinha quando escutava a primeira história rebuscada desses clientes — bastante numerosos — que se sentiam obrigados a mentir para seus advogados.

Sempre evito tirar conclusões precipitadas. Algumas das histórias de meus clientes são previsíveis, e a verdade, geralmente uma confissão. Umas são verdadeiras, ainda que totalmente inacreditáveis, e outras, perfeitamente plausíveis, são mentiras. Pelo menos nada do que Damon dissera até o momento se encaixava na categoria mais comum — a explicação absurda. Eu teria de checar tudo. Mas o ponto-chave do caso, considerando o que eu sabia até o momento, era a veracidade do reconhecimento por parte da moribunda. Este não era um daqueles casos do tipo "como aconteceu", e sim "quem foi". Este era o que os advogados de defesa chamam de "caso com reconhecimento de uma única testemunha", só que neste caso a testemunha que fez o reconhecimento estava morta. E as únicas testemunhas restantes dessa identificação eram os policiais envolvidos. Eles iriam depor na audiência preliminar em breve. Damon não iria a nenhum lugar tão cedo.

Olhou-me através das grades de aço.

— E aí, e a tal mulher? Quem sabe alguém não quis matar a moça? Quem sabe ela não chifrou o namorado? Quem sabe não foram as drogas? De repente não foi um assalto. Já pensaram nisso? Vão logo achando que foi um rapaz negro. Pô, de repente não foi. Por que não checa a mina? Ou o Estado não libera grana pra esse tipo de investigação? Como o Estado só acha que, se não fui eu, foi algum outro negro desmiolado, que diferença faz?

— Damon, para ser honesto, acho que vai ser muito complicado. Aparentemente, foi um crime de rua, nada mais, nada menos: um caso de assalto que deu errado. Acho que foi o que ocorreu.

— Os advogados gratuitos são todos iguais. Espero que a minha mãe possa pagar um advogado *de verdade*.

Ignorei o comentário. Em um caso como este, mesmo o advogado particular mais barato exigiria, no mínimo, dez mil de honorários. Eu duvidava que a mãe de Damon tivesse esse dinheiro, trabalhando como auxiliar de enfermagem.

— Damon, os policiais ficaram com o seu casaco?

— O que é que o senhor acha, isso me torna culpado?

— Escute bem. Não me importa nem um pouco se cometeu ou não esse crime. Neste momento não sei nem se quero que me diga o que aconteceu. Só uma coisa me importa: quantas provas eles têm contra Damon Tucker. Deu para entender?

— Deu, entendi muito bem. Mas essa babaquice enlatada não basta pra mim. A folha de antecedentes pode funcionar pros bandidos e drogados, mas eu não sou nem um nem outro. Reconheço que tenho um certo passado, mas, se o senhor checar, é tudo bobagem, incluindo aquela acusação de agressão. Vou pra universidade de segunda a sexta, e trabalho à tarde e no fim de semana na locadora de vídeo. Como já falei, essa porra toda pode ser confirmada.

Damon estava muito bravo. Mas isso não provava nada. Muitos clientes meus ficavam zangados por terem sido pegos, não por serem inocentes. Damon obviamente era um rapaz inteligente. Inteligente o bastante para estar furioso consigo mesmo por colocar a própria vida a perder.

Uma certa porcentagem de clientes culpados acredita que a melhor maneira de lidar com o advogado gratuito é clamar cinicamente inocência até o momento da inevitável admissão de culpa. Por outro lado, uma pequena minoria realmente é acusada injustamente. No caso de Damon, ainda era impossível saber em que situação ele se encaixava.

Embora eu possa chegar às minhas próprias conclusões, a verdade é que isso realmente não faz diferença para mim. Pouco me importa se meus clientes são inocentes ou culpados. Layden, meu chefe na defensoria, que me treinou anos atrás e é o único advogado de quem eu já quis aprender algo, sempre dizia: "Se a defesa de culpados é um dilema moral para você, então está no emprego errado." É claro que uma pequena porcentagem de meus clientes cometeu crimes verdadeiramente atrozes. Mas isso não é o que ocorre com a maior parte deles. Até hoje me comovo mais com seus óbvios infortúnios do que com suas contravenções. Sei que sou a última linha de defesa com a qual podem contar, e gosto de me meter naquela pequena brecha entre o destino e as forças reunidas contra eles:

o Povo do Estado de Nova York, seja lá quem o representar, juntamente com a polícia, os promotores e juízes, aqueles que têm o poder de apontar e dizer: "O senhor fez isso, aquilo, e agora vamos mantê-lo na cadeia boa parte de sua vida." Bem, eles não podiam simplesmente apontar. Primeiro tinham de lidar com Arch Gold.

Damon estava quase chorando, mas eu sabia que ele preferiria morrer antes de me deixar vê-lo derramar lágrimas.

— Doutor, sei que não vou sair daqui hoje. Mas, escuta, preciso de um bom advogado, senão eles vão conseguir o que querem. O senhor é um bom advogado? Tem boa *aparência*. Isso deve contar pra alguma coisa. Sabe o que está fazendo?

Sorri.

— Sei sim. Damon, esta noite é só o início de uma longa luta. Vamos nos encontrar diante do juiz dentro de alguns minutos.

Fechei o minguado arquivo, saí do xadrez e voltei à sala de audiência.

CAPÍTULO 3

OS NORTE-AMERICANOS GOSTAM de audiências públicas — está lá na Constituição — "um julgamento público e rápido". Hoje, duzentos e dez anos depois que os Pais Fundadores utilizaram essa frase, é possível encontrar muitos turistas alemães na sala de audiência, sentados nas últimas fileiras, tentando absorver tudo no imenso recinto, olhando atentamente para os prisioneiros que entram e saem por uma enorme porta de aço nos fundos. Os turistas alemães procuram acompanhar o raciocínio do promotor, tentando adivinhar quais prisioneiros sairiam pela porta da frente e quais sairiam pela porta de aço dos fundos. Algum guia turístico de Nova York em alemão deve ter acrescentado um parágrafo sobre as audiências noturnas. Ultimamente, o costumeiro desfile de mães, amantes e amigos aguardando a audiência de um caso específico sentava-se ao lado desses grupos de jovens turistas deslumbrados.

Os norte-americanos costumam ir à Europa para sentar-se nos fundos de lindas igrejas antigas. Talvez esta sala de audiência decrépita fosse o melhor que pudéssemos oferecer em troca. Não era nenhuma igreja, mas as fileiras de bancos de madeira maciça e entalhada realmente lembravam as das catedrais, e o pé-direito alto, o ambiente grandioso, o juiz sentado ao estrado semelhante a um altar, bem acima de todos, com as palavras "Confiamos em Deus" gravadas na parede acima dele, realmente imbuíam o evento de certa gravidade religiosa. Lá fora, o frio estava de matar, e o vento soprava contra as janelas no alto das paredes laterais. Não havia vitrais, mas o granizo deixara desenhos incrivelmente sofisticados nas vidraças.

O lugar transmitia a sensação de abrigo, como se fosse o último local de refúgio público, aberto e aquecido, em toda a cidade. O que acontecia com os milhares de pessoas algemadas que passavam por ali — vinte e quatro horas por dia, trezentos e sessenta e cinco dias por ano —, um fluxo constante de prisões por crimes hediondos e banais, o que acontecia com elas nem sempre era justo e, com freqüência, era muito triste. Embora ilusória, a sensação de abrigo era muito grande.

Examinei o público. Dezenas de rostos negros e hispânicos me encararam, ansiosamente, das primeiras filas. Um pouco atrás, os turistas alemães absorviam tudo.

— Alguém à espera de Damon Tucker? — perguntei, próximo à divisória de madeira, a "grade" que separava o público dos participantes. — Alguém à espera de Damon Tucker?

Sempre tento conversar com membros da família ou amigos antes que meu cliente veja o juiz. Às vezes, a presença da mãe ou do chefe na audiência pode ajudar a assegurar a liberação do cliente. Em um homicídio, não havia possibilidade de isso acontecer, mas, se a mãe de Damon estivesse presente, necessitaria de algum apoio emocional e, sem dúvida alguma, teria muitas perguntas.

Ninguém respondeu. Caminhei até o espaço reservado aos advogados de defesa — somente uma mesinha com algumas cadeiras ao redor —, no qual eu podia ler, contar piadas, olhar para o vazio ou realmente acompanhar todo o maldito processo. Peguei o telefone, que o tribunal por fim concordara em providenciar alguns anos atrás, e liguei para a mãe de Damon. Ninguém atendeu. Damon estava mesmo sem sorte naquela noite.

Nesse ínterim, trouxeram Kathy Dupont do xadrez. Pouquíssimas mulheres bonitas passam pelo sistema, e as cabeças se viraram para olhá-la. Tom, o meirinho que anunciava os casos da "ponte" — o espaço entre a mesa à qual se postava o réu e o estrado ao qual se sentava o juiz —, sorriu maliciosamente para mim ao anunciar o processo em voz alta o suficiente para silenciar o burburinho da grande sala de audiência.

— Processo 98N124876. O Povo do Estado de Nova York contra Kathy Dupont. Levante-se, mantenha as mãos fora dos bolsos e olhe para a frente.

Então Kathy Dupont, a 124.876ª pessoa presa em Manhattan quando o ano já estava para terminar, caminhou rebolando em direção ao juiz, e fiquei ao seu lado. Ela agora estava usando as botas de caubói negras com pontas de prata sobre o legging roxo, com o collant preto e a minissaia.

— Renuncia à leitura, porém não aos direitos nela albergados? — entoou Tom.

— Ora renunciada — respondi.

Era assim que se iniciava toda leitura de libelo, com essa ladainha sem sentido, uma advertência a todos que pudessem ter se esquecido de que a lei ainda era um mundo arcano em si mesmo, com frases e procedimentos ultrapassados que nada significavam, e não tinham outro propósito senão intimidar os inexperientes.

— A ré está sendo acusada de lesão corporal dolosa, com base no inquérito instaurado pelo policial Paul Scarponi. Povo, afiançável?

O promotor de justiça — sujeito vestido de forma conservadora, mas de aparência simpática, um recém-formado de alguma faculdade de direito medíocre local que não conseguira um emprego bem pago no setor privado e que, tal como muitos de seus colegas, concluíra que prender pessoas era a segunda melhor coisa depois de ganhar rios de dinheiro — leu a acusação que constava no processo. Pela primeira vez, o juiz ergueu os olhos.

— Perdão — disse ele. — Onde estávamos?

Era o juiz Everett, eternamente distraído; bondoso, porém obtuso; um homem sempre atrelado aos primeiros degraus do sistema de justiça criminal, de onde tentava ocasionalmente inovar e ser original, mas conseguia apenas deixar um rastro confuso. O juiz podia mandar prender um ladrão primário por uma noite, a despeito das normas consagradas, e o fazia com um sorriso, tecendo comentários sobre como nos últimos tempos os trajes que os jovens norte-americanos roubavam eram cada vez piores. Cinco minutos depois, mandava soltar um arrombador de casas patético — pego em flagrante delito pela décima terceira vez em alguma residência de bairro luxuoso, com a possibilidade de passar muitos anos na cadeia —, por motivos que ele próprio não conseguia articular, mas que provavelmente se originavam de uma identificação inconsciente com a vida fútil do vagabundo. A maioria dos juízes assumia em algum momento postos mais altos na Suprema Corte, presidindo apenas processos por crimes de natureza grave. Só os juízes extremamente idiotas permaneciam atolados nos tribunais de primeira instância, entrando em contato com crimes graves somente durante a leitura do libelo. De modo que era nesse momento, no libelo, que os atabalhoados instintos legais do juiz Everett, quaisquer que fossem os resultados, exerciam seu maior impacto.

Pela primeira vez o juiz prestou atenção em Kathy Dupont. Quando seu olhar recaiu sobre ela, começou a corar incontrolavelmente. Será que ele a conhecia? Teria se excitado ao vê-la dançando em algum clube? Ou era aquele tipo de homem envergonhado, que ainda enrubescia, à semelhança de um adolescente na primeira festa do colégio quando se via diante de uma moça atraente?

— Um momento. Deixe-me ver — disse, deslocando a atenção de Kathy Dupont para os autos do processo. — Parece que há um mandado. Isso é um problema sério.

Achei que estava na hora de agir, embora eu devesse permanecer calado enquanto o promotor estivesse apresentando as alegações iniciais.

— Meritíssimo — disse, em um tom de voz que eu esperava ser bem significativo, um tom que pretendia transmitir um profundo entendimento entre mim e Sua Excelência, no sentido de que este era um processo insignificante, uma mera discórdia entre uma mulher linda e seu ex-namorado, que não entendia que "não" significava "não". — Meritíssimo, como Vossa Excelência pode observar, esse outro processo envolveu o mesmo autor, um certo sr. James Johnson, que algum tempo atrás teve um relacionamento com minha cliente. Como o senhor igualmente pode observar, esse processo, datado de mais de um ano, não resultou em nada. A acusação nunca conseguiu obter uma declaração oficial do sr. Johnson. Na verdade, minha cliente pensou que o processo fora arquivado. Ela tem plena consciência da necessidade de comparecer a todas as audiências.

— Dr. Gold, o senhor está ciente de que sua cliente esfaqueou esse homem nas nádegas?

Eu não fazia a menor idéia da importância que o juiz daria a esse fato específico. Será que para ele isso excluiria legítima defesa? Ou indicaria um encontro sexual pervertido? O problema com o juiz Everett, não só nesta, mas em todas as ocasiões, era que o pedido de libertação sob fiança mais direto e fácil, no qual a estratégia da defesa era óbvia até mesmo para o advogado mais incompetente, podia mudar bruscamente de rumo e entrar em território inexplorado. E a bela srta. Dupont não estava gostando nada da situação. Fez beicinho. Cruzara os braços sobre os seios fartos e começara a mover os quadris de um lado para outro — o mesmo trejeito lento que as crianças costumam adotar quando uma autoridade as irrita.

— Mantenha as mãos ao lado do corpo, fique quieta e olhe para a frente — ordenou Tom, embora lamentasse profundamente interromper o acesso de raiva em câmera lenta da jovem.

— Deus do céu! — exclamou Kathy Dupont, aborrecida, batendo a bota no chão. — Será que dá pra acabar logo com isso? Aquele infeliz nunca vai levar o processo adiante. Ele é apaixonado por mim.

— Já chega, srta. Dupont — disse o juiz. — Fiança fixada em mil dólares. Esta jovem deve aprender a respeitar o sistema judiciário. E o caráter sagrado da região glútea de um homem. Ah, e estou emitindo uma medida cautelar. Jovem, mantenha-se longe desse homem. Qualquer contato com ele e a pena será de trinta dias.

O promotor mal abrira a boca e aquele que era meu primeiro processo da noite já terminara em desastre. Kathy virou-se para mim e sussurrou:

— Meu bem, como você conseguiu pôr tudo a perder tão rápido?

Eu não disse nada enquanto a levavam para os fundos. Tom entoou, com seu costumeiro vozeirão lamentoso:

— Uma entrando. A senhorita tem o direito de se comunicar com seu advogado gratuitamente.

Os meirinhos só se referiam aos prisioneiros utilizando unidades numéricas. Era sempre "um saindo" ou "dois entrando". Não havia homens e mulheres nas cadeias, mas somente "corpos", como se a cidade estivesse realizando alguma experiência científica em larga escala. Em uma noite movimentada, o oficial de justiça podia aparecer e informar: "Temos trezentos corpos no sistema, será uma noite agitada." Só quando alguém saía, recobrava o status de entidade viva.

O meirinho próximo ao xadrez masculino deu início ao caso seguinte:

— Um saindo.

O agente penitenciário repetiu o grito:

— Um saindo.

E Damon Tucker entrou na imensa sala de audiência, com aparência assustada, buscando um rosto familiar e encontrando apenas o de Arch Gold.

CAPÍTULO 4

QUANDO DAMON PAROU diante do juiz Everett, o *frisson* da sala de audiência se extinguiu. Casos de homicídio chamam a atenção de todos, até mesmo na leitura do libelo. De duas a três pessoas são assassinadas diariamente na cidade de Nova York. A maioria das vítimas é de negros ou hispânicos, assim como a maior parte dos acusados. Mas mesmo os assassinatos mais comuns, digamos, uma briga de faca entre dois bêbados ou uma troca de tiros entre gangues — o tipo de violência que para grande parte dos nova-iorquinos não passa de uma estatística —, alteram o ritmo do tribunal. Todos querem ver. Todos querem escutar. Todos querem conferir a aparência de determinado assassino. Como fala e caminha? Como cometeu o crime de fato? Como tirou a vida da vítima? Confessou ou alegou ser inocente? Quantas provas há contra ele, afinal de contas? Até mesmo os serventuários, que já acompanharam milhares de casos, e para os quais o crime é apenas a razão que os traz ao trabalho todos os dias, até mesmo eles costumam esticar o pescoço e levar a mão em forma de concha ao ouvido a fim de escutar melhor.

Já defendi treze homicídios em minha carreira — mais do que a maior parte dos advogados em qualquer lugar. Todos diferentes, mas com uma coisa em comum: o cliente era culpado. A maioria não se resumia a uma questão de identificação, mas de jogo de cintura. Ganhei alguns. Perdi outros, a maior parte em função da impossibilidade real de defesa, sendo a única saída alegar que o acusado fora confundido com o verdadeiro autor do crime — o último recurso do assassino profissional cruel. Mas ali, parado ao lado de Damon, diante do juiz Everett, dei-me conta de que em cada um desses casos meu cliente havia de fato assassinado alguém, mesmo se o ato tivesse sido legal ou moralmente justificável. E em todo processo no qual a defesa era erro de identificação, as provas haviam sido esmagadoras, e meu cliente fora condenado. O resultado deste provavelmente não seria muito diferente.

O juiz Everett fazia tudo como mandava o figurino. O promotor, jovem e sério, dera um passo para o lado, a fim de dar lugar a Paul McSwayne, um veterano da promotoria, um promotor público de carreira, mais inteligente do que a maioria e, o que mais me irritava, um bom homem. Ele não recorria a subterfúgios e, nos oito anos em que eu o conhecia, pelo que pude observar, ele nunca mentira. McSwayne me incomodava justamente porque eu não conseguia encontrar um motivo para não gostar dele.

Paul McSwayne falava em tom sereno:

— O Povo oferece denúncia nos termos do artigo 250 e requer a condenação à pena de morte ou à prisão perpétua sem possibilidade de livramento condicional. Como é do conhecimento de Vossa Excelência, de acordo com a legislação da pena de morte, temos cento e vinte dias a partir da leitura do libelo para optar entre uma dessas alternativas. Com base na gravidade da acusação, e na força do caso, o Povo pede que o sr. Damon Tucker permaneça sob custódia, sem direito a fiança. O acusado foi preso a dois quarteirões da cena do crime, quando fugia a pé. Levava consigo cento e oitenta dólares no bolso frontal esquerdo da calça, e treze dólares na própria carteira, quando foi capturado. Um reconhecimento foi conduzido em seguida, e um pouco antes de a vítima falecer, ela identificou este homem como sendo o autor do disparo. A carteira foi recuperada na rua, sem dinheiro, próximo a uma pistola automática 9 milímetros sob um veículo estacionado a alguns metros da vítima. O acusado já foi preso cinco vezes, e este é um caso sólido. Nesses termos, o Povo entende ser justificável a manutenção de prisão preventiva.

Não restavam dúvidas de que Damon permaneceria preso, sem direito a fiança, fosse quem fosse o juiz, ou mesmo o promotor do caso. Mas McSwayne acabara de fazer uma dura descrição de Damon, uma pequena demonstração das dificuldades com as quais se deparariam acusado e advogado no julgamento.

O juiz Everett dirigiu seu olhar a mim:

— Algo a acrescentar?

— Meritíssimo...

Antes que eu pudesse dizer mais alguma coisa, o juiz Everett passou a se dirigir diretamente a Damon:

— Jovem, não sei se é culpado ou inocente, somente o processo judicial poderá determinar isso; entretanto, quero informá-lo de que, de fato, não importa o que seu advogado tenha a dizer neste momento, pois não me resta outra alternativa senão expedir ordem de prisão inafiançável. Destarte, não culpe o dr. Gold. É um ótimo defensor.

Bateu o martelo.

— O acusado permanecerá sob custódia. A próxima audiência será realizada na quinta-feira, 10 de dezembro, no Setor F, para juízo de admissão. Tenha uma boa semana, sr. Tucker.

Enquanto Damon era conduzido de volta ao xadrez, fez-se silêncio absoluto, exceto pelo som de giz. As câmeras ainda eram proibidas nas salas de audiência do estado de Nova York, e, nos casos de muita notoriedade, os grandes jornais e emissoras de TV ainda costumavam contratar desenhistas para retratar os procedimentos, uma peculiar tradição do século XIX que sobrevivera ao tráfego veloz da rota eletrônica. Os desenhos geralmente mostravam o réu e seu advogado diante do juiz — o acusado com o cenho franzido, o advogado com algum gesto desesperado.

Mais tarde, do lado de fora, na escuridão da calçada, com a gigantesca silhueta do prédio do Palácio da Justiça — a maior edificação do mundo dedicada apenas à "justiça penal" — atrás de mim, deparei-me com as emissoras de TV, que me esperavam com todos os microfones amontoados em um pequeno púlpito, no qual eu deveria dizer algo proveitoso sobre meu cliente enquanto ainda tivesse essa oportunidade, no início do caso, antes que algum juiz emitisse a inevitável ordem exigindo sigilo nas investigações.

— Bem — disse eu, com um meio-sorriso —, estão acusando a pessoa errada. Damon Tucker não foi o autor deste crime horrível. A polícia efetuou uma prisão rápida. Rápida demais. Muito obrigado.

E foi tudo. Não havia muito mais a dizer àquela altura. Afastando-me da mídia, em direção à esquina, onde os táxis às vezes aparecem, vi Kathy Dupont chamando um. Um barbudo baixinho corria para o mesmo automóvel. Ele alcançou a porta na hora em que o táxi arrancou. Olhou o veículo com desespero, a face com a barba pontuda contorcida pela agonia. Parei ao lado dele, aguardando outro táxi.

— Acabei de tirar aquela vadia da cadeia, e ela entrou naquele carro sem ao menos dizer um oi.

— O senhor dever ser Johnson — disse eu, soando mais como um bandeirante do período colonial. — Represento a srta. Dupont. Corrija-me se estiver errado, mas não foi justamente por sua causa que ela foi presa?

— O que é isso, um interrogatório ou o quê? Quem pensa que é, babaca?

Antes de ter a chance de responder, fui atingido por um gancho de esquerda.

Não o vi chegar.

Relembrando, vejo o soco como o início de uma nova fase em minha vida, uma fase de violência que eu jamais poderia ter imaginado nos meus tempos de estudante de direito, quando não sabia estabelecer a diferença entre um delito e um delfim. Mas, comparado com o que estava por vir, foi um tapinha amoroso. Ele não chegou a me nocautear, apenas caí. A última vez que me haviam golpeado fora na época da faculdade, quando levei um soco de um viciado em heroína em Amsterdã por ter me recusado a comprar dele um haxixe de aparência duvidosa.

Quando me levantei, Johnson já havia ido embora. A rua estava calma. As emissoras locais, que me tinham colocado em evidência tão decididamente momentos antes, já se haviam retirado em busca da próxima história.

CAPÍTULO 5

CHARLOTTE KING FALECERA na calçada, em frente a uma gráfica na rua Vinte, próximo à avenida Doze. Bem cedo, na manhã de segunda-feira, antes de ir para o trabalho, com a lanterna no sobretudo, percorri o bairro de West Side, indo em direção ao local onde ela morrera.

Essa parte da cidade não mudara muito fisicamente desde a virada do século passado. Galpões, armazéns e estabelecimentos comerciais de todos os tipos e tamanhos moldavam as ruas estreitas. Alguns pedestres se dirigiam ao trabalho, e tanto garotos de programa como mulheres da vida, a maior parte trajando minissaia, bustiê e salto alto, moviam-se de um lado a outro da calçada em busca de clientes. De vez em quando, um carro, geralmente de Nova Jersey, parava, e detalhes, como preços e o serviço a ser prestado, eram negociados. Oferta e procura. Na cidade, vinte e quatro horas por dia, alguém vendia e alguém comprava.

Nos últimos anos, um mundo alternativo surgira em algumas das antigas edificações sombrias. Negociantes de arte, saídos do Soho em função do alto custo dos aluguéis e da impossibilidade de competirem com as casas de alta-costura e restaurantes sofisticados, haviam descoberto esta parte da cidade e trazido suas galerias. Era para cá que Charlotte King viera em seu último dia de vida, à procura de arte.

O local onde ela fora morta já não estava isolado com fitas. Não havia qualquer sinal do caos de sexta-feira. Apesar de Nova York não ser uma cidade bem-organizada sob diversos aspectos, era incrível como, em um piscar de olhos, conseguia processar a violência, limpar a sujeira que se formara na rua e seguir adiante. A temperatura e a poluição haviam aumentado durante o fim de semana, chovera, e os cerca de dois litros de sangue de Charlotte King, que mancharam a antiga calçada de cimento da rua Vinte, já haviam ido para o esgoto.

Esgoto. Eu queria dar uma olhada nas sarjetas da Vinte e Dois, e também da Doze. Segundo McSwayne, tinha sido lá que os policiais haviam capturado Damon, antes de levá-lo à rua Vinte para que a moribunda Charlotte King pudesse fazer o "reconhecimento".

Ao chegar à rua Vinte e Dois, dirigi-me a uma das quatro antigas grades de ferro das sarjetas que davam para a rua e que levavam ao esgoto escuro que passava por baixo. Havia uma em cada esquina. Agachei-me e usei a lanterna para enxergar. Não vi nada fora do comum nas três primeiras. Mas, ao iluminar a quarta, vi um walkman com os fones de ouvido conectados tanto ao aparelho como a algo que o impedira de cair na escuridão abaixo. Até aquele momento, a história de Damon conferia.

Agora eu tinha uma situação difícil pela frente. É sempre complicado quando a defesa encontra, em um local problemático, uma prova material com poder de isentar o acusado de culpa. Eu pretendia enviar o walkman ao laboratório para que as impressões digitais fossem colhidas. Eu tinha certeza de que as digitais de Damon estariam por toda parte, juntamente com as de um daqueles policiais — um deles jogara o aparelho na sarjeta, não mencionara nada no boletim e não apresentara o aparelho como prova; provavelmente tinha o hábito de arruinar todo tipo de procedimento policial. A maior parte dos jurados concordaria comigo que ninguém fugiria da cena de um crime escutando música em um walkman. Será que alguns jurados não iam querem saber por que aqueles policiais agiram de forma tão pouco responsável, deixando de preservar provas que poderiam ajudar a defesa? O que isso dizia a respeito do depoimento que prestaram sobre o reconhecimento do acusado?

Peguei o celular e liguei para McSwayne. Não me restava outra escolha senão deixar a promotoria se encarregar de tudo enquanto eu observava. Perderia o elemento surpresa, mas, de outra forma, não poderia apresentar essa prova no julgamento. McSwayne fora cético, mas dissera-me que viria em seguida, juntamente com peritos e câmera, a fim de fazer tudo de acordo com as regras. Nesse ponto a promotoria de Manhattan era muito eficiente, e eu gostava desse aspecto dela. Todos ali sabiam o que faziam. Não escondiam provas, não deixavam nada parado e, mesmo se as evidências fossem favoráveis à defesa, atuavam com neutralidade. O "sistema" contra o qual eu lutava não era a promotoria em si, mas contra todos os policiais mentirosos, a legislação penal aprovada por políticos dissimulados em busca de votos fáceis. Mas embora eu confiasse em McSwayne, assim que desliguei o celular, entrei em contato com os jornais e emissoras de TV locais. Identifiquei-me e disse-lhes que acreditava ter descoberto uma prova importante para o caso, prova essa que havia sido deliberadamente desprezada pela polícia. Informei-lhes que deveriam vir rápido à rua Vinte e Dois, a fim de verem o que estava acontecendo. Assim que terminei de falar, escutei o barulho de uma sirene se aproximando. Era McSwayne. Saltou do veículo negro, veio até mim e cumprimentou-me com um aperto de mão.

Apontei para a grade de ferro e a escuridão abaixo dela.

— Acho que há alguma coisa ali, Jim. Segundo o meu cliente, os policiais arrancaram o walkman dele e o jogaram no esgoto. Engraçado, dá para ver um walkman pendurado bem ali naquela sarjeta. Aposto com você todo o meu próximo salário que as digitais de Damon estão nele, junto com as digitais de um daqueles policiais idiotizados da Unidade de Crime de Rua, que gosta de mentir e se livrar de provas só porque lhe deu vontade. Não quer pedir para a equipe de peritos recuperá-lo?

— É o que vamos fazer, Arch. Eles já estão chegando.

Uma caminhonete negra estava estacionando junto à calçada. Dela saiu uma equipe de peritos da SWAT, prontos para recuperar e filmar a prova.

Passei um sermão em McSwayne:

— Todo este caso se baseia no depoimento de alguns policiais sobre o reconhecimento indevido de meu cliente por parte de uma mulher que agora está morta, e por esse motivo não pode depor no julgamento. Agora ficamos sabendo que esses mesmos policiais ocultaram provas. Acho que isso vai lhe trazer problemas, Jim.

— Vamos aguardar o resultado antes de começarmos a nos empolgar demais, está bem? — McSwayne coçou a cabeça. — A pressão sobre nós para que este seja o primeiro grande caso de pena capital vai ser tremenda.

Agora era a minha vez de rir alto.

— Sua lealdade para com o chefe é comovente. Veja bem, Jim, o rapaz só tem dezoito anos. Leventhal não vai resolver de repente que o garoto será o primeiro a ser executado. Simplesmente não vai.

— Um rapaz de dezoito anos que tem um metro e noventa e cinco, cento e vinte quilos, e atira em executivas ricas e brancas que vêm fazer compras em Chelsea. Não é o comportamento típico de um jovem. Gold, o rapaz tinha um maço de cento e oitenta dólares no bolso da calça quando fugia da cena do crime, e treze dólares na carteira. Ele corresponde à descrição que foi enviada à central. Escutei essa gravação algumas vezes e estou enviando ao seu gabinete uma cópia, que já deve estar chegando lá neste momento. E meus policiais disseram que a jovem reconheceu o rapaz antes de morrer, ali mesmo na calçada. Sem falar que qualquer prova relativa às digitais deverá ficar pronta amanhã.

— Não foi isso que aconteceu, Jim. Aqueles policiais estão tentando levar adiante uma detenção irregular. A descrição daquela pobre mulher foi uma droga. Poderia se aplicar a um entre cada quatro rapazes negros da cidade de Nova York. Ela não reconheceu meu cliente. Apenas teve um espasmo e morreu enquanto ele estava lá, parado diante dela, algemado ilegalmente durante um reconhecimento. Converse um pouco mais com aqueles policiais.

— Vamos ver — disse McSwayne, com tranqüilidade. — Você e eu sabemos que há tanta política envolvida neste caso que não vou poder dar ao rapaz outra opção. Então não vamos fingir que há algo a ser negociado. Se o rapaz não aceitar a prisão perpétua, o caso irá ao tribunal.

— Obrigado por demonstrar tanta sabedoria, Jim.

— Não há de quê, Arch. Sou apenas um funcionário público amigável, que não tem nada a esconder. E o seu garoto está ferrado. Questão de rotina. Vou lhe enviar os laudos por fax. O que acha? Quer saber se já interroguei os policiais para obter os detalhes a respeito do reconhecimento? Não, ainda não. Mas, quando isso acontecer, e será logo, vou lhe informar o que disseram. Amanhã vamos ver de quem são as digitais. E apesar de sua tentativa exaltada de descartar o reconhecimento, creia-me, não é o que vai acontecer. Pode ser o melhor advogado da defensoria, mas isso só adianta até certo ponto, meu caro.

Tudo foi filmado, não só pelo pessoal da promotoria, como também pelas emissoras locais. Os peritos retiraram o walkman e o guardaram exatamente como deveriam. E, pela segunda vez em dois dias, vi-me diante de um monte de microfones, tentando atuar da forma mais agradável possível, respondendo às perguntas sobre como isso ajudaria o meu caso: Achava que a polícia retivera informações de propósito? Qual, em minha opinião, seria o resultado da análise das digitais? Esses eram os mesmos policiais que deporiam sobre o reconhecimento? A promotoria pediria a pena capital? Acreditava que o julgamento de meu cliente seria imparcial?

Por fim, depois de responder a todas as perguntas, peguei o metrô número um e segui em direção ao centro, ao meu gabinete.

CAPÍTULO 6

A DEFENSORIA DO CONDADO DE NOVA YORK é uma grande repartição. Temos gabinetes em quatro andares de um prédio comercial em mau estado, a alguns quarteirões do Palácio da Justiça. Estamos aqui porque em 1963 a Suprema Corte dos Estados Unidos declarou, no caso *Gideon contra Wainwright*, que toda pessoa desprovida de recursos próprios acusada de um crime tem direito a um advogado gratuito. Como menos de cinco por cento dos indivíduos presos na cidade de Nova York podem de fato contratar advogados particulares, nada mais justo do que essa decisão.

O direito a um advogado, claro, não inclui o direito a um advogado com gabinete luxuoso. Eu estava sentado à minha escrivaninha de fórmica marrom, recostado na cadeira de plástico de propriedade do governo, que se equilibrava perfeitamente nas fendas do piso de linóleo desbotado, quando resolvi consultar meu correio de voz.

— Há três mensagens — informou a gravação computadorizada e desafinada. No início, detestei a chegada do correio de voz ao gabinete, uma desumanização adicional do suposto calor humano. Mas mudei de opinião. Comecei a apreciar a intimidade das mensagens, que revelavam muito mais do que um bilhete rosa com um nome e telefone escritos de forma ininteligível. É claro que não gostei quando ouvi a voz de um cliente desgostoso claramente me ameaçando: "Gold, se aparecer na minha frente, vai levar dois na cabeça." Esse sujeito estava cumprindo pena de vinte e cinco anos à prisão perpétua. Espero que me esqueça depois de uma ou duas décadas. Ele era menos irritante do que minha ex-esposa, que agora dedicava a atenção a meu novo status com a mídia local. Ela me deixara assim que se dera conta de que eu não ganharia centenas de milhares de dólares por ano como sócio de uma grande firma. Mas, naquele momento, se eu saía no noticiário das seis, bem, então era digno de receber um telefonema.

— Archibald, mal posso acreditar que era você! Está ótimo. Quem sabe isso não vai abrir caminho para você no setor privado, mesmo que o rapaz seja culpado? Tchau.

Típico. O único lado bom era o financeiro. O lado ruim era o trabalho propriamente dito.

Nós nos conhecemos em nosso primeiro ano de trabalho na Davis White & Wardell — uma imensa firma de advocacia, verdadeira fábrica de dinheiro de Wall Street —, na época em que o corpo esguio dela juntamente com sua fascinação pelo direito corporativo e sua ambição de ganhar zilhões de dólares pareciam satisfazer todas as minhas necessidades, dia e noite; na época em que nenhum de nós dois sabia que eu não podia receber ordens de advogados mais velhos e babacas em ambientes corporativos, e que isso fazia diferença para ela, mas não para mim. No ano seguinte nos casamos, e um ano e meio depois tudo terminara. Saí da Davis White, onde julgavam ser o seu dono em troca de cem mil dólares por ano, e ela me deixou. Agora provavelmente ganhava cinco vezes essa quantia por ano como sócia em algum outro lugar, unindo e depois desmembrando grandes empresas, para então reunificá-las, mantendo-se solteira como eu. O estado civil era a única coisa que tínhamos em comum.

Em seguida, havia uma mensagem de Kathy Dupont:

— Oi, dr. Gold. Só queria dizer que a fiança já foi paga, e queria conversar sobre o processo e coisa e tal. Eu não acho que o Jimmy vai levar isso adiante. Ainda tenho que ir ao tribunal na semana que vem? Ligue pra mim. Ou venha ver o meu show. Tchau, benzinho.

A última mensagem era de Damon. A voz soava triste e magoada.

— E aí, cara? Vi sua entrevista na TV. Quando é que vem aqui falar *comigo*? Agora é uma celebridade. E eu aqui, preso em uma porra de uma cela.

— Já vou, Damon, já vou — dizia eu, para ninguém em particular, quando o telefone tocou. Era Kimberly, a recepcionista. Ela era uma jovem negra, cheia de atitude, uma qualidade essencial em seu trabalho, que incluía lidar com pessoas totalmente fora de si de vez em quando.

— Dr. Gold, um certo sr. Hyman Rose está aqui, dizendo que quer vê-lo. Ele passou a manhã inteira o esperando.

— Nunca ouvi falar. Que aparência tem?

— É um idoso branco. Foge dos nossos padrões.

— Que diabos, mande-o subir!

Hyman Rose era velho. Pelo menos oitenta anos. Bastante enrugado. Fazia o tipo durão. Sentou-se sem muita flexibilidade, mas não era particularmente frágil. Uma cabeleira branca ainda lhe cobria a cabeça. Tentei lembrar-me dele, imaginar o que estaria fazendo ali, mas não consegui.

— Não mudou nada, Archie. Os últimos trinta anos trataram você melhor do que a mim. Seu pai ia ficar feliz ao ver isso. Eu sei.

— Acho que não nos conhecemos. Eu o represento?

Eu não devia aceitar novos casos por fora. A defensoria tinha uma unidade de "admissão" especial para pessoas com problemas criminais que ainda não haviam sido presas. Esse velho não era exatamente o que tinham em mente.

— Eu trabalhei com o Noah.

Isso me remeteu de imediato à rua Clinton. Não costumo ir muito lá, nem mesmo em meus sonhos. Faz vinte anos que eles morreram. E, naquele momento, o tal Hyman Rose me levou diretamente à parte de trás do balcão da loja de material elétrico de meu pai, ao ir-e-vir em meio a estantes que iam do chão ao teto, repletas de fusíveis, caixas de circuitos, interruptores, fios, cabos — o melhor parque de diversões escondido do Lower East Side —, e eu pequeno demais para ser visto pelos clientes, empreiteiros e eletricistas do outro lado do balcão. Quando você entrava na loja de Noah, tinha de saber o que queria. Nada ficava exposto. Tudo estava guardado nos fundos. Você podia ficar parado na pequena área entre a porta e o diminuto balcão, com os padrões e diagramas de circuitos expostos, mas, se não soubesse o que queria, nada e ninguém iria lhe dizer. Talvez precisasse de uma caixa de disjuntor, ou quem sabe quisesse apostar no time dos Knicks, ou na quinta corrida do Belmont.

Não me lembro de quantos anos eu tinha quando descobri que meu pai comandava dois negócios ao mesmo tempo. Nenhum parecia ser mais legítimo do que o outro. Lembro-me de escutar minha mãe, Isabelle, chorando tarde da noite, de escutá-la através das paredes finas do apartamento, falando em uma voz desesperadamente baixa, esperando que eu não a escutasse, implorando a Noah que desistisse do livro de apostas, que deixasse a "comissão" de lado, e que só vendesse mercadorias. E de Noah rindo, correndo a mão pelo armário dela, tocando nos vestidos mais bonitos, e perguntando se ela achava que fusíveis e interruptores poderiam financiar uma boa faculdade de Direito ou Medicina para um jovem, e se Archie não deveria ir a uma boa universidade, já que tinha as notas para tanto.

— Trabalhava com Noah exatamente onde? — perguntei a Hyman Rose, voltando ao presente, ao meu velho gabinete na rua Lafayette, no sul de Manhattan. Será que meus pais entenderiam por que eu trabalhava neste gabinete caindo aos pedaços, em favor da escória da sociedade? Eu gostava de pensar que entenderiam. Mas nunca iria saber.

— Seu pai foi um parceiro meu nos negócios, muitos anos atrás, e não estou falando de material elétrico, entende?

Rose lançou-me um olhar decidido, franziu os lábios finos, sugando um pouco em torno da dentadura. — Meu negócio era maior do que o dele, sabe? Ajudei Noah a começar e a se manter atuante. Ele sempre podia diminuir os riscos apostando com Rose. Tinha crédito comigo. O meu negócio era maior, mas o coração dele era duas vezes maior do que o meu. Se ele gostasse de alguém como gostava da sua mãe, de você e de mim, dava pra sentir, a gente tinha a sensação de fazer parte de algo. A palavra dele era sempre honrada. Cumpria o que prometia, qualquer que fosse o custo. Se você tiver a metade do coração e da coragem dele, então vai se dar bem.

Gesticulou, mostrando o gabinete à sua volta — um ato corajoso, considerando o estado do lugar.

— Mas, agora, as coisas já não são como antes. Nos últimos anos, tem sido difícil seguir adiante. Entende o que quero dizer, meu rapaz? Estou falando uma coisa, de repente me vejo dizendo algo completamente diferente, e nem sei como aconteceu.

Franziu os lábios novamente.

— A velhice não é nada divertida. Não pra mim.

Assenti com a cabeça.

— O que a procuradoria está fazendo comigo também não é nada divertido. Congelou a minha conta bancária. Confisco de bens. Sou velho. Avô. Já não comando os negócios. Onde estava o governo na época em que realmente poderia ter conseguido algo concreto contra mim?

Melhor terem esperado, pensei.

— Conte mais.

— Já não trabalho. Economizei o suficiente, não preciso do estresse, não me importo mais. Trabalhei duro em um negócio vil pra que o meu filho tivesse uma atividade honesta, como você. Só que a dele é e não é. A procuradoria está caindo em cima dele, examinando tudo minuciosamente. Ele é dono de duas franquias do Big Burger. Parece que há algum esquema na hora de reformar as espeluncas, está me entendendo? O Big Burger paga pela reforma. Meu filho escolhe a construtora e ganha um pouco de dinheiro. É o que chamo de abatimento. Um desconto. Eles chamam isso de suborno. Que sei eu? Então a procuradoria grampeia o telefone dele e tudo o mais, e o que descobrem? Descobrem que de vez em quando aceito uma aposta do meu filho e dos seus amigos. Mas já não trabalho nisso. Sou apenas um tipo de caixa. Recebo a grana, passo pro encarregado do livro e pago tudo no final da semana. São só uns trocados.

Depois de algumas semanas acerto tudo com o agenciador de apostas e pronto. Não é nada. Não ganho nada. Nem um centavo. Você até pode chamar isso de trabalho voluntário. Sou apenas uma sucursal. Como um caixa eletrônico. Nem tarifas cobro. Mas claro que a procuradoria não encara dessa maneira. Estou lá na gravação, recebendo apostas e dinheiro, e quando vejo congelaram minha aposentadoria e meus investimentos, toda a grana que juntei há anos, apesar de preferir não falar da origem dela.

As leis de confisco são uma droga. Podem tomar o seu dinheiro sem aviso prévio, sem uma audiência, bastando o estabelecimento da mais vaga conexão com atividades ilícitas. Expliquei tudo a Rose, disse-lhe que tentaríamos conseguir uma audiência, que lutaríamos com unhas e dentes, mas que o acordo provavelmente giraria em torno de cento e poucos mil. Não lhe disse que eu não devia conduzir casos de confisco civil como este, e que lhe estava prestando um grande favor, em nome de Noah.

Observei Rose passar pela porta da maneira como o fazem velhos bem conservados; velhos que se movem com lentidão, mas com uma grande vontade de permanecer neste mundo; velhos que tentam esconder a rigidez dos ossos.

Dirigi-me à grande sala lateral, a que tinha duas janelas e móveis um pouco melhores, na qual trabalhava o defensor responsável pelo departamento. Queria conversar sobre Damon Tucker.

CAPÍTULO 7

KEVIN LAYDEN estava recostado em sua imensa cadeira, os pés em cima da mesa, expondo os buracos nas solas em minha direção quando entrei.

— Você precisa trocar as solas dos sapatos, Kev. Está parecendo um tanto maltrapilho para uma pessoa da sua posição.

— Desde quando se preocupa com solas de sapatos masculinos, Arch?

Kevin endireitou-se e jogou o jornal para mim.

— Que porra de crime horrível — comentou, franzindo o cenho. Na primeira página estava a foto de Damon Tucker, algemado, na hora em que o levavam da Décima Terceira Delegacia para a Central de Registros. Publicidade intensiva antes do julgamento. Exatamente o que Damon precisava.

Kevin tinha familiaridade com crimes horríveis. Já vira muitos em seus trinta anos na defensoria. Coordenava uma imensa operação: verba de cento e vinte milhões anuais, folha de pagamentos com quatrocentos defensores públicos e trezentos auxiliares, e a responsabilidade de cuidar de oitenta por cento dos acusados de crimes. Como era de esperar, não iniciara a carreira planejando se tornar o CEO de uma grande empresa. Entrou na defensoria assim que se graduou em direito, quando o órgão ainda estava engatinhando, na década de 1960. Em poucos anos, tornou-se o melhor advogado criminal dali. Conhecia todos os pormenores da lei, feito digno de nota. Mas também tinha um estilo, uma aparência, que eram feitos sob medida para os júris. Não tinha a beleza de um ator principal, mas de um ator de papéis marcantes. Era muito alto, um metro e noventa e oito, magro, mas surpreendentemente elegante. O cabelo curto era escuro, e a barba grisalha, rente e bem cuidada. Barbas fazem a pessoa focalizar nos olhos. Não se pode decifrar um rosto barbado. Era o que acontecia com Kevin. Seus olhos, de um verde profundo, nunca ficavam quietos.

Fora do tribunal, o semblante de Kevin era circunspecto. Mesmo aqueles que o conheciam há anos, como eu, nunca sabiam se era por empatia ou irritação. Há uma década, antes de sua promoção, ele me havia treinado — ensinara-me a atuar em juízo. Hoje em dia somos amigos.

O único atrito que houve entre nós foi recente. Alguns meses atrás, ele tentou me promover ao cargo de defensor adjunto, o número dois depois dele. Recusei a oferta. Gosto da atuação em juízo. É para isso que tenho talento, e não para lutar em prol de uma verba junto à prefeitura, e contratar e despedir advogados. Eu esperava que ele não tivesse levado para o lado pessoal.

— Quais são as chances deste rapaz, Arch?

— É cedo demais para dizer. Ele nega, claro. O reconhecimento não é muito sólido. Digo, ela estava morrendo quando viu Dàmon. Ele afirma que ela faleceu logo depois de vê-lo. E, claro, os policiais jogaram o walkman dele na sarjeta, em vez de apresentá-lo como prova.

— Não me diga!

Contei-lhe o que havia descoberto cedo, naquela manhã. Demonstrou certo divertimento.

— Os policiais podem colocar por água abaixo qualquer caso, não é mesmo? Nunca canso de me surpreender.

— Não creio que aquela mulher tenha reconhecido Damon — comentei.

— Caramba, ela provavelmente estava em estado de choque, vendo imagens triplas. Vamos contratar um perito para confirmar isso, sem dificuldades. Alguma prova material?

— Ainda não. Devemos receber notícias sobre as digitais hoje.

— Averiguou para quem a vítima trabalhava?

Assenti com a cabeça.

— Yates & Associados.

Eu estava pálido.

— Vamos, Arch, você não pode deixar passar nenhum detalhe. Lá fora o jogo é duro. E Yates provavelmente sabe mais sobre o caso do que qualquer outro indivíduo do planeta. É um investigador particular. Dirige a maior firma de investigação privada do mundo. Ganha milhões. Tem arquivos de todo mundo.

Dei de ombros. Layden entendeu.

— Isso não faz muita diferença para o seu rapaz, certo? Um crime de rua é um crime de rua. Não importa para quem a vítima trabalha. Então vai ter de se concentrar no reconhecimento. Vamos encarar os fatos, você não vai conseguir apresentar o "verdadeiro" autor do disparo. Se não foi aquele jovem, simplesmente foi algum outro rapaz negro que você nunca vai encontrar. Então contrate um perito para dar uma olhada nos ferimentos dela, para depor sobre o tempo que ela levou para morrer e para afirmar que ela não estava em condições, que já não podia nem ver nem pensar claramente muito antes de colocarem Damon ilegalmente diante dela. — E então me perguntou: — E o Tucker? Dá para trabalhar com ele?

— É um jovem inteligente, bastante revoltado, fala demais. Talvez esteja bravo por ser inocente.

Layden olhou-me e soltou uma risadinha. Não gostei.

— Você é um maldito cínico, Layden. Acho que já viu processos de homicídio demais.

Parou de rir e soltou um suspiro. A expressão tornou-se abatida. Levantou-se e fechou a porta. Dirigiu-se a mim em um tom que eu não conhecia.

— Arch, Lisa me mandou embora. Disse que eu tinha de sair de casa. Falou que tudo está acabado.

Os olhos dele estavam banhados em lágrimas.

— Você sabe o quanto amo as crianças. Não sei como vou fazer para lidar com isso. Não sei.

— Puxa! — Foi só o que consegui dizer. Senti uma onda de afeto por ele, que se esforçara heroicamente na conversa que teve *comigo*, sobre *meus* problemas, sobre o *meu* processo, quando o mundo dele havia acabado de desmoronar. Era um guerreiro.

Sempre me pareceu ser o homem de família perfeito. A esposa, bonita e inteligente, sempre alegre e educada, era muito rica. Eles viviam em uma casa elegante do século XIX no Upper West Side, com seus três filhos, lindos e espertos. Kevin vivia para aquelas crianças. Sua vida social não era nada intensa, pelo que eu sabia. Quando não estava trabalhando para manter os indigentes bem representados, estava com os filhos. Não dava para imaginar como ele iria se virar sem vê-los.

— O que foi que houve?

— Não sei. Estou chocado. Eu sabia que as coisas não eram perfeitas, mas...

Sua voz estava entrecortada. Nenhum de nós sabia o que dizer. Não estávamos acostumados a falar sobre assuntos pessoais dolorosos. Tínhamos um relacionamento profissional muito próximo. Nenhuma demonstração de emoção. Nunca o vira assim antes.

— Aluguei um lugar perto de casa. Vou ver as crianças quase todos os fins de semana e nas férias. Ah, meu Deus! Como isso foi acontecer?

Cobriu o rosto com as mãos, inclinando-se. Contornei a enorme mesa e dei-lhe uns tapinhas de consolo nas costas.

— Lamento, Kevin, lamento muito.

Kevin se endireitou, tentando se controlar.

Há anos eu trabalhava para ele, brincara com os seus filhos, jantara em sua casa de vez em quando, admirara sua esposa — tudo de uma certa distância. O casamento dele sempre me parecera quase perfeito. Será que fora apenas de fachada? Eu não tinha a menor idéia.

— Não há nada que você possa fazer, Arch. Eu simplesmente estou passando por uma fase difícil.

Fiquei preocupado com ele.

Voltei ao meu gabinete. O interfone estava tocando. Era a recepcionista de novo:

— Dr. Gold, uma certa sra. Tucker está aqui e quer vê-lo. Disse que o senhor representa o filho dela.

— É verdade. Deixe-a entrar.

Evelyn Tucker ainda estava com o costumeiro uniforme branco de quem trabalha em hospital; provavelmente vinha de um longo plantão. Era uma mulher robusta, com um rosto largo e bonito, e um olhar determinado. Apontei-lhe uma das cadeiras de plástico. Ela sentou-se na ponta.

— Como está, sra. Tucker?

— Não muito bem, dr. Gold. O senhor tem filhos? Ninguém imagina que um dia verá o filho preso e acusado de assassinato.

— Sinto muito, sra. Tucker.

— Sentir não é suficiente, dr. Gold. Ele precisa de um bom advogado. Eu posso lhe garantir, ele não cometeu este crime. Meu filho é um pouco rebelde, meio desaforado, mas não faz mal a ninguém. Não briga. Não rouba. E nunca chegaria perto de uma arma. Raios!

Começou a chorar. Todos estavam chorando diante de mim naquela manhã.

A verdade era que eu detestava discursar para parentes. Sou franco demais. Se algum dia isolarem o gene do "subterfúgio", ele certamente não será encontrado em meu DNA. Por isso não podia atuar na prática privada. Eu tentara novamente depois de alguns anos na defensoria — trabalhei durante um ano em um escritório especializado na defesa de crimes de colarinho-branco, que me pagava um alto salário como advogado sênior, e que não me deixava fazer nada, exceto acrescentar memorandos aos processos; a atuação em juízo, uma das grandes emoções da defensoria, estava fora de cogitação. O maior problema para mim, entretanto, fora observar os dois sócios para os quais eu trabalhava saírem à cata de clientes. Havia sido mais do que suficiente para me desestimular por completo. O circo montado em torno do cliente em potencial, geralmente preso, que tentara ganhar algo a troco de nada — provável razão que o colocara na cadeia em primeiro lugar. O exagero quanto aos resultados possíveis. A negociação em torno do pagamento. Não fui feito para isso. Tenho problemas com relação à primeira premissa da prática privada: que os clientes devem pagar para que os advogados os defendam. Cheguei à conclusão de que o fato de eu estar, inevitavelmente, tentando ganhar dinheiro às custas das dificuldades de meu cliente apresentava um conflito insuperável entre mim e o cliente.

No mundo do colarinho-branco, eu era obrigado a ser encantador, a conversar animadamente com as pessoas certas e a enriquecer. Sempre fui um ótimo aluno, obtive excelentes notas e estudei nas universidades com as quais todos sonham — Yale e Harvard. Olhando para trás, porém, tudo parece ter sido quase fortuito. Eu havia supostamente estabelecido e consolidado as ligações certas, e articulado laços com os antigos colegas universitários que — ao que se diz — gerariam frutos no futuro. Bem, o futuro havia chegado, e, embora não me sentisse incomodado, nada parecia estar gerando frutos. A verdade é que eu passara os últimos dez anos afastando-me da turma do paletó e gravata à qual meus pais tanto queriam que eu pertencesse.

Então voltei à defensoria, onde posso atuar em juízo, sem precisar brigar com ninguém por causa de dinheiro. Prefiro de longe a pureza realista deste trabalho. Recebo meu parco salário semana após semana, e defendo pessoas que todo mundo que conheço considera a escória da sociedade.

— Onde trabalha, sra. Tucker? — perguntei.

— No Hospital do Harlem. Sou auxiliar de enfermagem. Dou assistência aos pacientes, vejo se precisam de um urinol limpo, de água e de um curativo novo; averiguo a conexão do equipamento, vejo se está correta e se os tubos não estão enrolados. Não é muito complicado, mas é estressante, e é um trabalho essencial para todos os hospitais. Dou um duro danado. Aprendi isso com meus pais. Eles vieram de Barbados, no início dos anos 60, quando eu era ainda muito pequena. Já faleceram. Meu pai trabalhava em uma lavanderia; minha mãe cuidava de velhas brancas e ricas, mantendo-as vivas, uma após outra. Ambos me ensinaram a viver honestamente. Ensinei a Damon também. Por isso não posso acreditar que isso esteja acontecendo com o meu filho.

Contei à sra. Tucker o que eu sabia sobre o caso. Disse-lhe que podia ligar para mim a qualquer hora. Prometi-lhe que a chamaria imediatamente se surgisse alguma novidade. Assegurei-lhe que lutaria feito um louco por Damon. O que mais se pode dizer a uma mulher cujo filho está preso por homicídio?

Fui visitar Damon na Rikers Island.

CAPÍTULO 8

ALÉM DE SER A PENITENCIÁRIA LOCAL da cidade de Nova York, Rikers Island é, diga-se de passagem, a maior colônia penal do mundo, abrigando mais de vinte mil prisioneiros em uma ilha de vinte e seis hectares circundada por águas barrentas nas cercanias de Manhattan, Bronx e Queens.

Saindo de Manhattan, atravessando a ponte Triborough e passando pelo bairro de Queens, observei a silhueta nova-iorquina brilhando como ouro no céu azul límpido. De longe, parecia ser fruto de uma bela ficção científica, criada em escala de proporções inimagináveis. Isso é o que chamo de talento. Dava quase para esquecer que não houvera qualquer tipo de projeto, e que, de perto, o caos era enorme. Mas a ilusão nunca durava mais do que alguns minutos, de qualquer forma. Então as incontáveis lápides nos cemitérios ao longo da estrada recontavam a história do anonimato humano que simbolizava o custo da cidade esplendorosa.

É quase tão difícil para um advogado entrar na Rikers Island quanto para um acusado sair. Só há uma ponte, e chamá-la de gargalo é subestimar grandemente a situação. A liberação leva horas. A cidade mantém-se tão ocupada transportando milhares de presos para tribunais em Manhattan, no Bronx, no Brooklyn e em Queens, que mal tem tempo de lidar com os advogados que, muito raramente, decidem visitar seus clientes na cadeia. Do último posto de controle da ponte, que se arqueava sobre o East River, pude ver toda a ilha, os hectares e mais hectares de terra cercada, parecendo mais algum tipo de colônia do Terceiro Mundo do que uma penitenciária norte-americana. Entreguei o meu carro, recebi a autorização da segurança e aguardei o ônibus "dos advogados".

Os inúmeros conjuntos de edifícios da Rikers se interligavam através de uma rede de pequenas estradas, utilizadas somente por veículos da penitenciária. Um deles se aproximava naquele momento. Era um ônibus escolar adaptado. Em todas as janelas foram colocadas grossas grades de aço, e o amarelo típico havia sido substituído por um azul-escuro. Ainda assim, o veículo continuava a lembrar um ônibus escolar, e quando você o via, dava-lhe vontade de pensar nas cidadezinhas dos Estados Unidos, com crianças inocentes subindo e descendo do ônibus diante de casas charmosas, em ruas ladeadas de árvores. Dava-lhe vontade, mas você não conseguia. A cidade tinha comprado os ônibus usados do Conselho de Educação, e embora os veículos levassem ocasionalmente algum passageiro inocente, a cena estava a sombrios quilômetros de distância do falso brilho da mítica criança norte-americana a caminho do colégio.

O ônibus dos advogados percorria as ruas da ilha a cada meia hora mais ou menos, com freqüência vazio. Poucos advogados julgavam proveitoso perder tempo visitando clientes ali. Com exceção do motorista, de semblante aborrecido, um branco de meia-idade que devia ter enchido a cara no almoço e declarado guerra contra o mundo dentro e fora da Rocha — forma como era conhecida a Rikers Island —, eu estava só no ônibus que se dirigia à Casa de Detenção Masculina, onde se encontrava Damon. O motorista puxou conversa:

— Tu sabe quantos malditos crioulos e chicanos estão aqui nesta ilha? Vinte mil. Uma puta perda de tempo.

Eu não disse nada. Não queria que minha expressão estimulasse uma conversa, que enviasse um sinal dizendo "fale comigo"; no entanto, foi o que aconteceu.

— A cidade gasta sessenta mil por ano pra manter cada um deles no xadrez. Na minha opinião, que se foda. Deviam dar pra eles os sessenta paus. A cadeia não faz merda nenhuma pra esses jovens. Entram sem nada e saem com porra nenhuma. Era melhor dar os sessenta mil pra cada um, e a situação ia ser bem melhor.

Minha opinião a respeito disso não tinha chegado a esse ponto, mas eu não estava disposto a discutir. O ônibus parou em frente à Casa de Detenção Masculina, e desci. Dez minutos depois, eu já estava sentado no parlatório, aguardando os agentes penitenciários trazerem Damon. Essa era o que os penólogos denominariam de visita de contato. Sem grades, vidros e acrílico, só nós dois sentados em um cubículo.

Damon entrou vagarosamente, arrastando os pés como se pesassem duas toneladas. Finalmente alcançou a cadeira velha, sentou-se e cobriu o rosto com as mãos. Olhou-me após alguns instantes.

— Cara, não estou nada bem.

Permaneci calado. A experiência me ensinara que o silêncio era melhor do que uma resposta idiota quando o assunto era prisão perpétua. Palavras simplesmente não preencheriam essa lacuna.

Damon olhou-me.

— Que história é essa de pena de morte?

— Não vai adiante. Seja lá o que ouviu, não vai adiante. Mas a perpétua sem condicional não é nenhum piquenique. Não quando se tem dezoito anos.

— O senhor acha que sou culpado, não é mesmo?

— Não acho, Damon.

— Mas não se importa, certo? O senhor faz o melhor que pode, não é? É comovedor!

Eu não disse nada. Ele precisava desabafar.

— Cara, qual é a sua opinião, no fundo? Acha que fui eu?

— A sua palavra basta para mim.

— Doutor, posso dizer uma coisa? Não roubei nem matei aquela mulher. Outra pessoa roubou a mina, e outra pessoa deu um tiro nela. Aqueles quatro tiras são um bando de mentirosos. Aquela mulher começou a tremer, aí morreu bem na minha frente. Ela não me reconheceu. Só estrebuchou pra todos os lados e morreu. Todos aqueles tiras sabem muito bem disso. Mas, por alguma maldita razão, estão me incriminando.

Assenti, com um leve meneio.

— Os policiais sabem que ela não o reconheceu, mas como você correspondeu à descrição que eles receberam, e como o pegaram fugindo da cena do crime com um maço de dinheiro separado no bolso, acreditam que foi você; por isso não vêem nada de errado em reinterpretar a cena do crime.

— Pode chamar como quiser, aqueles tiras continuam tentando me incriminar. Droga. A verdade não importa? Isso aqui não é uma maldita peça teatral. A porra da cidade inteira quer uma condenação, não é mesmo?

— Infelizmente, parece que sim, Damon.

Ele definitivamente não era apenas mais um delinqüente provando que tinha coração. Delinqüentes nem saberiam o que é "peça teatral".

Com seu imenso punho, Damon golpeou a mesa de metal. Estava se esforçando para não chorar. Seu rosto atraente estava contorcido de dor. Os lábios tremiam à medida que respirava fundo, tentando se controlar.

— Cara, sou o preto mais azarado do mundo.

Informei-lhe que encontrara o walkman. Contei-lhe a conversa que tivera com McSwayne. Expliquei-lhe que teríamos uma audiência antes do julgamento, para contestar a legalidade da identificação feita pela vítima. Tentei soar animado. Disse-lhe que ainda estava cedo e que muito ainda estava por ser descoberto. Ele compreendeu tudo. Ficamos em silêncio por alguns momentos, e então ele falou:

— Enquanto eu viver, nunca vou me esquecer daquele momento em que fiquei parado, algemado, na frente da mulher, que estava morrendo. Todos os tiras se entreolharam, aí me colocaram na viatura. Perguntei pro tira que sentou do meu lado: "Vocês estão me acusando de quê?" Ele riu e disse: "Como se você não soubesse, babaca.

Homicídio doloso qualificado." Aí eu me dei conta de que a minha vida nunca mais seria igual, não importando o que acontecesse.

Olhou-me fixamente, para ver se eu estava escutando. Estava.

— Enfim, eles estão tentando me prender pro resto da vida por isso, e tudo o que têm são aqueles tiras mentirosos dizendo que a mulher realmente me reconheceu.

— Isso mesmo. Até agora eles não têm exatamente provas avassaladoras contra você. E, com o que temos, podemos vencê-los. Esperemos que nenhuma impressão digital comprometedora apareça.

— Dr. Gold, impossível as digitais dela estarem naquele dinheiro. Impossível.

— Ótimo. Mas estou ansioso para ouvir o promotor afirmar isso.

— Esteve com a minha mãe?

— Estive. Disse a ela tudo o que sei. Obviamente, está muito contrariada.

— Ela é religiosa demais — comentou ele. — Acho que agora vai ter de rezar até não poder mais. A gente vai precisar de toda ajuda possível.

— Não acredita muito nessa história de religião?

— A minha mãe é uma boa pessoa. Dá um duro danado. Ela sempre me deu o que precisei. Mas não sou ligado nessa história de religião. Cara, como é que dá pra acreditar em Deus quando você é acusado de um crime que não cometeu? Que tipo de Deus faz isso com alguém?

Ele tinha razão.

— Descobriu alguma coisa sobre a mina? — perguntou.

— Ainda não tive tempo, mas vou descobrir.

Eu só estava tentando acalmá-lo. O fato é que nunca me ocorreu que esse caso fosse outro senão um assalto que deu errado, independentemente de Damon ser ou não o autor. As chances de pegar o "verdadeiro" ladrão eram ínfimas — ele teria de ser pego em um caso não relacionado, e então confessar ter cometido esse crime. Isso acontece, mas não com muita freqüência.

— Então ainda acredita que, se não fui eu, foi algum outro negro imbecilizado?

— O que acha? — perguntei.

— Penso que você devia investigar a mina.

— Sinceramente, Damon, acho que as circunstâncias indicam muito mais um assalto malsucedido, realizado por outra pessoa, do que algum tipo de assassinato por encomenda. É o que me parece.

Eu não devia ter dito isso.

— Há quanto tempo trabalha nisso, doutor? Dez anos? Cara, andou vendo muitos irmãos meus irem pro xadrez. Isso confundiu suas idéias.

Ele estava ficando zangado.

— Foda-se, então! O pessoal lá de casa vai contratar um advogado; eles vão gastar cada centavo que tiverem. Vocês, indicados pelo Estado, são todos iguais. Vá pra merda!

O rapaz tinha o pavio curto. Seria somente estresse ou seria realmente inocente? A idéia passou pela minha cabeça enquanto ele se levantava e se dirigia, com passos pesados, ao corredor azulejado. Eu o segui, tentando acompanhar as passadas largas. Nossas vozes ecoaram nas superfícies duras.

— Damon. Eu vou investigar Charlotte King. Só disse que as chances de descobrir algo são mínimas. Não falei que não ia tentar. Vou. Já disse que podemos ganhar este caso. Ah, e antes que eu me esqueça, não faz idéia do quanto está bem representado. Não sei quanta grana a sua mãe tem, mas não será suficiente para contratar um bom advogado. Eu sou bom nisso. Só que você não tem de me pagar, e não estou interessado no seu dinheiro. Estou interessado em ganhar, está legal?

Ele se virou e olhou-me sem demonstrar qualquer emoção. Ainda não confiava em mim. Não podia culpá-lo. Sempre nos ensinaram a acreditar que nada bom vem de graça. Por que um advogado gratuito ia ser diferente?

No caminho de volta à cidade, liguei para McSwayne. As notícias não eram muito boas. Não encontraram impressões digitais na arma nem na carteira de Charlotte, mas, claro, as de Damon estavam no walkman, juntamente com as de um dos dois tiras que o prenderam. Talvez isso fosse um pouco embaraçoso. As digitais de Damon também foram encontradas no dinheiro, em cada uma das dezoito notas de dez dólares encontradas em seu bolso.

— Ah, e Arch, já ia me esquecendo, as digitais de Charlotte King também foram encontradas em três dessas notas. Achei que seria bom avisar você antes de comunicar à imprensa.

As coisas não estavam indo muito bem para Damon.

CAPÍTULO 9

O SARGENTO QUE supervisionou a cena do crime na rua Vinte era bem meticuloso para um policial. Guardara corretamente a arma, a carteira encontrada na rua, a bolsa de Charlotte e todos os pertences nela encontrados. McSwayne espalhara todas as evidências apreendidas em uma mesa grande de seu gabinete, um lugar desorganizado, mas funcional. Tudo estava armazenado em sacos plásticos lacrados, o método tradicional de preservação de provas da cena do crime. O sistema de justiça criminal é obcecado pela "cadeia de custódia" no tocante a isso. Para que eu pudesse de fato examinar as provas guardadas nos sacos grossos, um policial tinha de estar presente para abri-las, e depois lacrá-las novamente, e então devolvê-las à repartição responsável por sua custódia. Isso era feito de maneira que nenhum advogado de defesa criativo viesse a alegar que as autoridades haviam perdido de vista as evidências. O julgamento de O. J. Simpson mostrara a todo o país que os jurados acreditavam nesse tipo de argumento.

— Quer mesmo abrir todos os sacos, Arch? Dá um trabalho danado. E tente não tocar em tudo. Não colhemos todas as digitais, e pode ser que isso seja necessário. Não queremos que as digitais do advogado de defesa apareceram nas provas.

Examinei tudo com cuidado. Cada item fora embalado em um saco plástico separado: a arma, a carteira, o conteúdo da carteira, a bolsa e o conteúdo da bolsa. McSwayne me fornecera uma fotocópia de todos os papéis encontrados na bolsa e na carteira. Isso eu poderia ver depois. Peguei o saco no qual estava o conteúdo da bolsa de Charlotte. O maior objeto era uma fita de vídeo, aparentemente uma cópia nova de *Atração Fatal*.

— Veja só isso. Ela levava uma fita na bolsa. Já colheu as digitais?

— Ainda não. Não vejo por quê.

— Não se importaria, certo? — perguntei.

— Para quê? Está tentando encontrar mais provas contra o seu cliente?

— Isso. Seja qual for o resultado, preciso saber. Importa-se?

— Vamos colher as digitais — disse McSwayne — só para encurralar ainda mais o seu cliente.

Ao caminhar de volta a meu gabinete, que ficava a dois quarteirões, fiquei pensando se Damon podia ser inocente. Não tive muito sucesso.

Quando saí do elevador da defensoria, deparei-me com Kathy Dupont sentada na sala de espera. Estava fumegando de raiva.

— Tive de esperar o dia inteiro para eles chamarem o meu processo, e você nem mesmo apareceu. Pensei que fosse o meu advogado. Olha só, tenho mais o que fazer do que ficar esperando em um tribunal imundo com um bando de funcionários olhando pros meus peitos.

Estava usando uma blusa preta, com gola alta, justa, que não deixava dúvidas sobre sua topografia.

— Aí, às dez para as cinco, finalmente me chamaram, e um advogado velho e fedorento que eu nunca tinha visto ficou ao meu lado, sem dizer uma só palavra. Que tipo de advogado fica com a porra da boca fechada?

— Tenha calma, srta. Dupont. Venha ao meu gabinete e vou explicar o que aconteceu, está bem?

Ela caminhou com passos fortes até meu gabinete e se sentou, furiosa, em uma das cadeiras de plástico.

Olhei-a com paciência.

— Srta. Dupont... — comecei.

Ela me interrompeu:

— Pelo amor de Deus, me chama de Kathy, está bem?

Puxa, como ela era bonita. Podia se despir em um bar, mas ali, no meu gabinete, toda de negro, quase fazia o meu tipo. Claro, o Código de Ética dos Advogados proíbe qualquer contato que não seja estritamente "profissional", pelo menos enquanto o processo ainda estiver em andamento. O Comitê de Disciplina costuma punir severamente os advogados que se envolvem com clientes. Espantei o pensamento da cabeça.

— Kathy, veja como funciona a coisa. Não fico com todos os processos que pego na audiência inicial. Só mantenho os sérios, como roubo ou homicídio. Como o seu caso não vai dar em nada, e provavelmente será arquivado daqui a alguns meses, você não precisa de um defensor com a minha experiência.

— Eu não poderia ao menos ter alguém que toma banho e faz a barba?

Ela tinha razão sobre Mathew Cleary. O velho era motivo de vergonha para a defensoria, pois usava ternos imundos e camisas manchadas, e não se preocupava com nada mais além do que iria comer no almoço. Mas ele continuava no emprego porque se dispunha a lidar com casos sem importância e a passar o dia, ano após ano, no Setor F, ao lado de uma procissão de clientes em processos que não iam dar em nada, pois àquela altura seriam apenas adiados até a data de arquivamento. Nos processos criminais, a Constituição requer que um advogado esteja presente em todas as audiências, mas se o sujeito fosse uma planta daria na mesma.

— Olhe, sinto muito. Mas realmente não faz diferença quem fica ao seu lado na audiência. Se não está satisfeita, contrate um advogado particular. Tenho certeza de que tem condições.

— Eu ralo muito pra ganhar meu dinheiro. Você acha que gosto de tirar a roupa? Não vou gastar nem um centavo a mais só porque aquele babaca não me deixa em paz. — Sorriu: — Talvez eu queira que *você* seja meu advogado particular.

— Kathy, você não pode me contratar. Não posso receber por fora.

— Caramba, como *temos* princípios.

Eu ri, acompanhei-a ao elevador, dei-lhe um aperto de mão e disse-lhe que me ligasse caso se metesse em sérios apuros.

De volta ao gabinete, sentei-me à escrivaninha e respirei fundo. O rosto zangado de Damon surgiu em minha mente, gritando comigo: "*Vocês, indicados pelo Estado, são todos iguais... Como o Estado só acha que, se não fui eu, foi algum outro negro desmiolado, que diferença faz?*"

Na tela de meu computador, programado para abrir na página do *New York Times*, já aparecia uma manchete sobre o walkman: "Advogado de Defesa Descobre Prova que Policiais Jogaram na Sarjeta". Um ponto a nosso favor. Todo jurado em potencial da cidade de Nova York saberia que os policiais tinham feito besteira no caso de Damon.

Fechei a página on-line do *New York Times* e abri a versão impressa tradicional. Havia uma pequena reportagem sobre Charlotte King. Os detalhes de sempre. Garota de classe média, ela crescera em Long Island. O pai já havia falecido. A mãe é dona de uma lojinha. Devotada. Arrasada. Charlotte foi descrita como uma mulher que não só tinha aparência de modelo, como também era muito inteligente. Tinha ido trabalhar na Yates & Associados assim que se graduara em Administração de Empresas em Harvard, cinco anos atrás. Era especialista em "recuperação e restauração de dados", seja lá o que isso significava. Havia uma citação do próprio Yates: "Estamos todos arrasados com este crime terrível."

CAPÍTULO 10

JÁ NO FINAL DO EXPEDIENTE, encontrava-me em uma locadora de vídeo de design moderno na avenida Onze, esquina com a rua Vinte e Dois, conferindo a história de Damon. Sim, ele trabalhava ali. Eu estava conversando com John Taback, o gerente, um sujeito de rosto amarelado, que devia ter uns quarenta anos, um aspirante à indústria de cinema que provavelmente começara tentando escrever roteiros e acabara dirigindo uma loja que alugava filmes. Era magro demais, e usava rabo-de-cavalo e brinco. Tinha a aparência de quem abusara das drogas, talvez uma fonte de consolo diante dos fracassos de sua vida. Ou talvez os entorpecentes tenham vindo primeiro e causado o fracasso. Nem sempre era possível explicar de que forma o talento surgia ou terminava, e por quê.

— O Damon é desbocado — disse-me ele —, mas não é um delinqüente. É muito esperto. Superengraçado. Ele se dava bem com todo mundo, branco, negro, velho, garotão, rico, pobre. Eu gostava dele. Conhecia o estoque. Aprendeu a lidar com o computador super-rápido. Era responsável. Não acredito que ele seja capaz de roubar alguém, muito menos de matar. Não é do feitio dele. Vai contra o temperamento, se é que me entende. Mas nada é previsível neste mundo.

Mostrei-lhe a foto de Charlotte King no jornal do dia.

— Você a reconhece? Sabe alguma coisa sobre ela?

— Não sei não. Mas mostre para os outros, para ver se alguém a reconhece.

Ele chamou os outros quatro jovens funcionários, que entre si deviam usar meio quilo de metal, distribuído em inúmeros furos nos narizes, orelhas, línguas e sobrancelhas. Para mim isso tudo não é nada interessante, mas quem pode julgar a moda?

— Eu me lembro dela. Esteve aqui poucos dias atrás. Eu a ajudei. Era um mulherão. Tipo Sharon Stone. Comprou a fita *Atração Fatal*. Ela mesma podia ter estrelado a seqüência.

Era uma jovem chamada Debbie Ringle que estava falando, o tipo para o qual o punk fora inventado. O cabelo era roxo, e parecia ter acabado de sair da boca de um cão raivoso. Usava calça jeans preta, camiseta branca e botas imensas. Sua aparência era assustadora. A voz baixa e agradável foi uma surpresa.

— Você lembra se Damon estava trabalhando naquele dia? — perguntei.

— Claro que estava. Acho que estava encarregado de ficar no caixa e de pegar os filmes. Ele disse a ela algo do tipo: "Se cuida lá fora, irmã." A mulher revirou os olhos. Não foi muito simpática.

— Você tem uma ótima memória — disse eu.

— Aquela mulher parecia uma atriz de cinema. Por isso eu me lembro dela.

— Poderia se tornar uma testemunha neste caso. Você se importaria?

— Eu digo o que aconteceu, advogado. Damon é um cara legal. Apesar de ser grandalhão, é um doce. E muito inteligente.

— Vocês eram amigos?

— Só porque a gente trabalhava junto. Nada mais. Eu não saio com homens, entende?

Dirigi-me ao gerente:

— Quanto Damon ganha por semana?

— Se não me engano, uns cento e oitenta. Tecnicamente ele não trabalha em horário integral. Acho que ele ganha nove dólares por hora, sem benefícios, sem recolher imposto na fonte, trabalhando vinte horas, então é isso aí, cento e oitenta por semana. Não é funcionário ilegal. Costumo trocar o cheque dele por dinheiro. Quer que eu dê uma olhada?

Naquela noite me revirei de um lado para outro na cama. Sonhei que Damon ia até a loja na rua Clinton para fazer uma aposta com Noah.

CAPÍTULO 11

NO GABINETE, na manhã seguinte, comecei a examinar as fotocópias do conteúdo da bolsa e da carteira de Charlotte King. Algumas pessoas se preparam para a morte, até mesmo para a inesperada. Fazem testamentos e tentam deixar sua situação financeira em ordem. São pessoas que possuem um enorme senso de responsabilidade, com freqüência as que têm crianças pequenas ou pilhas de dinheiro. Os solteiros, muito pelo contrário, não costumam fazer testamentos, e sua situação financeira é uma bagunça, consistindo geralmente em um punhado de dívidas de cartões de crédito e um financiamento de automóvel. Dizem que você não pode levar nada, mas, se morrer cheio de dívidas, com certeza leva.

Poucos de nós pensamos na possibilidade de o conteúdo de nossas bolsas, carteiras ou vidas, por sinal, vir a ser totalmente exposto se morrermos inesperadamente. Eu me sentia um pouco como um observador pervertido ao examinar os pertences da srta. King. Não era sempre que tinha uma oportunidade dessas. Nem todo promotor público me fornecia esse material tão cedo, e sem discutir. McSwayne obviamente não acreditava ter nada a esconder. Já concluíra, sem sombra de dúvida, que este era um crime de rua e nada mais.

O conteúdo da carteira de Charlotte podia ser dividido entre arquivo e cesta de lixo. Havia recibos inúteis, cartões de visita, recibos de caixa eletrônico e, claro, a costumeira variedade de cartões de crédito. Contei dois cartões Visa, além de MasterCard, American Express, Bloomingdale, Bergdorf e Saks Fifth Avenue. Um gosto de alto nível. A foto da carteira de motorista era de uma mulher muito atraente, com um maxilar amplo e perfeito, nariz delicado, olhos profundos e testa alta. Apesar da péssima qualidade da foto, a beleza da jovem sobressaía.

Além dos cartões de crédito e da carteira de motorista, havia três cartões de visita na carteira dela. Dois eram de corretores da Bolsa, um da Smith Barney, outro da Schwab. O terceiro, de um médico, um certo dr. Hans Stern, psicanalista, consultório no Upper East Side. Muito interessante. Dei uma olhada na fotocópia da agenda que ela levava na bolsa. Folheando o mês anterior, encontrei pouquíssimas anotações, apenas ocasionais almoços e jantares e, escrito em letras pequenas, "dr. Stern", toda quinta-feira, às 17h00. O analista dela. O que será que ele sabia a respeito de Charlotte King? O que quer que soubesse, eu provavelmente seria a última pessoa no mundo com a qual conversaria sobre isso. Folheei a caderneta de telefones. Na letra "M", encontrei o telefone da mãe.

Layden veio dar uma espiada.

— Alguma novidade, Arch?

Olhei para ele.

— Tucker está fazendo o maior escarcéu para que eu investigue Charlotte King, como se este não fosse um maldito assalto que deu errado.

Layden inclinou a cabeça, um pouco taciturno.

— Você tem de explicar a ele que só porque alguém é roubado e assassinado não significa que podemos esquadrinhar a vida dessa pessoa sem a presença de fortes indícios; essa é a lei, e é dessa forma que pensa a maior parte dos juízes. Então não nos resta muito a fazer.

— Kevin, por que nunca nos ocorreu que se alguém quisesse matar uma pessoa, a melhor maneira seria simular um assalto que deu errado, envolver questões de racismo, jogar com a ansiedade gerada por essa situação, algo com que todos convivemos? Damon tem razão. Algo que nunca fazemos é investigar a vítima em um caso como esse. Simplesmente supomos que, se não foi esse rapaz negro específico, foi outro. Dá uma enorme margem para que se cometam verdadeiros homicídios.

Ele pareceu irritar-se.

— Concentre-se no provável, meu caro. Você pode ganhar com o que há de provável aqui. Não tem de recorrer ao improvável. Você realmente acha que foi tudo forjado, que alguém queria matar aquela mulher? Por quê? Isso significa que incriminaram falsamente o rapaz? Ou que ele foi preso por acaso? Ora, Gold. Este é um caso com reconhecimento de uma única testemunha que podemos vencer, não é um seriado da TV. Pense bem.

Foi embora. Que o divórcio não estava exercendo um papel positivo em sua forma de ser era óbvio.

A recepcionista interfonou.

— É Tom Twersky novamente, dr. Gold. Digo que está no tribunal?

Eu não gostava de mentir para Tom. Além disso, ele podia fazer hora do lado de fora e me ver sair mais tarde. Em se tratando de Tom Twersky, nunca se sabe.

— Deixe-o entrar.

Tom Twersky era um arrombador profissional. Realizava de um a três assaltos por semana, dependendo do rendimento. Usava uma touca ninja e uma arma de verdade descarregada, e trabalhava em toda a cidade. Fora pego algumas vezes, claro, e tinha muita familiaridade com os pormenores da vida penitenciária. De fato, formara-se em filosofia e letras quando cumpriu pena de quatro a oito anos em Danemora, tornando-se o primeiro da família a colar grau desde que seu avô chegara da Polônia, cinquenta anos atrás.

Quando você ganha uma causa para alguém culpado, ele se torna seu amigo para o resto da vida. Eu aparecia no alto da lista de coisas boas no mundo de Tom Twersky desde que o defendera em um caso com reconhecimento de uma única testemunha no ano passado, um caso no qual o melhor que podia pleitear, considerando sua folha de antecedentes, era de vinte anos a perpétua. Pegaria no mínimo vinte se fosse julgado. Arriscamos e ganhamos. Economizei vinte anos para o sujeito. Desde então ele vinha me ver a cada duas ou três semanas, geralmente para dizer que não conseguira arrumar um emprego, e me perguntar se eu não sabia de algum trabalho honesto para ele, já que não queria voltar a roubar.

Ironicamente, a vitória, se, por um lado, é vantajosa para um cliente a curto prazo, pode lhe custar muito a longo prazo. Lembro-me de mais de um caso de criminoso profissional que pensara, depois de escapar por um triz e ter muita sorte em um julgamento, que o advogado era capaz de fazer milagres e que, portanto, não precisava mais ser cauteloso — o que resultava em nova detenção em um caso perdido. Apesar disso, o criminoso insistia em ir a julgamento e pegava várias décadas a mais do que o necessário por ter se recusado a entrar em acordo. Os frutos de uma sentença favorável nem sempre são bons.

Mas Tom Twersky se mantivera longe de problemas desde que ganháramos a causa no ano passado. Eu gostava dele. À sua maneira distorcida, era um homem de princípios. Nunca machucara ninguém, muito menos disparara a arma durante um trabalho. Deixava muito claro que nem mesmo carregava o revólver quando assaltava. Tratava-se de um acessório teatral, usado para que lhe obedecessem. No entanto, carregar e apontar para as pessoas uma arma descarregada trazia um risco inerente, já que, se a vítima estivesse armada e resolvesse se defender, Tom poderia facilmente levar um tiro. Isso significava que ele tinha de tomar muito cuidado ao selecionar suas vítimas, escolhendo quase sempre, obviamente, mulheres desarmadas.

— Dr. Gold, tem algo para mim? Nada?

Meneei a cabeça.

— Sei que é uma pessoa bem relacionada. Conhece muita gente. Veja se acha um emprego de verdade para mim. Eu não quero mais roubar. É algo ultrapassado.

— Que tipo de trabalho tem em mente, Tom?

Ele tinha lá seu diploma. Mas encontrar um emprego para um ex-presidiário sem experiência é muito difícil nesta cidade. Se quisesse trabalhar com demolição ou recolher lixo à noite, ninguém se importaria com seu passado pitoresco. Mas trabalhos em escritórios eram outra história. E Tom era um homenzinho frágil. O cabelo curto e castanho já estava ficando grisalho nas extremidades. Tinha nariz adunco e mantinha um cigarro eternamente no canto da boca. Parecia um pássaro. Não era feito para o trabalho físico.

— Eu me relaciono bem com as pessoas. Pensava em ocupar algum cargo de gerência.

CAPÍTULO 12

— OBRIGADO por concordar em conversar comigo — disse eu para Harriet King.

Ela parecia ter cerca de sessenta e cinco anos. A face estava pálida em função do desgosto, sem nenhuma expressão. Era uma mulher pequenina, de aparência altiva e discreta. O cabelo estava preso em um coque. Usava óculos de leitura. Estava sentada, com as mãos cruzadas no colo, na ponta de um enorme sofá branco. Estávamos na sala da sua casa de alvenaria, de dois cômodos, em Saybrook, Long Island. Antiga vila de pescadores, a cidade ficava a aproximadamente uma hora do terminal Penn Station e havia se transformado em uma área urbana espantosa menos de uma década após a Segunda Guerra Mundial.

Era algo bastante incomum. Quase inédito. Por que uma mãe concordaria em conversar com o advogado de defesa do suposto assassino de sua única filha? Tudo o que eu sabia era o seguinte: se Damon não tivesse insistido para eu "investigar" Charlotte King, eu nem teria ligado para ela. Mas ali estava eu, frente a frente com a mãe, que, surpreendentemente, falara comigo ao telefone e concordara em me ver, sem questionar muito.

Ela inclinou-se e pegou um álbum de fotografias da mesa de centro.

— Veja.

Folheei as páginas. Charlotte King, do nascimento à morte prematura, trinta e um anos depois. Desde pequena era linda. Loira. Beleza de fechar o comércio, e traços perfeitos. Era magra, mas cheia de curvas que apareciam firmes e fortes em algumas fotos na praia. Dava para derreter ao olhá-la. Mas havia algo mais nela além da beleza de fechar o comércio. Havia em Charlotte um certo ar de cumplicidade, de conluio, como se ela e o fotógrafo estivessem escondendo um segredo embaraçoso.

Duas coisas me saltaram aos olhos. A primeira delas era que o pai não aparecia em lugar algum. A segunda era que ela não aparecia sorrindo em nenhuma maldita foto. Nem mesmo o esboço de um sorriso. Era sedutora — muito —, mas infeliz.

Fechei o álbum após alguns minutos.

— Lamento muito, sra. King. Ela era linda.

Harriet King meneou a cabeça.

— Não se trata apenas de ela já não estar aqui. Não consigo deixar de pensar na forma como ela morreu. Assassinada na rua por um ladrão, sangrando até o fim, vendo que ia morrer ali, sem nenhuma razão. Completamente só, com exceção de alguns policiais jovens que seguraram sua mão.

Estremeceu.

Era muito difícil para ela. Sua dor era como um vento soprando na sala. Não havia como sair do caminho.

— O senhor não tem filhos, certo?

Era uma acusação, como se eu estivesse a ponto de confessar um defeito de caráter.

— Ainda não.

— O senhor não faz idéia então, não é mesmo? Bem, não importa.

Começou a chorar, derramando pequenas lágrimas altivas e deixando escapar gemidos breves, como um animalzinho asmático.

— Sinto muito, sra. King.

— Não falei com os repórteres, com o pessoal da TV, com ninguém. Não quis saber de publicidade. Então desabafo com o senhor, talvez porque sei que vai me escutar sem espalhar detalhes por aí. Por isso permiti que viesse. O senhor é o primeiro ser humano a me ligar desde a morte de Charlotte, com exceção de repórteres de todo tipo.

Ela ainda estava chorando.

— Estou completamente só. Quando ela estava viva foi assim, e agora continuo só. Charlotte comprou este sofá para mim no mês passado. O melhor presente que me deu. Mas não se deu ao trabalho de vir vê-lo aqui. Apenas mandou entregá-lo. Sempre se manteve distante. Ligava todo domingo, por obrigação. Mas, na verdade, foi embora assim que pôde, anos atrás.

Essa senhora tinha feridas profundas — dor e privações que antecediam em muito o assassinato da filha. Agora as feridas jamais sanariam. A dor ficaria congelada no tempo. Ela a levaria para o próprio túmulo.

Entendi o que ela quis dizer sobre Charlotte. Moças que possuem certa beleza desenvolvem um olhar gélido e educado. Aprendem a ver diretamente através de você. Essa é a única maneira pela qual evitam reconhecer a atenção embevecida de todos os homens, em todos os contextos possíveis, vinte e quatro horas por dia, sete dias por semana. Algumas acabam se isolando demasiadamente, e congelam de vez, por dentro e por fora. Eu me perguntava se isso teria acontecido com Charlotte King.

— E o pai de Charlotte, sra. King?

— Morreu quando ela tinha um ano. Infarto.

— Lamento.

— Ah, não faz diferença para o senhor. Para mim, bem, minha vida acabou naquele dia. Eu não sabia fazer nada. Não tinha ambição. Desejo algum. Só queria ser mãe e dona-de-casa, e levar adiante nossa vidinha no subúrbio. Não foi o que aconteceu. Com o seguro de vida de meu marido, comprei uma loja de doces. Deu para ganhar um dinheirinho. Sobrevivemos. Minha filha morria de vergonha da lojinha. Ficava em frente à escola dela. Ela fingia que não me conhecia quando vinha com as amigas.

— A senhora nunca se casou de novo?

— Sou amarga demais para qualquer homem, dr. Gold. A minha lista tem dois quilômetros. Nenhum dos homens que conheci entrou para o time. De quem foi a perda? Eu já nem penso mais nisso.

Essa senhora foi tão incrivelmente franca comigo que não vi motivo para recorrer a subterfúgios com ela. Fui direto ao ponto.

— Sra. King, sabe de alguém que poderia querer fazer mal à sua filha?

— O assassino não foi o negro?

Sorri.

— Olhe, sra. King, sou advogado de defesa. Faz parte do meu trabalho buscar teorias alternativas, mesmo em um caso como este.

Eu já tinha notado que quando descrevia meu trabalho assim — a necessidade de cumprir uma obrigação, sem esperar resultados — as pessoas se sentiam menos ameaçadas e falavam. A sra. King parecia ter sentido alívio ao descobrir que eu estava apenas cumprindo um dever e que não achava *de fato* que Damon fosse inocente. Naquele momento ela podia seguir seu instinto e conversar comigo abertamente.

— Bem, ela estava dormindo com aquele sujeito, Yates.

— Verdade?

Isso estava começando a ficar interessante.

— Como a senhora sabe?

— Ela me contou. Disse que estava saindo com o chefe. Bom para a carreira. Para ela, as aventuras amorosas sempre tinham um motivo.

Soltou um suspiro.

— Acho que eu podia ter sido... não sei. Mais dedicada. Mais disponível. Mas sempre senti que ela não gostava de mim, que mal podia esperar para se afastar de mim e da minha vidinha.

— Ela se relacionou com Yates, ah, até o fim?
— Essa é uma forma interessante de colocar a pergunta, não é mesmo? Eu não sei.
— Além de Yates, ela tinha outros amigos no trabalho?
— Uma jovem que ela mencionava de vez em quando, acho que o nome dela é Renee. Renee Albertson, ou algo assim.

Pôs-se a pensar por alguns instantes.

— Uma coisa posso lhe dizer: alguns meses atrás, no outono, notei que ela parecia ter mais dinheiro.

Distraidamente, correu a mão pelo sofá novo.

— O melhor presente que me deu.

Parecia estar pensativa. Pouco depois, disse: — Sabe, quando Charlotte morreu, ela estava à procura de um objeto de arte em alguma galeria sofisticada. Isso foi uma novidade. Nunca teve esse costume.

— Acha que ela ganhou um grande aumento de salário ou um bônus?

— Não sei. Ela não disse nada.

Será que Charlotte King estava chantageando Yates? Será que ele teria algum motivo para matá-la? Bem, ao menos era o início de uma teoria plausível. Grande parte era apenas minha imaginação fértil. Charlotte King, a sexy rainha do gelo, chantageando Yates em função do caso que tiveram. Será que ele era casado? Não me lembrava de nenhuma menção à família em quaisquer dos artigos que eu lera. Se não era, qual seria o problema? Será que Charlotte sabia de algo mais, algo sobre a firma, algo que poderia trazer problemas para Yates?

Harriet King levantou-se, indicando que já era hora de eu me retirar. Acompanhou-me até o carro. Olhou para mim.

— Minha filha nunca teve muitos amigos. Sempre estava com um homem, no mínimo um. Alguns meses antes de morrer, ela me disse que tinha encontrado alguém de quem realmente gostava. Não era Yates.

— Sabe quem era o rapaz? — perguntei, da forma mais suave possível.

— Não. Não me disse absolutamente nada sobre ele. Esse era o jeito dela. Mesmo assim, fiquei feliz. Pensei que talvez estivesse amadurecendo, aprendendo a amar alguém. Sabe, as pessoas mudam.

No caminho de volta ao gabinete, liguei para o dr. Stern, o psicanalista de Charlotte. Quem sabe ele não atenderia, caso estivesse no intervalo entre um paciente e outro, ou almoçando.

E atendeu. Identifiquei-me e perguntei-lhe se se importaria de conversar comigo sobre Charlotte King.

— O senhorrr reprrresenta o acusado? — perguntou-me, com um sotaque alemão que soava como uma máquina moedora.

— Correto.

— O senhorrr não reprrresenta o goverrrno neste caso?

— Não. Sou aquele que se opõe ao governo.

— Tudo bem parrra mim.

Seu sotaque alemão repentinamente queria dizer vítima, não opressor. Cheguei à conclusão de que o psicanalista era um judeu-alemão que não confiava em nenhum governo, e muito menos em promotores que o representassem.

Ele suspirou.

— Olhe, eu não posso falarrr sobrrre ela com o senhorrr. E isso é tudo. Lamento.

Desligou o telefone. Soava como uma paródia de Sigmund Freud, mas provavelmente conhecia todos os pormenores da vida de Charlotte King.

Ainda era meio-dia. Tempo de sobra para visitar a Yates & Associados.

CAPÍTULO 13

— ELA NÃO COSTUMAVA SE ABRIR muito com as pessoas. Certamente não com os rapazes. Era tão linda, nunca se sentia à vontade perto de homens, porque todos queriam dormir com ela, ou cultivavam um amor platônico e agiam de forma estranha, sei lá. Mas conversava comigo.

Os olhos de Renee Albertson se encheram de lágrimas assim que terminou a última frase. Enxugou uma lágrima e olhou-me. Estávamos sentados em seu lustroso escritório na Yates & Associados, que ficava no centro, no quadragésimo terceiro andar de um arranha-céu cujo metro quadrado custava mais do que eu gastava em uma semana com alimentação.

— Eu não devia estar falando com o senhor.

— Fico muito agradecido.

Sabendo o que eu sabia sobre Yates, aquilo não era nenhuma mentira. O sujeito era um participante extremamente ativo do mundo corporativo. Eu o havia investigado pela Internet em meu gabinete antes de me encontrar com a srta. Albertson. No início da década de 1960, ele fundara um novo tipo de firma de investigação particular, contando apenas com uma linha telefônica, um modem e um computador, antes mesmo que a maior parte dos norte-americanos soubesse o que eram. À medida que sua reputação e lista de empresas-clientes crescia, contratava cada vez mais investigadores, agora chamados de "diretores administrativos", que possuíam vasta experiência na imposição da lei, em diferentes níveis. Empregava ex-policiais, ex-promotores, ex-fiscais da Receita Federal, ex-agentes do FBI, ex-executivos. Todos esses indivíduos haviam mantido suas conexões e, segundo os rumores, tinham acesso a uma imensa variedade de bancos de dados confidenciais. O negócio amealhava mais de cem milhões de dólares anuais. Um novo tipo de firma de investigação. Informatizada. Corporativa. Respeitável.

— Por que veio até aqui? Não é óbvio que o rapaz negro a matou?

— Não quando se fica a par de todos os detalhes.

— A que se refere?

Não respondi.

— Qual é o seu trabalho aqui? — perguntei.

— O mesmo que o dela. Criptologia. Recuperação. Foi assim que nos aproximamos.

Tentei imaginar uma aproximação via criptologia e recuperação.

— Ela levou um tiro em um assalto. Por que está se metendo na vida dela? Está morta.

— Porque talvez não tenha sido um assalto.

— E quem ia querer matá-la?

— Bem, vejamos. Imagino que soubesse que ela estava dormindo com Yates. Não tinha acabado de terminar com ele antes de morrer?

— Isso geralmente não é motivo de assassinato.

— Talvez ela soubesse de algo.

Renee encarou-me, o olhar severo.

— Escute bem, é melhor não se intrometer aqui. Deixe as coisas como estão. Pode crer. Não queira se meter com Yates. Não se não for necessário. O tal Tucker parece ser o culpado. Faça o que tem de fazer, como todo advogado de defesa, mas deixe Yates para lá.

Passou a falar mais baixo. Parecia estar nervosa ao continuar:

— Sabe, dizem que ele está querendo abrir o capital da empresa. Vai ganhar milhões. Com certeza não vai querer que ninguém lhe cause problemas.

Alguém bateu à porta. Dois homenzarrões de terno entraram e pararam na minha frente. Um deles pediu, com educação:

— Dr. Gold, poderia nos acompanhar? O sr. Yates soube que estava aqui e gostaria de vê-lo. É por aqui.

Agiam como se não me restasse outra alternativa, e cheguei à conclusão de que não me restava. Segui-os.

— Srta. Albertson, cuide-se bem.

Ela estava rindo e meneava a cabeça. Eu não tinha certeza de ter entendido a piada.

Segui o pelotão de capangas de terno por alguns corredores agradavelmente acarpetados, com iluminação indireta e umas porcarias emolduradas nas paredes, até chegarmos a uma ante-sala que dava acesso ao gigantesco escritório de esquina do grande homem. Um escritório imponente. O telefone do sujeito lembrava o controle de uma nave espacial. Havia quatro monitores diferentes voltados para ele, bem como três consoles com aparelhos de TV embutidos. Havia também muitas fotos dele com pessoas influentes, ao lado das obrigatórias obras de arte primitiva, para mostrar que este executivo era um homem de vasta cultura.

Yates estava sentado à escrivaninha, de frente para a porta. Era um homem muito bonito, com feições delicadas e harmônicas, lábios finos, rosto quadrado, mas firme, e um bronzeado profundo, quase fora do normal. O cabelo grisalho muito bem cortado; o terno feito sob medida, impecável; a gravata dourada tecida à mão; as abotoaduras de ouro; captei tudo com uma só olhadela.

— Sente-se, sr. Gold. Estou impressionado com a sua ousadia de vir ao meu escritório sem antes me consultar. Mas, já que está aqui, podemos conversar.

— Ora, Yates. Não vim para vê-lo. Todos os seus funcionários têm de consultá-lo cada vez que recebem um visitante? Duvido muito. A srta. Albertson foi gentil o suficiente em me ver, embora não tenha me dito absolutamente nada quando conversamos no escritório dela. Mas o senhor estava monitorando tudo, então não preciso lhe dizer isso.

— Língua afiada, Gold. Gosto disso. Deve ser um bom advogado. Por que está metendo o nariz aqui? Por acaso sabe com quem está lidando?

— Pela forma violenta como fui trazido, não tenho muita certeza.

Ele se levantou e andou até a janela, da qual se avistava o centro de Manhattan.

— Está vendo esta enorme cidade? Está sob minha vigilância. Recebo informações de tudo quanto é direção. Tenho um arquivo sobre todo mundo. Tenho mais informações ao alcance das mãos do que qualquer cidadão civil do planeta. Posso rastreá-lo, seu babaca, de minha mesa, encontrando detalhes que o deixariam espantado.

Parou, virou-se e olhou-me, e disse em tom sereno:

— Vá com calma. Tenho certeza de que Charlotte King foi assaltada pelo jovem negro Tucker. Se não, por que apareceriam as digitais? Então, por que está bisbilhotando aqui?

— Só para ter uma idéia da vida dela, do seu passado. Já que tenho certeza de que o promotor irá mencioná-lo o máximo que puder.

Sentou-se novamente à mesa.

— Qual vai ser a defesa, Gold? Outro garoto negro, o verdadeiro ladrão, que fugiu?

— Acertou. Deve ter freqüentado uma faculdade de direito.

— Só o bastante para descobrir que prefiro *não* seguir as regras.

— Imagino que isso inclua dormir com assistentes, certo?

— É *mesmo* um espertalhão. Deve ser por isso que trabalha em um lugar onde os clientes não podem despedi-lo. Segure a mão do jovem. Damon não sei das quantas. Apresente a sua defesa no tribunal. Mas não venha bisbilhotar a minha firma, entendeu? Agora dê o fora daqui.

Saí sem dizer uma só palavra. Era um homem assustador, e eu não queria continuar a trocar farpas. Naquele momento, as palavras eram tudo o que eu tinha em meu arsenal. Ele obviamente tinha muito mais. O sujeito mais parecia um banqueiro, e seu escritório lembrava um banco de investimentos, mas ele falava como um mafioso. De repente, eu já não tinha certeza se fazer tudo de acordo com as regras seria suficiente para Damon. Seguir as regras provavelmente o levaria à perpétua sem condicional aos dezoito anos.

Ao caminhar de volta ao gabinete, as palavras de Yates ecoavam em minha mente: "Segure a mão do jovem." Era a isso que eu me resumia, como defensor público? Contratado pelo sistema para segurar mãos e para dar a entender que todos os réus que por ali passavam, dia após dia, ano após ano, destinados a cumprir pena por uma ou duas décadas, eram bem representados?

— Dane-se — praguejei alto. Precisava descobrir o que Charlotte King sabia sobre Yates.

O êxodo da turma de apoio das cinco havia começado. A rua estava repleta de secretárias e vendedores indo para casa. Ninguém me escutou.

CAPÍTULO 14

EM TORNO DAS SEIS, seis e meia, todas as tardes, tem início uma migração de jovens brancos de terno. Eles surgem de entradas do metrô no Upper East Side de Manhattan e caminham vários quarteirões, passando por lojas elegantes, até chegarem aos luxuosos complexos de arranha-céus, onde, com passadas largas, atravessam saguões imponentes, com funcionários uniformizados, em direção a elevadores, que os levam em um piscar de olhos aos apartamentos padronizados.

Entrei no saguão do Dorsley, na rua Setenta e Quatro, rumo Leste, inclinando a cabeça ligeiramente para o porteiro, que, trajando colete, cartola e luvas brancas, retribuiu o cumprimento, em aparente reconhecimento. Fiz o papel de jovem executivo, embora não atuasse dessa maneira na vida real. Dirigi-me com naturalidade aos elevadores.

Fiquei só no elevador, que me deixou em menos de um minuto no vigésimo segundo andar, onde ficava o apartamento de Charlotte King. Ainda sentia o efeito da adrenalina em função do encontro forçado com Yates. O cara se achava o dono do mundo.

Eu passara em meu gabinete a fim de pegar um pequeno artefato antes de ir até o apartamento dela, para ver o que podia encontrar. Sentia a haste longa e achatada no bolso da calça. Com cerca de quinze centímetros, a mesma largura de uma régua, a ferramenta era projetada com perfeição para abrir a maioria das portas que não fossem aferrolhadas. O tipo de portas com fechaduras que em arranha-céus de luxo são consideradas acabamento básico, e que muitos inquilinos nem se preocupavam em mudar, dada a aparente rigidez da segurança no saguão. Alguns anos atrás, um arrombador profissional me havia passado a ferramenta pelas grades, nos bastidores do tribunal, na hora em que ia ser levado para ver o juiz. Ele temia que, se o pegassem com a ferramenta, teria de enfrentar outra acusação — posse não justificada de instrumento de emprego usual na prática de furto —, descrição exata da finalidade do objeto. Eu havia metido a ferramenta na gaveta de minha escrivaninha, e ela permanecera esquecida ali até agora.

Caminhei pelo corredor longo, que se estendia tanto à esquerda como à direita, com as portas padronizadas dos apartamentos padronizados. A placa próxima ao elevador indicava que o apartamento de Charlotte King, o 22E, ficava em algum lugar à esquerda.

ENCONTREI A PORTA DELA e senti meu coração acelerar. Não tinha fechadura dupla. O corredor estava vazio. Coloquei luvas cirúrgicas de látex, inseri a ferramenta na altura da fechadura de mola e a abri com facilidade. Entrei sem fazer barulho e fechei a porta. Invasão de domicílio em ação.

O branco imperava: paredes, sofás, mesa, estantes, enfim, quase tudo era branco. O pouco de cor restante — livros, almofadas, tapetes — sobressaía e chamava a atenção. Era muito bonito. Trabalho de um decorador, sem dúvida. Nenhuma bagunça. Nenhum sinal daquele monte de papéis que muitos de nós costumamos espalhar pela casa. Aliás, nenhuma foto, em parte alguma, nem mesmo uma.

Olhei ao redor em busca de algo revelador — arquivos, pilhas de papéis, talões de cheque, documentos. Nada. Então uma idéia me ocorreu, quando caminhava até o banheiro, no qual ainda se via o tema branco. Charlotte King mantinha todos os detalhes de sua vida no computador, tal como eu. Éramos da mesma geração, e essa era a nossa maneira de lidar com tudo. Nenhuma pista em papéis. Só um disco rígido que era a porta de entrada de nossas vidas. O computador dela estava no canto do quarto. Liguei-o.

Estava satisfeito por ter me lembrado de comprar as luvas em uma loja quando estava a caminho do apartamento dela. Arch Gold nunca esteve aqui. Eu faria todo o possível para ajudar Damon, mas ser detido por violação de propriedade alheia ou arrombamento não iria ajudar em nada.

O computador pareceu estar funcionando. Mas quando procurei arquivos, algo pessoal, algum sinal de uso, não achei nada. Acessei o diretório-raiz do disco rígido e chequei a data de instalação, que é registrada automaticamente no sistema Windows. Quatro de dezembro, às 17h48. Menos de uma hora após a sua morte, alguém viera aqui e levara o antigo disco rígido, com todos os dados de uma vida registrada nele, e o havia substituído por esse novo em folha e vazio. Chequei a CPU. Quatro parafusos, e a tampa meio solta. Se você soubesse o que estava fazendo, poderia retirar um disco rígido e substituí-lo por outro em questão de minutos. Não seria preciso levar todo o computador, já que, em um edifício como este, seria necessário apresentar uma autorização.

Examinei cuidadosamente o restante do apartamento, perguntando-me quem poderia querer a informação contida no disco rígido de Charlotte King, agora que ela já falecera e fora enterrada. Qual seria o grande segredo? Será que havia sido assassinada porque sabia de algo? Se ela trabalhava para Yates, provavelmente era do tipo que mantinha o disco rígido cheio de informações. Quem teria tido o ímpeto de pegá-lo menos de uma hora após sua morte? Era possível se tratar de mera coincidência? Se não fosse, será que alguém, que não o assassino, descobrira que ela havia morrido e imediatamente sentira necessidade de retirar o disco rígido do computador dela? Não parecia possível. Tudo apontava em uma direção — Damon tinha de ser inocente. Senti o estômago embrulhar. Não estou acostumado à pressão de defender clientes inocentes.

Fui embora rapidamente. Fechei a porta, em silêncio, imaginando que diabos poderia fazer com o pequeno detalhe que eu descobrira ilegalmente.

— Ah, olá! Deve ser o namorado. Lamento muito.

Disfarcei, suspirando profundamente.

— Vizinha? — perguntei, com minha voz mais triste, metendo, calmo, as mãos nos bolsos do sobretudo. Infelizmente, eu ainda estava usando as luvas de látex.

— Sou. Não a conhecia. Em edifícios como este, não se tem o hábito de conhecer os vizinhos, não é mesmo? Lá de onde venho, as coisas não são assim.

Não perguntei onde poderia ser. Ousei olhá-la pela primeira vez. Sabia que devia estar bem-vestida, sendo uma cliente das grandes lojas de departamentos. Boa aparência, trajes formais, pessoa superficial.

— Cuide-se.

Dirigi-me ao elevador, as mãos ainda nos bolsos, esperando que ela não tivesse assistido ao noticiário, recentemente, de forma a reconhecer-me. A fama passageira tinha suas desvantagens.

Em breve teria a oportunidade de ver quem mais poderia me reconhecer. Naquela manhã eu marcara uma consulta para Ted Silver, um indivíduo deprimido que necessitava ver o dr. Hans Stern.

CAPÍTULO 15

EU ESTAVA SENTADO na sala de espera do talentoso psicanalista. Fingia ser Ted Silver, possível paciente, deprimido e ansioso, indicado pelo dr. Fulano de Tal, aguardando para ser atendido. Duzentos paus por uma consulta. Duzentos paus para explicar a um sujeito por que você achava que precisava pagar a ele duzentos paus por hora para escutar os seus problemas várias horas por semana. Você deve estar muito infeliz, ou ser muito rico, ou ambos, para fazer esse tipo de terapia. Perguntava-me qual das duas condições se aplicaria a Charlotte King.

A porta do consultório do dr. Stern foi aberta e ele apareceu. Devia ter uns setenta anos, rosto agradável, magro e anguloso, por trás da barba grisalha cuidadosamente aparada. Usava um terno caro, e os gestos eram delicados. Fosse quem fosse o paciente anterior, devia ter se retirado por uma outra saída do consultório. Muito tradicional. Privacidade total. Nenhuma possibilidade de encontrar outros pacientes. Tudo remontava à época em que a terapia era um grande estigma.

— Entre, senhor... ah... Silver. É um prazer conhecê-lo. Acomode-se ali. — Indicou com um gesto amplo a poltrona giratória estofada, um móvel moderno, mas muito confortável, que ficava a cerca de meio metro de outra idêntica, no centro do consultório. Uma boa disposição para a terapia: psicanalista e paciente igualmente sentados, igualmente confortáveis, igualmente capazes de girar a poltrona com um pequeno movimento.

— Voltarei em seguida — disse ele. Dirigiu-se ao corredor, suponho que ao lavabo.

Sentei-me na confortável poltrona e dei uma girada. Agora estava diante da linda escrivaninha antiga do psicanalista, repleta de artigos, recibos e envelopes — papéis cada vez menos utilizados por minha geração. Sobressaindo da pilha estava um disquete negro da IBM, com um bilhete anexado no qual se lia: "Pergunte-me qual é a senha. CK."

Ela falecera há quatro dias, e o nosso antiquado dr. Stern ainda não sabia o que fazer com o disquete. Talvez não tivesse um computador. Talvez não soubesse a quem recorrer em busca de ajuda. Talvez simplesmente não quisesse pensar nisso. Mas, qualquer que fosse o motivo, ali estava, em cima da escrivaninha.

Para minha completa surpresa, com um gesto rápido, Ted Silver colocou o disquete no bolso do paletó e girou a poltrona bem na hora que o dr. Stern voltou.

— Dando uma olhada?

— Estava, só por curiosidade.

— Entendo.

O bondoso doutor realmente pareceu entender. Era um entendedor profissional. Senti uma ponta de inveja dos que tinham tempo e dinheiro para se consultar com o dr. Stern. Ele se sentou na poltrona giratória desocupada, girando-a de modo a ficar de frente para seu novo paciente em potencial.

— O que o traz aqui? — perguntou gentilmente.

— Não sou Ted Silver, sou Arch Gold.

O rosto dele empalideceu. Engoliu em seco. Vi medo, mas isso não pareceu abrandar sua atitude.

— Conversamos ao telefone, certo? Quando entrou, seu rosto me pareceu familiar. Eu o vi no noticiário. Realmente achou que conversar comigo pessoalmente faria diferença? Tenho meus princípios. Não vou falar sobre Charlotte com o senhor.

Fez uma pausa e olhou-me, ansioso.

— Como médico, prestei juramento, afirmando que nunca revelaria os segredos de meus pacientes. Não posso violar esse juramento. Não importa o quanto eu queira, não importa o quão convincente seja o motivo.

Fiz menção de abrir a boca. Ele ergueu a mão novamente.

— Olhe, eu posso lhe dar minha opinião sobre algo, sem violar quaisquer segredos.

— Qual seria?

— Duvido muito que aquele rapaz negro e jovem tenha assassinado Charlotte King. Por mais que eu queira, não posso lhe dizer nada mais.

— Doutor, eu lhe agradeço por me ver e me dar sua opinião, mas tem de me dizer mais. Também não acho que meu cliente seja culpado. Mas as suas opiniões não contam muito. Precisamos de provas.

— Já pensei muito sobre isso. Não posso lhe dizer mais. Mas deve lutar por aquele jovem. Lutar muito.

— Doutor, um homem inocente pode ter de passar a vida na cadeia porque o senhor não quer falar. O senhor parece ser uma pessoa muito correta. Como viver com isso?

Eu estava quase gritando.

— Minha primeira obrigação é com meus pacientes. Nada pode mudar isso.

— O senhor teme estar arriscando a própria vida ao fornecer informações? É isso?

Talvez ele sentisse medo demais de Yates para se arriscar por uma paciente morta.

— Dr. Gold, sobrevivi ao nazismo. Já sou velho. Não tenho medo de nada. Meu próximo paciente está chegando. Devo pedir-lhe que se retire. E dr. Gold? — Lançou-me um olhar firme, para ter certeza de que eu estava prestando atenção. — Por favor, tome cuidado. Se se aprofundar muito, pode colocar sua vida em perigo.

CAPÍTULO 16

NA MANHÃ SEGUINTE, levei o disquete diretamente para meu amigo Goodman, que estava prestes a se deitar, às nove da manhã, quando todos os demais mortais estão começando o dia. Era um homem atarracado — nariz grande, cabeça raspada e lentes sem aro que lhe aumentavam os olhos. Tinha um talento nato, aliás, mais de um. Era contrabaixista, e tirava incríveis sons de jazz de seu instrumento, sobre o qual se debruçava quando tocava, sentado em um tamborete alto. Era também um *hacker*, on e off-line, um daqueles rapazes que podiam solucionar quaisquer problemas que você viesse a ter com o computador: instalar softwares não-instaláveis, remover falhas de qualquer sistema, baixar, carregar, descarregar, fazer backup, e até mesmo abrir a máquina e mudar seus componentes. Parecia ter nascido sabendo como transformar um computador em uma supermáquina, e como tocar o contrabaixo. Habilidades provavelmente relacionadas. Não tinha o menor interesse em sair da cama antes de meio-dia; então, trabalhos convencionais estavam fora de cogitação. Ganhava a vida fazendo diversas apresentações de jazz e prestando consultoria em sistemas operacionais à noitinha, quando os shows não eram suficientes para pagar suas poucas contas.

— Não é do seu feitio roubar prova. Estou surpreso, advogado.

Goodman sorriu, mas seu semblante manteve-se sério à medida que exalava a fumaça de seu milionésimo cigarro.

— É preciso fazer isso quando o cliente é inocente e a perspectiva é de prisão perpétua.

Goodman colocou o disquete. Só havia um arquivo no diretório, chamado "Yates".

— Porra. *Está* bloqueado.

— Droga — disse eu. — Como podemos desbloqueá-lo?

Eu ainda estava tentando digerir o fato de que havia ido até o consultório do dr. Stern sob falso pretexto e depois furtado uma prova como um agente da CIA trabalhando para Nixon. Agora, para completar, não ia dar para ver o que de fato eu havia furtado. As coisas não funcionam, mesmo quando não se segue as regras.

Goodman meneava a cabeça.

— Podem ser quaisquer seis números ou letras. Milhões de possibilidades. Há um programa que vai tentar todas as combinações. Mas pode levar meses para acertar.

— Não há outra maneira?

— Lamento, advogado. Protegido realmente significa bastante seguro.

— Vamos começar imediatamente, então. Baixe essa droga agora.

— É pra já. Quem é que vai me pagar?

— Você está fazendo isso por Damon. Para evitar que um homem inocente seja condenado por um crime que não cometeu. De que vale uma módica quantia diante disso?

— Está bom, mas uma módica quantia compra uma módica comida e paga um módico aluguel.

CAPÍTULO 17

SENTADO NO PARLATÓRIO da Rikers, esperando que trouxessem Damon, fiquei imaginando como explicar a todos exatamente como e por que eu sabia que o disco rígido de Charlotte havia sido retirado do computador dela quarenta e cinco minutos após sua morte, e por que eu tinha um disquete, que acreditava ser dela e ao qual eu não tinha acesso, já que exigia uma senha desconhecida. Pela primeira vez em minha carreira, eu cruzara a linha das táticas guerrilheiras. Qualquer que fosse o desfecho do caso de Damon, ia ser um milagre não ser punido pelo Conselho Estadual da Ordem dos Advogados no futuro, talvez até com expulsão. Naquele momento, não me importava nem um pouco.

Damon chegou. Meu coração palpitava com força, porque não se tratava de ajudar mais um culpado a navegar pelo sistema. Era o que eu fazia na maior parte dos casos. É certo que eu obtivera bons resultados em alguns deles, mas este aqui era diferente. Tratava-se de prisão perpétua para um rapaz de dezoito anos, em virtude de um crime que não cometera. Por inacreditável falta de sorte, estivera no lugar errado, na hora errada. Era a vítima de uma série de incríveis coincidências.

— Tenho algumas novidades, Damon. Vou lhe contar tudo.

Ele estava atento, contendo a raiva, tentando me dar uma oportunidade.

— Quero esclarecer algumas coisas. Primeiro, eu acho que sei por que suas digitais estavam no dinheiro. Seu salário é pago com cheque?

— É.

— Na primeira vez que conversamos, você me disse que havia acabado de trocar o cheque por dinheiro na locadora de vídeo, certo?

— Fazia isso toda sexta. O chefe trocava pra mim.

— E quando ele lhe dava o dinheiro, você o contava, não é mesmo?

— Contava.

— Então suas digitais ficavam em cada nota.

— Ficavam — respondeu ele, mas a entonação era mais uma pergunta que uma resposta.

— Então, na sexta, 4 de dezembro, acho que uma mulher foi até a sua loja e comprou uma cópia de *Atração Fatal*. Era você quem estava no caixa. Você escaneou a fita que ela lhe deu, e em seguida recebeu três notas de dez dólares dela e deu o troco. Essa mulher era Charlotte King.

Damon olhou-me como se tivesse acabado de ver um fantasma. Eu esperava que fosse o de Charlotte King. Continuei:

— Mais tarde, no mesmo dia, você trocou o cheque com Taback, seu chefe. Ele lhe deu dezoito notas de dez dólares, incluindo as três que Charlotte King tinha lhe dado quando comprou *Atração Fatal*. Foi assim que as suas digitais e as de Charlotte foram parar nas mesmas notas.

— Que parada inacreditável!

Encostei-me enquanto ele digeria tudo. Pouco depois, ele começou a sorrir.

— Você é bom, Gold, você é bom. Aliás, mais do que bom, está coberto de razão. Eu *realmente* me lembro da mulher. Então *aquela* era Charlotte King! Caramba! Não é inacreditável? A mina vai na loja, eu cuido da compra e agora eles estão dizendo que matei a moça?

— Tudo o que falei até agora pode ser confirmado com recibos, dados do computador da locadora de vídeo, e os depoimentos de Taback e da srta. Ringle, sua colega de trabalho lá. E aposto que logo confirmaremos que as suas digitais estão na fita que estava na bolsa dela.

Damon assentiu com a cabeça. Prossegui:

— Então isso vai invalidar as provas materiais do processo.

— E o reconhecimento? Como é que a gente vai lidar com ele?

— Não se preocupe, rapaz. Aquele reconhecimento foi muito malconduzido. Nós dois sabemos disso. Eu sei como lidar com aqueles policiais. Essa é a minha especialidade.

Ele pareceu levemente impressionado.

— Estou louco pra ver isso.

— Então, descobri muitas outras coisas. Uns quarenta e cinco minutos depois que Charlotte King morreu, alguém entrou no apartamento dela e tirou o disco rígido do computador, levando todos os dados. Deve ter sido a pessoa que a matou. Faz sentido.

— Puta merda! Como é que descobriu isso?

— Sem comentários. E sabe o que mais descobri? Que ela estava dormindo com o chefe, David Yates. O sujeito dirige a maior firma de investigação privada do mundo, é muito bem relacionado e poderoso. O tipo de pessoa que poderia facilmente entrar no apartamento dela e pegar o conteúdo do computador se achasse que continha alguma informação perigosa para ele ou para a firma. O tipo de pessoa que saberia como contratar um assassino de aluguel. Além disso, segundo a mãe dela, cerca de um mês antes de ela ser morta ela tinha começado a sair com um outro cara. Então ele tinha muitos motivos para matá-la.

Damon absorveu tudo. Após alguns minutos, disse:

— Então foi só por puro acaso que fui preso. Algum tipo de coincidência. Esse cara, Yates, não tentou me incriminar, tentou?

— Não. Acho que ele não esperava que houvesse uma detenção. Talvez tenha contratado um negro grandalhão como você, e a descrição de Charlotte King tenha sido correta. Não sei. Mas não houve uma armação para incriminá-lo. Foi má sorte. E agora vamos ter de tirá-lo dessa enrascada.

Damon olhou-me. Finalmente, sentiu que eu parecia estar do seu lado. Soou abatido:

— E como é que a gente vai fazer isso?

— Nosso problema no momento é que não temos provas suficientes. A outra possibilidade, a de que Yates teria sido o autor, é muito especulativa. O juiz não vai nos deixar apresentar o que temos aos jurados.

A expressão de Damon era de incredulidade.

— Que é isso, cara? Como é que ele pode impedir a gente? Isso tudo é prova. Mostra que sou inocente.

— Eu sei disso. Mas o que temos realmente? Sabemos que alguém mexeu no computador dela. E que ela dormiu com o chefe. Isso é tudo o que temos. Nada mais. Isso não é suficiente. Precisa acreditar em mim.

— Porra, cara. E o tal princípio da presunção de inocência? Como é que podem me impedir de apresentar provas de que foi outra pessoa?

— Podem, se forem especulativas demais. É a lei. Precisamos de provas contundentes.

Damon olhou-me como se eu fosse maluco. Para um leigo, realmente parecia ser uma regra cruel. Mas era assim que funcionavam as coisas. Foi o que o Tribunal de Recursos, em *O Povo contra Primo*, declarara há alguns anos. No decorrer de um processo criminal, ao tentar apontar o verdadeiro autor do crime, você não pode simplesmente alegar a bel-prazer que uma outra pessoa é culpada. É preciso apresentar algo mais além de provas circunstanciais imprecisas.

Damon ficou bravo novamente, e eu não podia culpá-lo. Tentei acalmá-lo:

— Olhe, nós temos dois caminhos a seguir. O das coisas que podemos usar, mas que apenas tentam invalidar a tese do promotor, e o das coisas que não podemos usar, que são as que esclarecem quem foi o autor do crime. No entanto, se conseguirmos descobrir mais sobre essas últimas, é possível que tenhamos a oportunidade de utilizá-las.

— Mas, por enquanto, a gente só vai dizer que não fui eu e tentar invalidar as provas deles?

— Não quer dizer que isso seja pouco, Damon. Pode resultar em uma absolvição.

Ele perdeu as estribeiras. Não dava para prever o que faria o rapaz explodir.

— Chega desse papo-furado sobre leis! Por que a gente não publica a história no jornal?

— Por vários motivos. Primeiro, porque Yates vai ficar sabendo e vai ser mais difícil descobrir algo, e no momento não temos o suficiente. Segundo, porque o promotor vai ficar sabendo e vai ter meses para preparar as contraprovas. E com certeza vai poder contar com a ajuda de Yates. Terceiro, porque, como advogado de defesa, tenho de seguir as normas locais do Tribunal de Nova York, que me proíbem de comentar o caso de forma a influenciar os jurados em potencial. E isso não é brincadeira. Bruce Cutler, o advogado de Gotti, quase foi parar na cadeia por falar com a imprensa. Foi condenado por desacato, teve a licença suspensa por um ano e cumpriu pena em regime de prisão domiciliar por seis meses.

— Uau, estou morrendo de medo! Vamos ver, perpétua sem condicional ou seis meses de prisão domiciliar? Com qual problema eu devia me preocupar, com o seu ou com o meu?

— Essa não é a forma de avaliar a situação, Damon, e sabe muito bem disso. Já arrisquei toda a minha maldita carreira por você, e arrisco de novo se puder ajudá-lo. A questão é que uma entrevista coletiva não vai ajudar neste momento.

Damon não disse nada. Pelo menos não estava me xingando. Suponho que eu finalmente começara a ganhar credibilidade com ele. Ainda assim, seu temperamento o tornava imprevisível. Se perdesse o controle no tribunal, estaríamos em apuros. Os jurados não acreditam, nunca, que a raiva de um réu demonstra sua inocência. Querem que o réu fique sentado calmamente e aja de forma respeitosa. Querem absolver sujeitos *amáveis*, e não canalhas assustadores. Seu objetivo é *prender* canalhas assustadores. Damon ia ter de se controlar, não importando o quão justificada fosse a sua raiva.

Achei que não era o momento de lhe passar um sermão. Pela primeira vez nos despedimos com um aperto de mãos.

CAPÍTULO 18

NO CAMINHO DE VOLTA À CIDADE, fiquei pensando na firma de Yates e no que Charlotte King poderia ter descoberto após ter dormido com o chefe. O rádio do carro estava ligado.

"Levamos o mundo até você em vinte e dois minutos."

Naquele momento, o rádio tentava me informar que um certo dr. Hans Stern fora assassinado no Upper East Side. Alguém invadira a casa do psicanalista, que funcionava tanto como residência como consultório. Ele era divorciado e vivia só. Segundo a polícia, tudo levava a crer que fora um roubo. O local havia sido vandalizado. O dr. Stern fora vítima de disparo de arma de fogo. O corpo tinha sido encontrado por um paciente, cujo nome foi mantido em sigilo. Naturalmente. As pessoas não contam para os amigos mais íntimos que fazem análise. Com certeza a polícia estava evitando divulgar maiores detalhes. Era a atitude esperada no início de um caso no qual ninguém fora preso.

Quase fui parar no acostamento.

O amável e gentil dr. Stern fora assassinado porque Charlotte King lhe dera alguma informação durante a consulta. Ou talvez fora morto por causa do conteúdo do disquete de Charlotte. Talvez alguém tenha passado no consultório do dr. Stern para recuperar o disquete, e o matara em virtude de sua recusa em entregá-lo. A questão é que ele não tinha como entregá-lo. Já não estava lá. Eu havia acabado de furtar algo que lhe pertencia e, ao mesmo tempo, de condenar o dr. Stern à morte.

No gabinete, liguei de imediato para McSwayne. Queria ver se ele havia estabelecido a relação entre Charlotte King e o dr. Stern, ou se não dera a mínima para isso.

McSwayne descartou, ironicamente, qualquer relação.

— Gold, escute. Esta cidade é perigosa e acontece de tudo, como você bem sabe em função do seu trabalho. Às vezes as coisas acontecem com *pessoas* que têm conexões. Não significa que *tudo* está relacionado. Vou conseguir o relatório policial do caso, só para você ficar contente.

Será que o assassinato de Stern não tinha relação alguma? Era possível, mas, se fosse esse o caso, era uma coincidência incrível. Se Charlotte King sabia de algo que Yates queria ocultar, e ele sabia que ela fazia análise, ele não só teria mandado matar a jovem, como também o psicanalista.

Uma teoria interessante. Uma teoria interessante e paranóica, sem nem um pingo de provas para sustentá-la, exceto o fato de que Yates estava dormindo com ela, e o disco rígido fora roubado após a morte de Charlotte King. Tudo circunstancial e completamente especulativo.

McSwayne ligou de volta.

— Gold. Meu caro.

Ele sempre começava dessa forma quando ia me dar notícias prejudiciais ao caso. Só para deixar claro que não era nada pessoal.

— Falei com o detetive encarregado de investigar o homicídio de Stern. Parece que foi roubo. Equipamentos eletrônicos e computadores sumiram, bem como jóias, dinheiro etc. Aparentemente, a segurança no condomínio do sujeito era uma droga. Ele deixava a porta aberta, para que os pacientes pudessem entrar e sair. Uma alma confiante. Um daqueles tipos freudianos austríacos que sobreviveu ao nazismo quando criança e apostou que este país seria seguro.

Estava certo sobre o país, mas não sobre a cidade. Dá até pena. O sujeito sobrevive a Hitler e acaba sendo assassinado em casa, no Upper East Side. Um mundo louco este, Gold. Ah, antes que me esqueça, as digitais de Damon foram encontradas na fita de vídeo de *Atração Fatal*. A fita não havia sido aberta. As digitais estavam no invólucro de plástico. Polegar e quatro dedos. Como se ele a tivesse segurado. Talvez tenha pensado em ficar com ela.

— É mesmo? — perguntei. — McSwayne, como explica a presença das digitais de meu cliente no dinheiro e na fita, mas não na arma, na carteira e na bolsa? Se ele estivesse usando luvas, não haveria nenhuma digital, em lugar nenhum. Sem as luvas, como é possível as digitais só estarem nesses itens específicos e não na arma, na carteira e na bolsa?

Eu queria saber se McSwayne estava captando a minha teoria, esclarecendo as digitais de Damon e Charlotte. Mas duvidava muito que estivesse. Quando os policiais acreditam que já solucionaram um caso, deixam-no de lado. Completamente despistados. É assim que funciona o Departamento de Polícia de Nova York. Para que trabalhar em casos solucionados se restam inúmeros sem solução? Este caso não era nenhuma exceção.

— E eu lá sei, Gold? Quem sabe o seu cliente não removeu as digitais de alguns objetos e se esqueceu dos outros? Metade dos elementos que mando para a cadeia mal se lembra de limpar o traseiro.

Tive uma vontade enorme de mencionar o disco rígido para McSwayne, e também o disquete que eu pegara do consultório do psicanalista assassinado. Será que eu estava obstruindo a justiça ao manter o disquete em vez de entregá-lo? Poderia condenar Yates não por um, mas por dois homicídios, se a promotoria pudesse decifrar a senha logo. Liguei para Goodman. Ele disse que realmente não havia como executar o programa com mais velocidade, que a promotoria não seria mais rápida do que ele, e que nem mesmo a Microsoft poderia desvendar o código de outra forma. Senti-me melhor. Disse a mim mesmo que não estava atrasando nada. Além disso, eu queria manter o disquete, porque não sabia até onde isso tudo iria me levar. Agradava-me a idéia de ter algo que Yates queria.

Fui até o gabinete de Layden, sem ter muita certeza a respeito do quanto deveria lhe revelar. A iluminação estava fraca. Parecia estar recostado na cadeira, sem fazer nada. Na melhor das hipóteses, estava perdido em seus pensamentos. Mas, à primeira vista, estava cochilando ou deixando-se levar pela depressão.

— Você não vai acreditar no que descobri, Kevin.

— O quê?

Endireitou-se e virou-se para mim.

— Charlotte King mantinha vários relacionamentos amorosos. Com Yates, e também com pessoas desconhecidas. Foi o que a mãe dela me disse.

— Interessante.

Agora estava prestando atenção. Era um bom sinal.

— Quando foi isso? — perguntou ele.

— Ela não sabia ao certo. Provavelmente até Charlotte King ser assassinada. Talvez ele a tenha matado.

— Espere aí, Arch. Não se deixe levar pela imaginação. Dormir com várias pessoas geralmente não acaba em homicídio. Admito, é certamente uma ótima informação. Mas não sei se você vai poder usá-la, sem acrescentar algo.

— Certo, sr. Cínico Sabe-tudo, veja se isso acrescenta alguma coisa. O dr. Hans Stern, psicanalista de Charlotte King, foi assassinado ontem. Não é uma incrível coincidência?

— Caramba! O que é que McSwayne falou?

— Ah, ele disse: "Esta cidade é perigosa e acontece de tudo. Às vezes as coisas acontecem com *pessoas* que têm conexões. Não significa que *tudo* está relacionado."

Layden riu.

— Esses promotores irlandeses realmente usam as palavras de forma peculiar. Sinto muito, mas acho que ele está certo. Arch, posso soar como um disco quebrado, mas este é um caso no qual o acusado foi reconhecido pela vítima. Você pode investigar Charlotte King o quanto quiser, mas isso não vai mudar nada.

Decidi não lhe revelar as demais descobertas. Não queria que ele chegasse à conclusão de que eu invadira o apartamento de Charlotte King e furtara o disquete do recém-assassinado dr. Stern. Senti-me só, agora que tinha cruzado a linha invisível que separa os advogados que seguem as regras daqueles que acreditam no vale-tudo. Repentinamente senti uma nova afinidade com todos os meus clientes que viviam naquele lugar sombrio, em algum ponto fora do mundo habitual de regulamentos e regras.

CAPÍTULO 19

O SISTEMA DE JUSTIÇA CRIMINAL de Gotham é um jogo de roleta no qual a verdade é importante, mas, com freqüência, o que conta muito mais é quem é o promotor, ou quem é o advogado de defesa, ou qual foi a qualidade do trabalho policial. O tempo pode arruinar tudo. Depois de cada grande tempestade de neve, algumas centenas de prisioneiros têm de ser soltos, até mesmo os acusados de crimes violentos. Isso porque cada denúncia tem de ser oferecida no prazo de cento e quarenta e quatro horas a partir da detenção, exatamente dez dias. Naturalmente, o acúmulo é tão grande que, na maior parte das vezes, ela só é oferecida no último dia. Se acontecer de cair trinta centímetros de neve, e nenhum tira ou vítima chegar à rua Centre, número 100, então nesse dia uma turma completa de acusados deixará a prisão, em regime de liberdade condicional, por crimes hediondos ou de pouca gravidade que abrangem de furto a homicídio. O processo deles continuará em andamento, mas eles responderão em liberdade.

Fora o tempo, nenhum outro fator é mais importante do que o juiz. Em Manhattan, há cerca de vinte e cinco juízes encarregados de crimes de natureza grave. O caminho para se chegar a cada um deles para ser julgado é aleatório. As diferenças entre eles são inúmeras, sob vários aspectos: o valor da fiança que costumam fixar, o tipo de provas que exigem do promotor, a interpretação de fortes indícios, a visão sobre a credibilidade da polícia e, finalmente, é claro, a duração da pena fixada na sentença, se você conseguir evitar o julgamento. Então ficar diante deste ou daquele "meritíssimo" faz diferença.

Naquele momento, eu me encontrava no gabinete da juíza Bernice Stoddard. O processo de Damon estava em sua pauta para um juízo de admissão. Estávamos a três dias do Natal. A promotoria estava encaminhando o processo rapidamente, algo incomum diante de suas táticas costumeiras. Ainda estávamos a cerca de dois meses da data marcada para o julgamento.

A juíza Stoddard era uma mulher negra, quarentona, muito inteligente e simpática, que havia superado todos os obstáculos. Tinha uma aparência agradável, com traços delicados e corpo rotundo. Parecia uma cantora famosa da década de 1940, prestes a cantar, e não a pronunciar a sentença de seu cliente. Ela crescera no norte da cidade, em um bairro pobre, e lutara, passo a passo, bolsa de estudos após bolsa de estudos, para chegar à faculdade de direito e depois à promotoria, onde, após prestar serviço durante os obrigatórios dez anos, fora nomeada juíza pelo prefeito. Ninguém se surpreendera com isso.

Ela desafiava todos os estereótipos. Emitia sentenças bastante severas, mas, ao contrário da maior parte dos juízes com tal tendência, não tinha intenção de modificar as regras de procedimento. Todos eram tratados com respeito, incluindo os advogados de defesa e os réus. Obtinha-se um julgamento justo com ela, mas, se as coisas andassem mal, uma vez assentada a poeira, vinha com tudo em cima de seu cliente, freqüentemente com a pena máxima.

E era publicamente a favor da pena de morte. Eu a vinha observando no decorrer dos anos, e havia representado dezenas de casos sob sua alçada, incluindo vários julgamentos pelo tribunal do júri. Eu, pessoalmente, não acredito que ela, no fundo, deseje isso. Acho que ela fez uma escolha política, calculada. A decisão se ajusta à sua personalidade, porque é de sua natureza ir contra clichês, sentir-se acuada com a regra tácita de que promotores e juízes negros devem, em conjunto, negar-se a impor a pena capital, seja qual for o crime ou a prova.

    A forma solícita de atuar da juíza trazia conseqüências desastrosas para os advogados novatos em sua sala de audiência, pois estes não captavam sua vontade de ferro e caíam na besteira de se deixar enganar pela atenção pessoal, pelo interesse em ver as fotos das crianças, pelo papo informal junto ao estrado e pelas conversas, em caráter não oficial, no gabinete. Mas tudo isso fazia parte de um plano maior e mais sério: a condenação do réu.

    Ela estava disposta a mostrar ao mundo que só porque era uma juíza negra não significava que ela não seria rigorosa com sua própria gente, e só porque era mulher não significava que deixaria de aplicar as penas máximas. O que não conseguia influenciar oficialmente, tentava controlar nos bastidores. Fazia promotores públicos repassarem todo o caso em seu gabinete, na presença do advogado de defesa, claro. Embora desagradasse aos promotores mais inteligentes terem de passar essas informações tão cedo, o processo era extremamente útil para os que não eram tão hábeis, para os quais ela apontava falhas no modo de pensar. Às vezes, de forma ainda mais insidiosa, Stoddard pedia que o advogado de defesa expusesse seu ponto de vista, de maneira a revelar qualquer argumento que não tivesse ocorrido a ela. O propósito de tudo isso era tentar evitar surpresas diante do júri.

    Naquele momento, McSwayne, a juíza e eu estávamos sentados à mesa de conferência no vestiário nos fundos do tribunal. Damon ainda estava preso no andar inferior. Ainda não o tinham trazido.

    — Gold, o que um advogado talentoso como você ainda faz atuando como defensor? Já devia estar no comando.

    — É uma posição política demais para mim, Meritíssima. A atuação no tribunal me agrada. Não quero ter de lidar com verbas e despedir funcionários por ter enfurecido um dos lacaios do prefeito.

    Ela sorriu.

    — Está bem, doutor. Hoje será realizado o juízo de admissão. Com algumas questões bastante atípicas, a começar pelo falecimento da testemunha que reconheceu o acusado. — Fez uma pausa. — Aliás, Gold, diga ao seu cliente que ele tem sorte de eu não ser a promotora deste condado, caso contrário ele deveria estar se preparando para ser executado. Talvez isso dê a ele uma idéia de como me sinto a respeito deste caso.

Ela dirigiu-se a McSwayne:

— Permitam-me começar perguntando ao sr. McSwayne como ele pretende introduzir o testemunho indireto dos policiais sobre as provas no julgamento, supondo, obviamente, que eu o admita e não encontre nenhum impedimento constitucional no reconhecimento.

— Declaração de pessoa moribunda, Meritíssima — respondeu McSwayne, exultante, acertando em cheio.

— Esperava que dissesse isso — disse a juíza, sorrindo satisfeita. — Suponho que conheça todos os pormenores da lei a esse respeito.

— Creio que sim.

— Os policiais estão preparados para depor?

— É o que espero.

— Imagino que esteja convocando os dois policiais que estiveram com a vítima, e não os dois que efetivaram a prisão, uma vez que representam o que há de mais próximo à perspectiva da vítima em um caso como este.

Era meticulosa. Certificava-se de que o promotor só convocaria os policiais estritamente necessários ao ganho de causa, e ninguém mais. A juíza tinha consciência da importância de não arruinar os autos do processo com depoimentos prévios de policiais. Sabia, tal como qualquer outro observador habitual dos tribunais nova-iorquinos, que dois policiais nunca conseguiam contar a mesma história, e quanto menos versões houvesse, melhor para o promotor em praticamente todo caso. Aqui, ainda havia o embaraçoso fato adicional de que um dos policiais que efetivara a prisão havia jogado o walkman do acusado na sarjeta. Ela certamente iria preferir não colocar em questão a credibilidade dele. Se a juíza conseguisse exercer o seu domínio, esse policial não teria qualquer participação na audiência.

— Então parece que estamos prontos. Este é um caso muito sério e envolve um crime terrível; ainda assim, esta audiência não deve demorar muito, não é mesmo, senhores?
— Não, Meritíssima — respondi. — Então imagino que não se importará se eu conversar com meu cliente por alguns minutos antes de começarmos. Gostaria que o levassem ao parlatório.
— É realmente necessário, Gold? Isso demora tanto. Converse com ele na sala de audiência quando o trouxerem.
— Meritíssima, não posso discutir estratégias na audiência pública, por mais que seja essa a sua vontade.
A juíza revirou os olhos.
— Está bem. Vejo-o na sala em quinze minutos. Não me faça esperar, dr. Gold.

O PARLATÓRIO, no décimo segundo andar do número 100 da rua Centre, não permitia visitas de "contato". Antigamente, era uma sala ampla, na qual estavam dispostas muitas mesas e cadeiras, permitindo que uma dúzia de advogados se encontrasse com seus clientes. Quando a vi pela primeira vez, nos primórdios da minha carreira de defensor público, fiquei chocado com a frouxidão do esquema. Parecia ser um convite a um tumulto — quinze detentos e seus advogados, sem nenhuma barreira ou agentes penitenciários, sem nada além da antiga suposição de que advogados não precisavam de proteção contra os clientes. Então, um belo dia, há alguns anos, um réu consternado, que estava morrendo de AIDS e não tinha nada a perder, puxou uma faca artesanal, elaborada com um pedaço afiado de lata de refrigerante engastado em uma escova de dentes derretida, e a segurou rente à garganta de sua defensora pública, uma jovem recém-formada em direito. "Quero que descontem os dias que já cumpri", protestou ele. Tudo o que conseguiu foi um pulmão cheio de gás paralisante e uma nova denúncia por crime doloso. A defensora foi embora de Nova York e voltou para sua cidadezinha desconhecida que a havia cuspido na cidade grande, e a sala fora reformada. Naquele momento eu conversava com Damon através de grossas grades de aço.

Hoje ele parecia estar calmo. Senti que a revolta ainda estava ali, como uma corrente poderosa, debaixo da superfície.

— O que vai acontecer agora?

— Agora haverá um juízo de admissão.

— O que é isso?

— Bem, como você sabe, os policiais não podem simplesmente prender uma pessoa quando têm vontade. Eles precisam de algo chamado fortes indícios. Se eles o prendessem sem a presença de fortes indícios, o juiz descartaria qualquer prova material encontrada pelos policiais, em função da prisão ilícita. No seu caso, seria o dinheiro que eles encontraram em seu bolso. Então, hoje, o Povo convoca os policiais a comparecerem a uma audiência, para depor a respeito do que aconteceu quando você foi detido. Eu posso inquiri-los.

— E aí a gente perde, não é?

— Sim e não. Comparecemos conscientes de que não há escapatória, pois tenho certeza de que eles estarão preparados para dizer as palavras mágicas de forma a demonstrar a existência de fortes indícios. Mas temos a oportunidade de fazê-los se ater, sob juramento, a uma versão dos fatos, e isso será fundamental no julgamento. Essa juíza não vai descartar nenhuma prova, mas ela não pode evitar o registro do que será dito hoje, e tenho certeza de que vamos conseguir coisas positivas.

— Doutor, espero de verdade que você saiba o que está fazendo. Aqui estou eu, um cara inocente, com a perspectiva de passar o resto da vida enjaulado, e você aí falando que a gente não tem escapatória, mas tudo bem. Caralho! Não tenta esconder nada. Só me diz logo que estou ferrado. Fala logo que a gente está encurralado porque neste jogo as cartas já estão marcadas. Ganhar pontos não adianta droga nenhuma aqui.

Ele meneou a cabeça, desolado. Um agente bateu à porta.

— Tenho de levá-lo para o tribunal. Ordens da juíza.

— Antes de irmos, Damon, lembre-se de uma coisa. Essa juíza é muito simpática. Você vai gostar dela. Mas não puxe conversa. O que tinha de ser dito já foi dito, e lá só uma pessoa vai entrar pelo cano se abrir a boca. Você. Não diga nada.

Contornamos o xadrez e nos dirigimos à imensa sala de audiência, vazia, exceto por três repórteres da imprensa e a mãe de Damon, que estava sentada e imóvel, na segunda fila.

Um dos meirinhos que estava próximo à porta dos fundos, atrás do estrado elevado da juíza, repentinamente, exerceu o papel de arauto:

— Levantem-se. Levantem-se. Escutem. Escutem. Todos aqui presentes prestem atenção, a honorável Bernice Stoddard doravante preside. Queiram por obséquio sentar-se e retirar o chapéu. Alimentos e colóquios não são permitidos.

A juíza Stoddard entrou por uma porta nos fundos, os saltos ecoando no piso duro, a toga negra oscilando por trás dela.

— Bom-dia.

Abriu um grande sorriso, até o olhar pousar em Damon, quando ficou séria.

— Advogados, aproximem-se, por favor.

McSwayne e eu obedientemente nos aproximamos da juíza.

— Muito bem, tenho certeza de que não há qualquer possibilidade de um acordo neste caso, mas gostaria que o sr. McSwayne deixasse registrada nos autos a proposta feita pelo Povo e a rejeição do réu.

McSwayne disse:

— Vossa Excelência sabe que o prazo de cento e vinte dias, previsto em lei, durante o qual meu gabinete decidirá se pedirá a pena capital ou a prisão perpétua sem liberdade condicional, ainda não prescreveu. Portanto, não temos condições de fazer uma proposta para o sr. Tucker. Cá entre nós, duvido que Leventhal decida repentinamente pedir a pena de morte neste caso. Então o cliente do dr. Gold tem diante de si a perspectiva de enfrentar a prisão perpétua sem condicional. Suponho que ele não vá se declarar culpado nessas condições.

Dei de ombros. Eu realmente não tinha nada a dizer.

— Muito bem, voltem aos seus lugares.

Uma hora depois, a audiência havia terminado. Stoddard julgou ter ficado demonstrada a presença de fortes indícios e o processo seguiria adiante. Não pôde ser marcada uma data para o julgamento porque a promotoria ainda não havia anunciado suas intenções no tocante à pena de morte.

Antes de me retirar, parei por um momento para conversar com a sra. Tucker. Ela soltou um suspiro.

— Com a ajuda de Deus, dr. Gold, o senhor vai conseguir tirar o meu filho desta enrascada.

Com a ajuda de Deus. Lembrei-me de uma piada antiga que meu pai costumava contar, sobre um judeu pobre do Lower East Side que encontrou um terreno baldio cheio de cacos de vidro e de lixo. O homem passou dias limpando, arando a terra e plantando um lindo jardim de flores. Quando elas floresceram, o rabino apareceu e disse ao homem, que trabalhara arduamente: "Veja o que é possível fazer com a ajuda de Deus!" O homem sorriu. "Até eu me tornar Seu sócio, Deus não estava indo tão bem."

CAPÍTULO 20

NANCY LEVENTHAL *estava embaixo. O promotor-chefe, com toda a rigidez altiva de seus oitenta e um anos, estava em cima, sendo ainda capaz, uma vez a cada duas ou três semanas, de desfrutar os prazeres escorregadios de Nancy. Ela o conhecera dez anos antes, alguns anos após o falecimento da primeira esposa dele. Nancy era trinta e nove anos mais nova do que ele e bem mais jovem do que seus filhos. A relação causou muita polêmica, mas Nancy não se arrependeu de nada. Leventhal tinha setenta e um anos quando ela o conhecera, e havia sido uma força vital para ela; agora ele estava um tanto débil, mas Nancy ainda nutria profunda admiração por ele. E juntos tiveram Alice, sua linda filhinha. Com a fortuna de Leventhal, ela e a filha estavam feitas para o resto da vida. Quando ele se fosse, ela lamentaria, mas sua vida iria recomeçar. Saberia lidar com isso.*

Agora, ele estava respirando pesadamente e quase atingia seu silencioso clímax. Era um pouco antiquado. Tinha mais de um metro e noventa de altura, então, quando se deitava em cima de Nancy, a face dela ficava à altura de seu peito. Não trocavam olhares, tampouco visualizavam o corpo um do outro. A mais casta das posições missionárias. Não importava. Ele sempre parecia se divertir.

Desta vez, quando atingiu o orgasmo, soou estranho, e ficou completamente imóvel em seguida. Passaram-se cerca de trinta segundos até ela gritar e tirá-lo de cima dela. Já estava morto, em decorrência de um infarto fulminante.

O GOVERNADOR RECEBEU *o telefonema quando terminava seu exercício matinal no Palácio do Governo. Fora eleito defendendo a pena de morte, derrotando um democrata liberal que transformara em cruzada moral o veto a qualquer projeto de lei a favor da pena capital que a Assembléia Legislativa republicana porventura tentasse aprovar. Ninguém havia sido executado no estado, mas vários casos caminhavam nessa direção através das infindáveis interposições de recursos. O governador acreditava que a lei prevaleceria. A idéia era dar uma punição exemplar a qualquer custo, a julgar pelas decisões recentes da Suprema Corte sobre a pena capital. O maior problema era conseguir que os promotores das comarcas a pedissem. No Texas, o governador recebeu muito crédito por todas as execuções ali realizadas, mas isso ocorreu porque as pessoas da região queriam levá-las a cabo. Aqui, em Nova York, o governador interviera uma vez, no caso do promotor negro do Bronx, mas havia jurado nunca mais fazer isso com Leventhal; agora, isso não seria necessário. Em caso de falecimento, cabia a ele a delicada tarefa de indicar temporariamente um promotor-chefe, e ele já sabia exatamente quem poderia substituir Leventhal.*

CAPÍTULO 21

A JUÍZA STODDARD, agora promotora-chefe Stoddard, virou celebridade no momento em que, com os microfones e câmeras diante de si, declarara que pediria a pena de morte para Damon Tucker.

O público esperava que velhos brancos e inflexíveis, em ternos escuros, comunicassem que tentariam usar o seu poder no gabinete para executar fulano ou sicrano. Tais comunicados tinham uma faceta quase burocrática, apesar do tema violento. Mas a visão de uma linda mulher negra, ainda por cima ex-juíza, com perfil carismático, que parecia irradiar compreensão humana e desejo de justiça plena, a visão dessa mulher encarando os microfones e falando em execução autorizada pelo Estado era uma novidade para todos. Stoddard atraiu ainda mais atenção quando anunciou que ela mesma conduziria o caso.

Eu estava sentado no gabinete de Layden. Ele estava de pé, olhando pela janela, nove andares acima do local onde a promotora-chefe Stoddard conduzia sua primeira entrevista coletiva, diante da entrada principal do número 100 da rua Centre — um lugar de impacto visual que o promotor-chefe Leventhal nunca julgara apropriado para a realização de entrevistas coletivas. Layden estava furioso. Eu estava tão chocado que permaneci ali sentado, mudo, escutando, tentando absorver o fato de que tudo havia mudado para Damon, e para mim. Incrível como eventos aleatórios podem alterar rapidamente o curso de nossas vidas. Naquele momento, de uma hora para outra, eu estava em território desconhecido, começando a sentir uma pressão esmagadora que nunca antes havia sentido: a carga psicológica e espiritual de defender um homem em um caso de pena de morte.

De longe, escutei Layden dizer, exasperado:

— Por que Leventhal não esperou alguns meses antes de enfartar? A decisão sobre quem vai ser executado nesta comarca depende supostamente de quando o coração de um velhinho deixa de funcionar?

Estávamos na véspera do Natal ou, para ser mais preciso, no dia 24 de dezembro. A maioria dos advogados da cidade estava indo para casa mais cedo. Mas o espírito natalino não pareceu exercer o menor efeito em Stoddard.

Eu estava no sofá, próximo à televisão. Podia optar entre duas imagens de Stoddard: a da televisão ou a da janela. Eu tinha uma vista aérea de toda a imprensa amontoada em torno dela diante do edifício da rua Centre, o imenso aglomerado de salas de audiência, carceragens e corredores imundos no qual eu passara quase toda a minha vida profissional. Tudo não passara de um ensaio geral, de um exercício preparatório para o grande lance — esta luta em prol da vida de Damon.

Kevin virou-se e olhou-me, sério.

— Imagino que queira continuar trabalhando neste caso. Acertei?

— Claro, porra.

— Vou transferir todos os seus outros casos. Você vai se dedicar exclusivamente a este. — Fez uma pausa. — Gold, sei que é um bom advogado, talvez o melhor do gabinete, e que os jurados o adoram e tudo o mais, mas você não sabe nada a respeito da condução do processo judicial envolvendo a pena de morte. Está a ponto de aprender. Deve se lembrar de que vai travar uma batalha no âmbito da Advocacia Estadual de Penas Capitais. A fim de conseguir votos de democratas para seu projeto de lei a favor da pena capital, o governador concordou em investir alto em advogados especializados na pena de morte. A tal advocacia tem profissionais de primeira linha, que conhecem todos os pormenores da pena capital. Um deles trabalhará no caso com você. O nome dele é Rob Stephens. Um gênio. O papa da justiça João Paulo Stephens. Ele não tem de abrir a boca diante do júri, mas é melhor escutar tudo o que Rob tem a dizer sobre a legislação. Esta história toda pode acabar em instâncias superiores, e você não tem a menor idéia de como lidar com os temas relacionados à pena de morte. É aí que esse cara entra. *Capice*?

— Kevin, você é protestante e anglo-saxônico. Pare de falar como se fosse da máfia.

— Se está me amolando, é porque não está tão mal assim. Um bom sinal.

Não dava para imaginar o pentelho especialista em leis que eu teria de agüentar, um sujeito ultra-intelectual que provavelmente gaguejava e nunca estivera diante de um júri em toda a sua vida. Meu futuro colega era um dos escolhidos, membro do sacerdócio do direito, que termina entre os primeiros da turma de uma das duas ou três melhores faculdades de direito do país; dedicava-se à revisão de artigos publicados na área e prestava assistência jurídica em uma das nove Supremas Cortes de Justiça dos Estados Unidos. Com cerca de vinte e sete anos, Stephens já redigia pareceres na Suprema Corte. Profissionais desse tipo em geral intimidam certos advogados. Mas não me abalavam nem um pouco.

Uma das coisas de que eu mais gostava a respeito de meu emprego de defensor público era que trabalhava sozinho. Era um guerreiro solitário em todos os processos, sem ninguém para me criticar. A maior parte do tempo, não havia ninguém observando. De agora em diante, eu teria de explicar cada um de meus passos para um sujeito que nunca vira antes, que se destacara na faculdade de direito.

Quando a entrevista coletiva de Stoddard terminou, Layden começou a organizar sua pasta.

— Você está quieto demais, doutor — disse-me.

Não pude dizer nada. Layden deixou escapar um suspiro profundo.

— Pena de morte ou não, estamos na véspera do Natal, e vou para casa.

Olhou-me com tristeza.

— Não para a *minha* casa, Arch. Você acredita que não vou ver as crianças no Natal? Como minha vida pôde dar tamanha guinada? Será que alguém poderia me explicar?

— Lamento. Pelo menos você não está correndo o risco de ser executado por um crime que não cometeu.

— É verdade. Mas espere até *ter* filhos. Então você vai entender o que é deixar de vê-los, escutar alguém dizer que não os verá crescer, ser totalmente afastado; a sensação é de estar morrendo.

Não dá para sentir falta do que nunca se teve. Acreditei na explicação que ele deu. Tinha coisas mais importantes com as quais me preocupar.

CAPÍTULO 22

EU ESTAVA EM CASA, só, no Natal, pensando em qual seria meu próximo passo a favor de Damon. Continuava chocado; a sensação de pânico ainda estava presente.

Preparei uma vodca com tônica, minha bebida favorita: a marca holandesa Ketel One, em um copo alto, cheio de gelo, com uma rodela de limão e um pouco de água tônica. Meu pai bebia vodca, tal como meu avô. É uma característica de personalidade eslava, provavelmente contida em algum cromossomo ainda não identificado. Estava perdido em meus pensamentos, perguntando-me por que Charlotte King entrara naquela locadora de vídeo específica e por que o destino estava condenando Damon Tucker de forma tão cruel, perguntando-me o que ela realmente descobrira sobre a firma de Yates e como dar sentido a tudo aquilo quando o telefone tocou.

Observei o número e escutei a mensagem. Era Stephens, o especialista em pena de morte da Advocacia Estadual de Penas Capitais. Layden e eu havíamos pensado que era um homem, mas naquele momento era uma voz claramente feminina que deixava a mensagem:

— Sei que está aí, Gold, seu monge maldito. Layden me deu o seu número e me garantiu que você estaria em casa sozinho, provavelmente bêbado a essa altura. Atende o telefone. Vamos sair.

Atendi. O som da voz de Rob Stephens não me aborreceu nem um pouco.

— Alô — disse eu, em um tom um tanto pesaroso.

— Gold. Olha, acabamos de cear aqui na casa da minha tia. Estão tirando a mesa e não vão me deixar ajudar. Pior do que lavar os pratos é ficar vendo os meus tios lavarem a louça. Vamos nos encontrar. Você vai poder me colocar a par dos fatos.

Uma hora depois estávamos em um bar, no centro. Ela era uma mulher baixinha. Não devia pesar mais do que quarenta e cinco quilos. Usava o cabelo castanho curto, bem rente à cabeça, tinha o nariz longo e as maçãs do rosto salientes. Não tinha uma beleza convencional, mas gostei de sua aparência. Calculei que devia ter uns quarenta e tantos anos, um pouco mais velha do que eu.

— Deve haver um baita cérebro comandando esse seu corpinho. O chefe me colocou a par do seu currículo — disse eu.

— A gente tem de começar falando de características físicas? Não dá para imaginar você como um cara inteligente. Muito poucos homens com a sua aparência o são, pela minha experiência.

— Uau, obrigado pela parte que me toca. Adoro comentários sarcásticos.

Tomamos um gole de nossas bebidas.

— Seu primeiro caso de pena de morte? — perguntou-me ela, com uma condescendência que me irritou.

— É.

— Faz com que a gente mude — comentou ela, enigmática.

Não perguntei como.

— Griffin não quis ir calmamente, sabe? Você acompanhou esse caso? — perguntou-me ela.

Que essa mulher tinha uma personalidade forte, isso estava claro.

— Não, não acompanhei esse caso.

— A última execução no Texas. O sujeito se recusou a ir. Não queria percorrer o caminho que o levaria à própria morte. Lutou contra os guardas que queriam conduzi-lo da cela até a câmara da morte. Machucou alguns agentes. Lutou quando tentaram amarrá-lo na maca. Só a injeção letal o imobilizou.

— Tem um efeito calmante — comentei.

— Acabaram batendo muito nele. Mas não podiam ir muito longe. Precisavam mantê-lo consciente. É inconstitucional executar um homem inconsciente.

Ela sorveu o uísque.

— Sabia que é inconstitucional executar uma pessoa psicótica? Viola o seu direito a um julgamento justo e imparcial. Mas é permitido forçá-la a ingerir medicamento antipsicótico, de modo que esteja legalmente apta para ser executada a seguir.

Abriu um sorriso já ébrio. A esta altura tinha consumido uma boa dose de Wild Turkey. Gosto de mulheres inteligentes que bebem. Perguntava-me se devia ou não contar a ela tudo o que eu sabia. Achei melhor não dizer nada por enquanto. Não queria levar um sermão sobre os cânones da ética. Ela podia não ser do tipo que dava esse tipo de sermão, mas eu ainda não tinha muita certeza.

— Ah, antes que eu me esqueça, Gold, já que perguntou, nunca atuei em juízo. Nunca interroguei uma testemunha, nunca abri a boca no tribunal. Mas conheço a legislação por trás disso tudo de cor e salteado. Mais do que qualquer outra pessoa deste país.

— Parabéns. Só penso na absolvição. Isso é o que me faz seguir em frente. Quero ganhar. Apesar de mal termos começado, tenho a sensação de que você já está se concentrando na apelação.

— Imagino que você seja contra a pena de morte — disse ela, ignorando minha alfinetada.

— Só por instinto — respondi.

— Baseado em quê?

— Quais são as minhas opções?

— Ah, vejamos. Algumas pessoas se opõem moralmente, com base em certas convicções religiosas. Simplesmente acham que é imoral tirar a vida de alguém. O papa, por exemplo. Outras pensam que a pena capital nunca pode ser aplicada de forma justa; que no fim conta-se muito com fatores pouco confiáveis, como a habilidade do promotor, ou a qualidade do advogado de defesa, ou o juiz, ou os jurados, ou a jurisdição, ou a raça do réu, ou a vítima. Outras acham que um assassinato autorizado pelo Estado nunca é bom, não por motivos morais, mas por questões de filosofia política. Acreditam que o Estado não deveria se colocar na posição de vingador. Outras temem, acima de tudo, os erros: a inevitabilidade de uma pessoa inocente ser executada de vez em quando.

Fez uma pausa, sorvendo um cubo de gelo.

— Esqueci alguma coisa?

— Acho que cobriu tudo.

Pediu outra dose.

— Muito bem, Gold. Conte para mim o que sabe sobre este caso.

Não contei. Descrevi as provas apresentadas pela acusação. Contei-lhe minha teoria sobre a ida de Charlotte King à locadora e sobre todas as digitais incriminatórias. Mas não disse nada a respeito de minha investigação ilegal no apartamento de Charlotte ou sobre o furto do disquete. Tampouco mencionei Yates e o dr. Stern.

— Parece bom. Mais do que bom. Ótimo. Temos uma boa possibilidade de absolvição aqui.

— Você parece estar bastante surpresa.

— A questão normalmente não gira em torno da culpa nestes casos. Na maior parte das vezes, resume-se ao pedido de clemência a um júri que não quer nos escutar.

Fitou-me com seus olhos brilhantes.

— Que terrível coincidência o que aconteceu com aquele pobre rapaz. Pergunto-me se foi ele também. Sendo ele o autor, a coincidência seria maior ou menor?

— Acho que ele é inocente.

Ela assentiu com a cabeça. Não deu para adivinhar o significado de tal gesto.

— Que tipo de testemunha ele vai ser?

— É muito instável. Uma incógnita.

— Muitos deles são assim.

— Ele não é um "deles". Está um pouco fora do controle porque é inocente, não porque é um assassino. É diferente.

— Olha, para mim não faz a menor diferença ele ter ou não cometido o crime — disse ela, com mais ênfase do que eu esperava.

— Como começou a trabalhar nisso? — perguntei-lhe, pressentindo a presença de algo profundo por trás daquilo tudo. A maioria dos advogados que possuía o dom de processar dados em alta velocidade como ela tornava-se professor universitário ou ganhava zilhões analisando o Código Tributário para a Exxon. Em vez disso, ela estava lá nas trincheiras, ganhando o equivalente ao salário mínimo de advogados por um trabalho altamente estressante.

— Meu pai foi executado quando eu tinha doze anos.

— Uau! — exclamei, meneando a cabeça. — Isso põe fim a qualquer conversa. Como aconteceu?

— Ele era um tipo de gângster. Tinha uma concessionária da Ford em Miami. Não gostava do cubano que abriu uma concessionária da Honda do outro lado da rua. Contratou um assassino de aluguel e mandou matá-lo. O assassino foi pego, ficou apavorado, e meu pai foi preso. Sem sombra de dúvida, era culpado. — Fez uma pausa, e a voz ficou um pouco mais grossa: — Ainda assim, não devia ter sido executado.

— Ele era seu pai.

Ela assentiu. Isso ainda era doloroso para ela. O grande vazio mantinha-se presente, já que seu pai fora levado quando ainda era uma garota. Naquele momento, pude entender. Tratava-se de uma missão pessoal para ela. Não deveriam levar o pai de *ninguém*, qualquer que fosse o motivo.

Àquela altura, meus sentimentos haviam mudado. Claro, enquanto proposição abstrata, sou profunda e fervorosamente contra a pena de morte. Por isso dôo anualmente cem paus do meu mísero salário à União Americana pelas Liberdades Civis. Naquele momento, entretanto, eu era especificamente contra a execução de Damon Tucker, não porque era contra a pena capital de modo geral, mas porque ele era inocente. Não tinha tempo de me preocupar com os outros milhares de prisioneiros de ambos os sexos que já estavam no corredor da morte.

— Devíamos ir conversar com o seu cliente amanhã — disse ela.
— Ele provavelmente não está se sentindo muito bem agora.

Talvez ela tivesse um coração, para acompanhar aquele cérebro.

— Você é solteira? — vi-me perguntando.
— De onde vem essa pergunta?

Abri um largo sorriso.

— Mera curiosidade.
— Não é da sua conta, mas a resposta é sim. Viajo pelo país o tempo todo, algumas semanas aqui, outras acolá. Fica difícil manter um relacionamento. E você?
— Solteiro.

Seu semblante manteve-se sério.

— Vamos manter uma relação estritamente profissional, está bem? Não curto encontros esporádicos.

Era do tipo ou tudo ou nada. Uma conseqüência, talvez, do trabalho com a pena de morte.

CAPÍTULO 23

NA MANHÃ SEGUINTE, estávamos os dois, Stephens e eu, aguardando na sala de visitas da Casa de Detenção Masculina, na Rikers Island. Stephens, como era de esperar, ficara impressionada com o vasto esquema de segurança, à medida que ia se desenrolando enquanto atravessávamos a ponte. O silêncio imperava. Nenhum de nós estava entusiasmado com a perspectiva de conversar com Damon, que sem dúvida alguma àquela altura já tinha consciência da cartada arbitrária que recebera do destino. Que presente de Natal — descobrir que uma promotora o indicara para a pena de morte.

— Quantas pessoas já foram executadas desde 1976? — perguntei a Stephens. Fora naquele ano que a Suprema Corte havia restabelecido a pena capital.

— Ah, cerca de seiscentas e cinqüenta.

Meneei a cabeça.

— Isso é uma maldita loteria. Nada mais do que isso. Uma vingança aleatória.

— Não sei como alguém pode encarar isso de outra forma. Mas não é o que pensa a direita. Dizem que só podemos usar esse tipo de argumento porque não permitimos que se realizem execuções o bastante; afirmam também que quando os números subirem um pouco, não vai mais parecer uma loteria.

— Maravilha.

— Ah, e por falar nisso, entre dois e três por cento das execuções neste século foram de réus inocentes. Então, desde 1976, provavelmente uns doze inocentes foram executados.

Um agente escoltava Damon pelo corredor. Eu realmente não estava aguardando essa conversa com muito entusiasmo. Dirigi-me a Stephens:

— Deixa eu falar a sós com ele primeiro. Você se importa?

Demonstrou surpresa, mas não protestou. Senti que ela estava tentando entender o motivo, mas eu não ia lhe contar.

À medida que Damon se aproximava, já era possível escutá-lo gritar.

— É isso aí! Agora que estão tentando me matar, mandam dois advogados. Só pra terem certeza de que tudo vai ser justo.

Deixei Stephens na sala de visitas e sentei-me com Damon em um dos parlatórios lúgubres.

— Como descobriu? A sua mãe ligou ou assistiu ao noticiário?

— Vi tudo ao vivo, meu irmão. Quantos babacas conseguem ver ao vivo, pela TV, a notícia da própria execução?

Tentava aparentar valentia, mas parecia estar perturbado.

— Sinto muito que eles estejam tentando fazer isso com você, Damon. Mas não vou deixar de lutar por você. Prometo. Vão precisar passar por cima do meu cadáver para executá-lo.

Creio que viu que eu falava sério. Olhou-me, triste.

— Valeu, cara. Sei que você está tentando.

Permanecemos quietos por alguns instantes. Ele quebrou o silêncio:

— É difícil ser forte. Às vezes tenho vontade de dormir e de não acordar mais. Pelo menos ninguém ia estar tentando me matar. O problema é que tenho medo dos meus sonhos. Neles, sempre aparece um júri, uma galera branca, rindo e debochando, como se estivesse numa festa.

Senti meus olhos encherem-se de lágrimas. Procurei contê-las. Não queria que ele visse seu advogado chorando.

— Damon, deixa eu lhe dizer uma coisa. Quando tinha a sua idade, meus pais morreram em um acidente de carro, a apenas alguns quarteirões daqui, na rua do Canal. Admito, ninguém estava tentando *me* matar, mas eu queria morrer. Exatamente como você. Queria dormir e nunca mais acordar. Mas continuei a lutar. Estava só, mas consegui ir em frente. Dei a volta por cima.

Olhou-me. Viu meus olhos embargados. Continuou atento.

— Você vai conseguir dar a volta por cima. Vai conseguir. Daqui a algum tempo vai comemorar sua liberdade.

— Valeu, cara — disse ele. — Alguma novidade no meu caso, além do fato de que eles agora querem me matar?

— Não consegui descobrir mais nada desde que falei com você.

— Quem era aquela que estava sentada do seu lado na outra sala? — perguntou-me, apontando em direção à sala de visitas.

— Aquela mulher é um crânio, acredite em mim. Vou apresentá-la a você agora. É especialista em casos de pena de morte. Mas, escute, não contei nada para ela sobre o Yates, o disquete, o dr. Stern, nada disso. Não sei como ela vai reagir, e quero esperar até ter uma idéia melhor, está bem?

Não pareceu gostar muito da idéia. Mas, por outro lado, não ficou bravo. Um bom sinal.

— Pelo menos por enquanto, acho que sim. Mas a gente tem de tentar falar sobre essa porra toda no julgamento, falou?

— Vamos tentar, Damon. Nesse momento, qualquer juiz nos impediria. Precisamos de mais. Precisamos de provas cabais.

Ele soltou um suspiro profundo. Fui chamar Stephens.

— Damon, esta aqui é Robin Stephens, da Advocacia Estadual de Penas Capitais. É especializada nas questões jurídicas que vão surgir a partir de agora.

Damon examinou Stephens cuidadosamente e inclinou a cabeça.

— É um prazer conhecer você, Damon — disse Stephens, com amabilidade. — O Arch continua sendo seu advogado, só vou ajudá-lo no tocante a alguns aspectos jurídicos. Já trabalhei em diversos casos de pena de morte, em várias partes do país.

— Mataram alguém? — perguntou Damon. Sempre dava um jeito de ir direto ao ponto.

— Mataram, mas não vamos falar sobre isso agora. Vamos falar sobre o seu processo. Parece que você tem uma defesa muito boa.

— Que bom que você pensa assim. Não quer fazer parte do júri? Stephens riu. Damon ficou sério.

— Que coincidência incrível Charlotte King ter entrado naquela locadora — comentou ela.

— E me colocar no corredor da morte. Fazer o quê? A vida é uma droga mesmo.

Ela não fez nenhum comentário. Em vez disso, retirou alguns papéis da pasta. Deduzi que sua estratégia de relacionamento com os clientes era baseada nos ensinamentos "distraia-os mostrando serviço" e "mostre-lhes o quanto sabe". Às vezes funcionava. Damon era um espectador difícil, mas demonstrou certo interesse.

— O que é isso?

— É o capítulo do Código Penal que versa sobre homicídio doloso qualificado. E este — Stephens tirou mais papéis da pasta —, este é o capítulo do Código de Processo Penal que estabelece as normas para a imposição de penas capitais.

— Beleza. Historinhas de ninar reconfortantes. Trouxe cópias para mim ou isso tudo aí é complicado demais para presidiários negros ignorantes?

— Você é um rapaz inteligente, Damon, dá para sentir pela forma como já está enchendo o meu saco.

Damon pareceu ter ficado um pouco desnorteado com aquela baixinha durona, que pesava quase o mesmo que sua perna esquerda e falava em ficar de saco cheio.

Stephens entregou-lhe os papéis.

— Vamos falar um pouco sobre isso. A legislação do Estado de Nova York estabelece a pena de morte para certos crimes. Assassinatos em série, torturas, assassinatos de aluguel, terrorismo e os que são, de longe, os mais comuns: homicídios durante a realização de crimes qualificados, tais como roubo, assalto a residência ou estupro.

Já não são mais considerados homicídios dolosos, como antigamente, mas homicídios dolosos qualificados; no entanto, os procedimentos no julgamento são os mesmos. Se você for condenado, é aí que entra a legislação da pena de morte. Basicamente, o mesmo júri que escutou todas as evidências e o declarou culpado realizará uma audiência de atenuação de pena, durante a qual será apresentada circunstância atenuante, a fim de demonstrar que você não merece a sentença de morte, mas a prisão perpétua sem condicional.

Damon ergueu as mãos e levantou-se tão rápido que derrubou a cadeira.

— Esqueça, cara. A gente não vai falar mais sobre essa porra. Dá azar. A gente não vai falar sobre eu ter de implorar pela minha vida por causa de um troço que não fiz. Eu não quero escutar mais.

Decidi me meter.

— Concordo, Damon. Sente-se. Pros diabos com a atenuação da pena, sem querer desrespeitar Stephens. Vamos discutir como vamos ganhar esse julgamento.

— Vocês venceram.

Ficamos ali por três horas, repassando cada detalhe do julgamento, já começando a preparar Damon para o interrogatório, tanto por parte da defesa quanto da acusação. Se ele conseguisse se controlar, e se se colocasse no papel de vítima de uma falsa acusação, iria se sair bem na inquirição. Poderia prestar um excelente depoimento. Mas ainda me preocupava a possibilidade de ele perder as estribeiras ao ser interrogado pela promotora. O. J. Simpson cortou e retalhou duas pessoas, mas seu comportamento simpático e controlado na sala de audiência valeu a pena.

Findas as três horas, o agente penitenciário bateu à porta e nos deu o aviso de dois minutos.

— O horário só vai até às 16h30, advogados. Sabem muito bem disso. Terminem logo. Este prisioneiro tem de voltar para a cela.

Àquela altura, Damon havia se acalmado.

— Olha, descupem aí eu ter perdido a paciência com vocês. Sei que vou ter de me controlar lá no tribunal. Às vezes eu simplesmente não consigo me segurar. Acabo explodindo. — Assentimos. — Quando você se vê dentro deste sistema, é difícil não pensar que os advogados agem mecanicamente, como fazem com todos os outros malditos acusados que são culpados.

Fez uma pausa para nos fitar com os grandes olhos tristonhos. Sua voz soou mais relaxada.

— Eu já não acho isso — afirmou ele.

Os agentes penitenciários o levaram.

No caminho de volta a Manhattan pela auto-estrada Brooklyn-Queens, podíamos ver a gigantesca tempestade que se formava no centro, do outro lado do East River. Uma nuvem cinza engolia pouco a pouco as dezenas de arranha-céus. A cidade estava desaparecendo diante de nossos olhos.

— Você já assistiu a uma execução? — quis saber. A pergunta estivera em minha cabeça desde que conhecera Stephens. Esperava que ela não tivesse visto o pai ser morto. Essa foi a forma mais indireta possível que encontrei de fazer a pergunta.

— Já, uma vez. No ano passado. Injeção letal. No Texas.

— E como foi?

Permaneceu calada por alguns instantes, e então respondeu à pergunta:

— Tenho certeza de que você espera que eu diga o quão repulsiva, horrível, dolorosa e arrebatadora foi. A verdade é que não foi. Mas isso só a tornou pior. Foi tão fácil como apagar a luz.

CAPÍTULO 24

QUANDO CHEGAMOS ao gabinete, Kathy Dupont me aguardava na recepção. Desta vez sua aparência não era muito boa. O cabelo estava desalinhado, os olhos vermelhos e a maquiagem espalhara-se, em riscas, por toda a face.

— Você não recebeu os meus recados? Eles me disseram que iam avisá-lo pelo bipe.

— Não, não recebi.

Stephens dirigiu seu olhar a mim, em seguida a Kathy.

— Cliente? — perguntou ela, arqueando a sobrancelha.

Anuí com a cabeça.

— Srta. Dupont, esta aqui é Robin Stephens.

Kathy a examinou. Respondi à sua pergunta tácita:

— A srta. Stephens é uma colega. Trabalha comigo naquele caso de pena de morte.

— A gente pode conversar? — perguntou Kathy, impaciente.

Stephens foi para o seu gabinete. Kathy e eu fomos para o meu.

— É aquele babaca de novo.

— O sr. Johnson?

— É. Poxa, ele conseguiu uma medida cautelar, dizendo que *eu* não posso chegar perto *dele*, quando é *ele* que não *me* deixa em paz.

Ela tinha razão. Geralmente as mulheres obtêm uma MCP, uma "medida cautelar provisória" contra os homens. É extremamente raro ver uma situação inversa, e em geral quando isso ocorre significa que algum juiz fez besteira. Senti pena de Kathy. Não restava dúvida de que aquele sujeito a estava assediando; no entanto, como ela o havia esfaqueado no traseiro, a vítima era ele. A posição dela era complicada, do ponto de vista legal.

— Kathy, o problema com o qual você está lidando agora é civil, não criminal. Precisa contratar um advogado para obter uma medida cautelar contra Johnson. Não dá para fazer isso no juízo penal, já que ele não foi acusado de cometer um crime.

— Você está brincando!

Eu não estava brincando. Dei-lhe o nome de um advogado particular que provavelmente lidaria com o caso honestamente, sem cobrar uma fortuna dela. Também lhe dei o número do meu celular, comentando que a partir daquele momento não poderia mais dizer que não conseguia falar comigo. Ela gostou da idéia.

Dois minutos depois que ela havia se retirado, Stephens veio ao meu gabinete.

— Ela faz o seu tipo? O peito esquerdo dela é maior do que eu.

Dei uma risada.

— Ela faz striptease. Deu umas espetadas em um namorado que não a deixava em paz. Mas é gente boa, sério.

Os olhos de Stephens estavam bem abertos.

— Eu diria que ela é mais do que gente boa. Diria que está a fim de você.

— E daí?

— E daí, nada — disse ela, friamente. — Vamos trabalhar. Sabe alguma coisa sobre a seleção de júri em processos de pena de morte?

— Não muito — fui obrigado a admitir.

— Devem ser favoráveis à pena de morte — disse Stephens. — Escolhem-se jurados favoráveis à pena de morte. Funciona assim: qualquer jurado em potencial que duvide da própria capacidade de sentenciar alguém à pena de morte, em um caso determinado, é proibido de servir no júri.

Parecia bem diferente do processo de seleção de júri em um caso típico de homicídio doloso, com o qual eu estava acostumado. A verdade é que é fundamental saber exatamente quem fará parte do corpo de jurados; isso é mais importante até do que os detalhes do caso, da qualidade da defesa ou da atitude do juiz. Todos os advogados atuantes sabem disso, o que não significa que eles possam fazer algo a respeito quando escolhem os integrantes do júri. A maneira como atuam os jurados continua a ser um grande mistério. Tal como em muitos dos demais processos misteriosos da vida, o bom senso se aplica, e o resto é puro instinto ou adivinhação.

Infelizmente, nos últimos anos a maioria das dispensas para atuar no corpo de jurados fora anulada, então até advogados e juízes se viram obrigados a servir no júri. Péssimas notícias para os advogados de defesa, pode crer. No ano passado, Layden foi convocado, apresentou-se desejoso de servir e quase fez parte de um júri. Todos achamos a idéia interessante. O problema é que, para cada Layden que entrasse no corpo de jurados, haveria centenas de banqueiros, advogados e médicos mais preocupados em livrar a cidade de nossos clientes do que em seguir os preceitos da "dúvida razoável". Agora poderiam atuar como jurados "favoráveis à pena de morte".

— Que outras maravilhosas questões legais, relacionadas à pena capital, poderíamos levantar?

— Não muitas. Infelizmente para Damon, a legislação nova-iorquina sobre a pena de morte é considerada um modelo, elaborada de forma a cobrir todas as questões constitucionais imagináveis.

— Parece que nós não temos muita coisa, srta. Sabe-Tudo sobre Apelações.

— Está certo então, doutor, pode parar de chiar. Vá lá e encontre alguma prova favorável ao nosso cliente. Neste momento, *eles* têm um réu que se encaixa na descrição transmitida pela central de operações, que foi positivamente reconhecido pela jovem moribunda e que foi encontrado portando dinheiro com as digitais da vítima. O que é que *nós* temos?

Decidi dizer-lhe o que sabia. Contei-lhe sobre o Yates, o relacionamento que ele manteve com Charlotte, a invasão do apartamento da vítima e a descoberta do disco rígido trocado, o assassinato do dr. Stern, enfim, contei-lhe tudo, mas não disse nada a respeito do disquete furtado. Achei que ela não saberia lidar com isso. Além do mais, não provava nada, ainda.

Ela ficou mais impressionada com a minha estupidez do que com a suposta prova que eu descobrira.

— Sabe, Gold, se não seguir as regras, prejudicará *não só* a si mesmo *como também* ao cliente. Bem, você fez coisas que poderiam levá-lo a ser expulso da Ordem. Ainda assim, não conseguiu obter nada, a bem da verdade, que pudéssemos usar no julgamento. Nenhum juiz vai aceitar essa porcaria. Nesse meio-tempo, você cometeu dois delitos e se expôs terrivelmente ao descrédito. Não foi muito esperto.

— Vamos ver — disse eu, tentando esconder a raiva. — Por enquanto não diga nada a ninguém, e tente controlar a vontade de delatar o que fiz ao Comitê de Disciplina, está bem?

Ela foi embora. O interfone tocou.

— Aquele sujeito velhinho, Rose, quer vê-lo, dr. Gold.

Aguardei Hyman Rose. A pressão sobre mim era grande, mas as preocupações diminuíram depois que Layden só me deixara encarregado do caso de Damon, dispensando-me dos demais. Porém, como nunca me tinham passado oficialmente o caso de Hyman, eu não podia ser dispensado.

Seu semblante não estava muito bom. Perdera peso desde a última vez que o vira, quase três semanas atrás, três dias após a prisão de Damon. A pele da face adquirira um aspecto branco pálido e esticava-se, tênue, sobre os ossos. O cabelo branco estava completamente desalinhado. Respirava com dificuldade. Sentou-se em uma cadeira velha do gabinete e olhou-me atentamente. Seus olhos mantinham-se argutos.

Franziu os lábios. Uma lágrima solitária rolou ao longo da pele retesada da bochecha. Era um velho durão, que tentava se controlar.

— Estou com aquela "doença". Eles falaram que vai ser rápido. Menos de um ano. Pedi que o médico não escondesse nada de mim. Tinha de saber a verdade.

— Sinto muito, sr. Rose.

— Todos sentimos. — Fez uma pausa. Sua voz se suavizou.

— Minha mulher se foi. Eu vi a "doença" levá-la cinco anos atrás. Lutei como um louco contra os médicos. Eles pareciam não se importar com o sofrimento dela ao morrer.

Assenti, compreensivo.

— Meu filho está passando por um momento difícil agora. A mãe já se foi. Eu, doente. A promotoria. Está comendo o pão que o diabo amassou. Eu queria deixar uma grana para ele. Em que pé está o meu processo?

— Para ser sincero, senhor, está indo bem devagar. Até aqui, o promotor me disse que se o senhor for lá e contar a eles o que sabe sobre toda a operação, vai pensar na possibilidade de desbloquear sua conta. Então precisamos nos sentar e conversar exatamente sobre o que sabe e não sabe, e exatamente o que quer e não quer revelar. Quem é o sujeito encarregado do livro? O senhor estaria disposto a falar sobre ele com o governo, a fim de economizar cem mil? A questão é essa.

— Filho, nunca vou falar com aqueles idiotas. Nunca. Entendeu? Não vim pra cá pra você segurar a minha mão enquanto traio sujeitos que conheço há séculos. Se eles quiserem acabar comigo, vão ter de me prender. Não sou dedo-duro.

Soltei um suspiro. Esse velho era mais inflexível do que qualquer moleque de rua que eu já representara.

— Está certo. Cabe ao senhor decidir. Se nós lutarmos, poderemos perder. É uma prova de fogo. Talvez mais tarde eles aceitem entrar em acordo em troca de uma grana. Mas pode ser tarde demais para o senhor.

— Tudo bem, tudo bem, filho. É isso aí mesmo. Apresente os documentos. Entre com os pedidos. Vamos fazer os caras trabalharem. Se eu morrer, você pode continuar a lutar, certo?

— Sr. Rose, neste momento estou trabalhando naquele caso de pena capital. É realmente só dele que eu deveria estar cuidando. Estou abrindo uma exceção para o senhor.

— Obrigado, rapaz. Faça o que puder.

Levantou-se para sair. Virou-se para mim ao caminhar para a porta.

— Lute com unhas e dentes por aquele jovem negro.

Uma lembrança me veio à mente: meu pai discorrendo sobre a decisão da Suprema Corte de tornar a pena de morte ilegal em 1972, decisão essa que acabou por vigorar somente quatro anos.

CAPÍTULO 25

EU TINHA APENAS DOZE anos na época. Estávamos sentados à mesa da cozinha, tomando café da manhã. Meu pai lia o jornal e conversava sobre as notícias do dia com minha mãe, ritual que compartilhavam todos os dias de suas vidas.

— O governo não tem de matar ninguém — comentou ele. — Nenhuma sociedade justa mata os seus cidadãos. Deviam prendê-los. Jogar fora a chave. Isso sim. Mas não acabar com uma vida.

Mais uma vez me vi relembrando o dia em que a vida *dele* se foi, quase vinte anos atrás.

Falei com meu pai algumas horas antes de ele e mamãe morrerem. Seu pequeno Honda Civic fora esmagado como um pedaço de papel alumínio quando um caminhoneiro, após ter dormido ao volante na rua do Canal, colidiu de frente com ele. As coisas mais cruéis deste mundo podem acontecer simplesmente porque alguém está um pouco cansado. Desde cedo tomei consciência da natureza aleatória de nossas vidas.

Estávamos no "escritório" do meu pai, a salinha que ficava nos fundos da loja, de onde ele comandava seu segundo negócio, o ilegal e mais lucrativo. Era Dia de Ação de Graças, no ano de 1978. Era a primeira vez que eu voltava para casa desde que entrara na faculdade, e meus olhos agora estavam mais abertos para o mundo além do Lower East Side de Manhattan. Eu estudava em Yale, com filhos de banqueiros e advogados, herdeiros de famílias que nunca apostaram em nada, a não ser no recebimento ininterrupto de seus dividendos e juros, famílias que não sabiam o que era uma "aposta exata", e nunca saberiam.

Meu pai notou minha perturbação. Era um homem grande e alegre, de rosto redondo, vozeirão e natureza sensível. Tinha a presença espiritual de um rabino, mas nunca recebera uma educação formal do pai, David Gold, que começara a vender cabos elétricos em um carrinho de mão, ao mesmo tempo em que também mantinha um livrinho de apostas, logo após a chegada da Lituânia, antes dos massacres de judeus de 1938. Após alguns anos, o livro estava grande o suficiente para financiar a compra da loja de material elétrico que serviria de fachada para o agenciamento de apostas. Quando meu avô faleceu, meu pai assumiu os negócios, fazendo ambos crescerem, adquirindo certa fama na comunidade: um homem honesto que conduzia uma operação ilegal, regida por regras severas.

O maior desejo de meu pai era que seu filho único fizesse parte do mundo "legítimo", da *intelligentsia* educada, já que meu avô, por falta de visão ou desejo, não lhe fornecera as chaves para seguir tal caminho. Para mim isso significava escola particular, mesmo que fosse apenas a judaica ortodoxa local, e a melhor universidade na qual Arch conseguisse ingressar. Bem, acontece que eu era um excelente aluno, apesar de não me importar muito com as notas. Não era bem um intelectual. Gostava de beisebol tanto quanto gostava de Shakespeare. Mas escrevia bem, pensava com clareza e falava com autoridade desde cedo, uma característica que sempre supus haver herdado de Noah. Na verdade, não sei bem se foram minhas tacadas de direita no beisebol ou minhas notas que me permitiram estudar em Yale, mas lá estava eu, a um passo do mundo "legítimo" no qual meu pai nunca tivera a chance de entrar.

— Como estão tratando você em New Haven, Arch?

Meu pai ficou tão impressionado por eu ter, com efeito, conseguido entrar em Yale que ainda lhe era difícil pronunciar a palavra.

— Bem, pai. Muito bem. O que sei é que muitos dos rapazes são bem diferentes de tudo o que já vi.

— Você é o primeiro da família, o que nunca é fácil. Mas repetir a vida dos seus pais é muito mais difícil. Pode acreditar. — Soltou um suspiro e então sorriu. — Está jogando beisebol lá?

Anuí com a cabeça. Na terra da sociedade secreta Skull and Bones, o beisebol era, para mim, a melhor coisa. Eu não tinha um carro esporte, não usava topsiders ou camisas Lacoste, mas rebatia a bola de beisebol com primor, e o técnico gostava disso. Também não estava me matando de estudar. Na verdade, mal freqüentava as aulas. Não via por quê. Preferia ler a escutar algum professor pedante que de qualquer forma nunca iria corrigir meus trabalhos, ficando essa tarefa a cargo de algum assistente recém-formado e malpago.

— Está estudando um pouco?
— De vez em quando.

Meu pai assentiu. Estávamos evitando tocar nos assuntos mais importantes, da forma que só pais e filhos conseguem fazer, tentando nos concentrar emocionalmente apenas nos temas que não fossem delicados. Naquele dia, entretanto, eu realmente queria conversar.

— Pai, você já teve de machucar alguém como agenciador de apostas?

Ele olhou-me longamente. Já havíamos conversado uma ou duas vezes sobre o "outro" negócio, mas certamente nunca havíamos falado sobre a questão da "cobrança". De modo geral, o fato de meu pai ser um agenciador de apostas passava despercebido. Mas, agora, eu estudava em Yale com os filhos daqueles pais que trabalhavam em torres de vidro e que não levantavam a voz nem mesmo para as secretárias. Precisava saber: será que meu pai contratava sujeitos do tipo Rocky Balboa para quebrar pernas para ele?

— Arch, quero que saiba de uma coisa. Tudo o que faço é por você e por sua mãe. Está certo, agenciar apostas é ilegal. Sabe disso desde pequeno. Mas isso nunca vai deixar de existir. As pessoas querem apostar, da mesma forma que querem transar ou escutar música ou beber. Jogar faz parte da vida aqui neste planeta, e isso nunca vai mudar.

— O que você faz quando alguém deixa de pagar, pai?

— As regras são claras quando alguém aposta comigo, Arch. Se a pessoa for longe demais, ela é cortada. Nunca mais vai apostar comigo. Mas prefiro esperar eternamente o pagamento a ferir um cara que me deve uma grana. Encaro da seguinte forma: é melhor uma pessoa como eu estar à frente dos negócios do que alguém violento ou ganancioso. Sobrevivo às custas do vício das pessoas, mas não posso puni-las por causa disso.

Assenti. Conhecia o meu pai, amava-o profundamente e acreditava nele. Ele não precisava me dar maiores explicações. Mas eu havia despertado algo nele que tinha mais a dizer.

— Quando cresci, não tive opções, como você teve. Ninguém me mandou para escolas boas. Meu pai era um homem rude, sem instrução, que teve de lutar por tudo o que tinha, e que não confiava em ninguém, exceto na família. Eu podia ter desistido das apostas. A sua mãe ainda quer que eu desista. Mas como é que a gente vai viver?

Eu não tinha uma resposta pronta.

— Existem dois mundos lá fora, Arch. O mundo legítimo e o mundo do qual você veio. Agora você está a caminho do legítimo. Mas nunca se esqueça, mesmo nesse lugar para onde você está indo, é preciso, às vezes, romper as regras para fazer o que é certo.

Três horas depois ele e minha mãe faleceram. Acho que nunca consegui realmente superar essa perda. Vendi a loja e acabei com as apostas. Obtive o suficiente para pagar a faculdade de direito.

Aos dezoito anos, vi-me só no mundo.

Sentia muita falta de meu pai. Seria tão bom se pudesse conversar sobre a vida com ele agora, e sobre Damon, Charlotte King, dr. Stern e Yates, e também sobre tudo o que eu suspeitava e não podia provar.

Deixei a melancolia de lado e liguei para Goodman. Ele não tinha nenhuma novidade. O disquete ainda estava bloqueado. Um de seus três computadores ultramodernos estava totalmente dedicado a isso. Estava até se sentindo um pouco prejudicado, mas mesmo assim continuava a tocar o projeto. Lembrei-lhe novamente de que não deveria dizer nada a ninguém.

O telefone tocou. Era Twersky.

— E aí, Arch, está famoso agora, hein? Está se preparando para o grande julgamento?

— Com certeza, Tom.

— Tem algo para mim?

Senti um pouco mais de afeto por Tom Twersky, agora que eu tinha um delito penal às costas.

— Agora não, Tom, mas, se aparecer alguma coisa, ligo para você.

— Obrigado. E, Arch?

— Diga.

— Obrigado mais uma vez por tudo o que você fez por mim. Nunca vou me esquecer.

— De nada. Não se meta mais em confusão.

— Bem, espero que você não receba uma ligação do tribunal. Entende o que quero dizer? Já está me dando aquela coceirinha.

— Então não coce, Tom. Sabe muito bem disso.

Desliguei, e liguei para o detetive encarregado do caso do dr. Stern, um certo Bill Blakeman. Para minha surpresa, ele aceitou a ligação, provavelmente porque não tinha nada a dizer e, portanto, nenhuma informação a proteger. Nenhuma pista. Nenhuma digital. Nenhum *modus operandi* característico. Tornara-se rapidamente um caso sem solução. Geralmente havia mais pistas em um roubo. Esse parecia ser o trabalho de verdadeiros profissionais, e não o de um drogado em busca de dinheiro para comprar heroína. Mas o detetive Blakeman não via nenhuma razão para achar que fora algo além de um roubo verdadeiramente terrível que dera errado.

— E a ex-esposa? — perguntei.

— Mora em Boston. Não quis falar conosco. Não temos nenhum motivo para suspeitar dela, mas, sem dúvida alguma, é um pouco estranha. É austríaca também. Desconfia muito da polícia.

— Eu gostaria de falar com ela. Você se importa? Tem o número?

— Então, doutor, seu ponto de vista aqui é qual mesmo? Dá para refrescar minha memória?

— Detetive, acho muito estranho que Charlotte King e o psicanalista dela tenham sido assassinados com a diferença de poucos dias um do outro.

— Coincidência, doutor. Poxa, quem você pensa que iria orquestrar essa porra toda?

— É o que estou tentando descobrir.

— Acha que uma coisa levou à outra? Sua imaginação é muito fértil, doutor. Tem algo que corrobore isso? A promotoria está interessada nessa teoria?

— Não fui até a promotoria falar sobre isso porque não tenho nada que corrobore essa teoria. Você tem razão. Mas gostaria de falar com a ex-esposa do dr. Stern. Qual é o problema? Tudo o que você tem é um caso que está rapidamente se tornando um caso sem solução. Ela se recusou a falar com você, mas talvez aceite conversar comigo.

— Tente então, doutor. Por que não? O número é 617-875-4939. De Boston. Não diga para ela que o obteve através do Departamento de Polícia de Nova York, está bem?

— Obrigado, detetive.

— De nada, Gold. Você é um louco, alguém já lhe disse isso?

NÃO ADIANTOU. A sra. Stern era uma mulher amarga. Conversou comigo, mas não pôde ajudar.

— Dr. Gold — disse ela, com um forte sotaque vienense —, meu marido era um psicanalista maravilhoso, mas não conseguia funcionar no mundo fora de seu consultório. Dava conselhos, mas não os seguia. Não conseguia manter relacionamentos, exceto com seus pacientes. Sou analista também, sabe, mas eu queria viver neste mundo, não em meus estudos, pensando na condição humana. Não imagino por que alguém o mataria. Suponho que tenha sido apenas um daqueles terríveis crimes que acontecem em Nova York, de vez em quando. Mas não posso ajudá-lo a solucionar esse caso. A vida de meu marido era um mistério para mim e, no fim das contas, o mesmo aconteceu com sua morte. Adeus.

Layden tinha razão. O caso de Damon giraria em torno do reconhecimento; seria tratado como um crime de rua no qual os policiais prenderam o rapaz negro errado. Naquele momento, era tudo o que eu tinha.

CAPÍTULO 26

A SELEÇÃO do júri para o caso de pena capital *O Povo contra Damon Tucker* teve início na segunda semana de fevereiro de 1999. Naquela manhã, o imponente azul do céu marcava a sua presença em um pequeno parque, chamado Collect Pond. Ficava na frente do Palácio da Justiça e era assim denominado em função de um depósito de água do século XVIII que havia muito tempo fora soterrado. Tratava-se agora de um jardim público; as valas expostas do antigo centro de Nova York haviam se tornado moradia de bêbados e vagabundos que, à luz do sol resplandecente, acabavam de despertar e se espreguiçavam nos bancos do pequeno parque — meia dúzia de faces que eram tão familiares para mim quanto as dos juízes, promotores e advogados que eu via diariamente na rua Centre, número 100.

Hoje, as ruas ao redor do parque estavam repletas de veículos de TV, e todas as emissoras, locais e nacionais, tinham repórteres acotovelando-se na ampla calçada diante do Palácio, tentando decidir de que ângulos deveriam filmar sua reportagem, conferindo se as maquiagens estavam adequadas, e talvez até pensando no que iriam dizer, à medida que o "Povo" do Estado de Nova York dava início à tarefa de encontrar doze cidadãos, os quais pretendia convencer, além da dúvida razoável de que Damon Tucker era culpado, e de que deveria pagar com a própria vida pela morte de Charlotte King.

Stephens e eu subimos rapidamente a escada do Palácio da Justiça, com as câmeras de TV em nosso encalço. Na verdade, as câmeras buscavam a promotora-chefe Stoddard — mas procurariam em vão, já que ela podia ir diretamente de seu gabinete, no nono andar do edifício da rua Centre, à sala de audiência do juiz Robert Wheeler, onde a seleção do júri estava marcada para começar às dez horas, sem que fossem permitidas filmagens. Além disso, o juiz Wheeler havia determinado que o processo tramitasse em segredo de justiça, proibindo que qualquer um dos advogados de defesa ou de acusação falasse sobre o caso com a mídia. Assim, sem nenhum processo de seleção para transmitir e nenhum advogado para entrevistar, não restava mais nada aos repórteres senão falar. Apesar de o juiz ter evitado que se tornasse um evento televisionado, ainda era uma grande história.

Quando entramos no Palácio, os repórteres nos deixaram em paz, já que não podiam nos entrevistar.

— Suponho que não vá mencionar nenhuma de suas atividades ilegais e teorias mirabolantes antes de escolhermos um júri, certo, doutor? — perguntou-me Stephens.

Ela ainda estava brava comigo.

— Não. Acho que nunca, no ritmo que vamos. Neste momento, não temos o suficiente para poder apresentá-las, mesmo que eu quisesse expô-las, algo que não quero fazer. Pode ficar tranqüila.

Ela não parecia estar tranqüila, apesar de aquele não ser um dia particularmente estressante. Cerca de quinhentos jurados em potencial receberiam um questionário de quinze folhas para responder. Alguns levariam o dia todo.

Com certeza era um dia de anticlímax para a mídia. Quando os repórteres descobriram que o processo poderia levar cerca de duas semanas, perderam o interesse. Para piorar tudo, o juiz ordenou que, até o término do julgamento, todos se referissem aos jurados através de números, e não de nomes, a fim de impedir que a imprensa os encontrasse. Durante duas semanas, enquanto estivéssemos selecionando o corpo de jurados, aquele pessoal não teria nada para fazer.

O mesmo não se podia dizer de nós. Os questionários nos traziam uma montanha gigantesca de trabalho. Nós os classificávamos por todas as formas possíveis e imagináveis: raça, sexo, faixa etária, profissão, bairro, grau de instrução e, claro, atitude em relação à pena de morte. Aparentemente um em cada cinco nova-iorquinos, ou seja, vinte por cento de nossos questionários, duvidava muito da própria capacidade de impor a pena capital em qualquer caso. Então não foram considerados, e ficamos com outros quatrocentos, que alegavam ser capazes de sentenciar outro ser humano à morte, mas apenas em casos particularmente merecedores. Ah, e claro, eles afirmavam também que nenhum aspecto dessa conversa sobre pena capital afetaria suas visões de dúvida razoável.

Que monte de baboseiras. Depois de alguns dias e noites examinando os questionários, vendo Stephens registrar os dados no computador dela, comecei a ficar demasiadamente inquieto e me dirigi a Midtown, ao escritório da Yates & Associados. Precisava fazer algo além de adivinhar quais cidadãos da cidade de Nova York demonstravam menor tendência de querer executar Damon. Resolvi tentar descobrir o que Yates costumava fazer após o trabalho. Ele não tinha uma família — nem esposa nem filhos — para preencher sua vida. Como será que se divertia? Tive sorte. Em apenas duas noites consegui descobrir.

Na primeira noite fiquei das seis às oito e meia em um café em frente ao edifício dele, esperando para ver quando ele sairia. Eu sabia que ele morava na cidade e tinha certeza de que gostava de caminhar, talvez acompanhado de um guarda-costas. Não apareceu.

Voltei na noite seguinte. Às sete horas, ele saiu, sozinho, e caminhou em direção ao sul, na Broadway. Eu o segui, mantendo meio quarteirão de distância. Não me viu.

Ele andava rápido e estava vestido, como de costume, tal qual o príncipe de Gales. Quando chegou à rua Trinta e Quatro, tomou o sentido oeste, até chegar à entrada de um estabelecimento de aparência elegante, chamado Clube do Executivo. Um homem forte, de smoking, que mais parecia um atacante de time de primeira divisão indo para a cerimônia de premiação da Liga Nacional de Futebol Americano, estava parado sobre um tapete vermelho, sob um toldo aquecido, ao lado de uma corda de veludo, controlando a entrada. Concluí que era uma boate de striptease de alto luxo.

O leão-de-chácara de smoking cumprimentou Yates com um aperto de mão. Depois de receber uma gorjeta, abriu a porta para Yates. Não entrei. Já tinha visto o bastante. Não queria arriscar um outro encontro.

Então Yates gostava de ver mulheres dançando. Grande coisa. A maioria dos homens gosta. Kathy Dupont repentinamente surgiu em minha mente, e me perguntei em que boate ela trabalharia.

CAPÍTULO 27

O ANEXO 63, a maior sala de audiência do Palácio da Justiça, estava lotado. A imprensa recebera as primeiras dez das vinte fileiras de bancos de madeira maciça, que geralmente ficavam vazias, exceto por ocasionais parentes e amigos das vítimas e dos acusados. Evelyn Tucker estava na décima primeira fileira, ao lado da passagem central. Harriet King estava do outro lado. Ninguém mais estava ali por Charlotte King. Só a mãe dela. Em alguns julgamentos por homicídio, uma multidão de amigos e parentes da vítima comparecia, lembrando a todos que, quando se perde uma vida, os vivos também sofrem. Não neste caso. Os demais integrantes do plenário eram meros espectadores, que haviam esperado horas no saguão pela chance de assistir ao primeiro julgamento de pena capital em Manhattan desde a década de 1930, época em que o Anexo 63 estava novinho em folha e eram efetuadas quinze mil prisões anuais por delitos graves nesta cidade — e não cento e cinqüenta mil, como agora.

O júri estava, pela primeira vez, sentado na tribuna dos jurados. Foram necessárias duas semanas para selecioná-los. Tínhamos cinco negras, dois negros, três brancas e dois brancos. Tínhamos enfermeiros, secretários, médicos, assistentes sociais, corretores de seguros, bilheteiros, escriturários, carteiros e donos de floricultura. Todos favoráveis à pena capital.

O juiz Wheeler estava dando suas instruções preliminares, lembrando aos atentos jurados o básico — dúvida razoável, presunção de inocência —, os mantras legais que nós mesmos repetimos a todo instante, sem que nos seja solicitado examinar os seus verdadeiros significados.

Ele falava com muita calma, inclinado em direção a um pequeno microfone que amplificava sua voz na sala de um jeito que eu ainda achava estranho, embora a maioria dos juízes já tivesse adotado esse método eletrônico de comunicação. Eu ainda preferia os velhos tempos, quando um juiz tentava projetar a voz, em vez de usar um sistema de comunicação que, no caso de Wheeler, fazia com que soasse mais como um radialista ofegante de FM suave do que como o juiz-presidente do primeiro julgamento de pena capital de Manhattan.

O juiz Wheeler era uma bênção dúbia. Politicamente, inclinava-se para o lado da defesa. Opunha-se a sentenças longas por casos sem violência relacionados a drogas. Não considerava que o que os policiais afirmavam era uma verdade indiscutível. Havia sido advogado do ex-governador, um legislador brilhante e autor de inúmeras leis importantes; no entanto, entre elas não figurava a legislação da pena capital. Quando o governador perdeu, um de seus últimos atos foi o de garantir que Wheeler tivesse uma sinecura vitalícia na magistratura. Mas foi uma indicação merecida. Era um dos melhores juízes da cidade, destinado à segunda instância ou até mesmo à terceira, se não fizesse besteira.

O único problema era que ele não era nada corajoso. Era bastante ambicioso e temia muito que seu nome aparecesse nas manchetes pelas razões erradas. Mais de uma carreira de juiz liberal terminara porque o juiz concedera liberdade a alguém em um caso sem importância, e essa pessoa acabara matando um policial depois. Então o juiz Wheeler estava sempre com um pé atrás. Eu não acreditava que ele correria o risco de ajudar Damon. Por outro lado, não o imaginava condenando o jovem. Sabia que se opunha secretamente à pena capital. Talvez, apesar de sua falta de coragem, acabasse nos ajudando. Os juízes que exercem pressão para que ocorra uma condenação, tomando decisões difíceis, favoráveis à acusação, correm o risco de verem a sentença revogada na apelação. Essa é a única coisa que impede muitos deles de favorecerem abertamente a acusação. Mas um juiz que deseja uma absolvição não precisa ser tão cuidadoso. Nos Estados Unidos, a absolvição é irrecorrível. Não tem conversa. É o fim do jogo. Nenhum tribunal superior pode descartá-la e requerer novo julgamento.

O juiz Wheeler — o brilhante e covarde juiz Wheeler — poderia nos ajudar sem temer uma revogação.

Ele estava acabando de dar as instruções preliminares ao júri.

— Agora, segundo a lei, o promotor deverá apresentar as alegações iniciais. O defensor público poderá fazer o mesmo, se quiser, mas não é obrigado a fazê-lo. Escutaremos a promotora Stoddard.

Levantei-me.

— Meritíssimo, podemos nos aproximar?

O juiz pareceu surpreso. A sobrancelha se ergueu, demonstrando sua perplexidade.

— Se necessário. Aproximem-se.

Uma vez próximo ao juiz, comecei a deixar claro aonde queria chegar:

— Meritíssimo, isso precisa constar nos autos, mas sem a presença do júri, do público e da imprensa.

Ele anuiu.

— É melhor que isso seja importante, Gold. Muito bem, então esvaziaremos a sala de audiência. Voltem aos seus lugares. — E dirigiu-se aos presentes: — Senhoras e senhores, faremos um breve recesso, enquanto os advogados discutem algo comigo. Peço que todos se retirem desta sala, incluindo a imprensa e o público.

Houve alguns protestos de jornalistas, mas eles não tinham escolha. Poderiam intentar uma ação depois, a fim de obterem uma cópia dos autos.

Pouco a pouco a sala foi sendo esvaziada. Finalmente, as portas se fecharam.

— A que devemos esta interrupção dramática, justo quando estávamos a ponto de começar, Gold?

— Meritíssimo, gostaria de apresentar uma prova relacionada a uma hipótese alternativa que queremos submeter ao júri no tocante à identidade do assassino de Charlotte King.

Stoddard resfolegou.

— Não posso imaginar o que tem em mente. É realmente necessário desperdiçar o tempo de todos?

Há semanas, Damon vinha exigindo que eu apresentasse oficialmente uma prova sobre nossa teoria de que Yates era o assassino. Stephens e eu lhe explicáramos repetidas vezes que simplesmente não tínhamos o bastante, que não havia motivo, e que se Yates soubesse disso arruinaria quaisquer esperanças que tivéssemos de desenterrar mais provas. Damon se recusava a aceitar a idéia. Finalmente, desisti de lutar e resolvi fazer o que ele queria. Havia bons motivos para agir assim também. Talvez se Damon escutasse direto do juiz, em vez de ter de confiar em minha palavra, então conseguiria aceitar as limitações de nossa teoria. A decisão do juiz poderia acalmá-lo.

Havia um outro aspecto que eu achava interessante nessa infrutífera apresentação de prova. Confundiria Stoddard. Eu não tinha a menor intenção de mencionar nossa explicação sobre as provas relacionadas às digitais, apresentadas pela acusação. Não queria revelar nossa *verdadeira* teoria de defesa antes mesmo de tudo começar. Então essa apresentação de provas pouco convincente não era de todo ruim — dava-me a oportunidade de deixar Stoddard desnorteada e de fazê-la supor que tínhamos menos do que realmente tínhamos.

O juiz, paciente como sempre, dirigiu-se a mim:

— Escutemos o que o dr. Gold tem a dizer.

— Meritíssimo, acreditamos que David Yates, dono da Yates & Associados e empregador da vítima, foi quem a matou. Podemos estabelecer os seguintes fatos: Yates estava tendo um caso com Charlotte

King. Isso pode ser comprovado através do depoimento da mãe dela. Yates estava planejando abrir o capital da empresa em algum momento no ano que vem. Deveria ganhar dezenas de milhões de dólares. Charlotte King descobriu algo a respeito da Yates & Associados que impediria a abertura de capital da empresa. O que quer que tenha sido contou a seu psicanalista, o dr. Hans Stern. Ele foi assassinado dias após o falecimento dela. Por quê? Porque alguém tinha motivos para pensar que o dr. Stern poderia divulgar o que Charlotte King lhe dissera, agora que ela estava morta. Acreditamos que essa pessoa seja Yates.

Fiz uma pausa, tomei um gole d'água e esperei todas essas alegações surtirem efeito. Stoddard olhou-me como se eu tivesse perdido a cabeça.

— Além disso, Meritíssimo, temos motivos para acreditar que apenas quarenta e cinco minutos após o falecimento de Charlotte King, alguém entrou em seu apartamento, abriu seu computador e substituiu o disco rígido. Supomos que tal indivíduo tenha sido o verdadeiro assassino. Achamos que foi Yates. Não pode ter sido Damon. Ele já estava detido. É uma coincidência grande demais para ser ignorada. É um forte indício de que outra pessoa, e não Damon, assassinou Charlotte King.

— E como pode comprovar *isso*, doutor? — perguntou o juiz.

Agora a situação estava se tornando mais delicada para Arch Gold, o "arquicriminoso".

— Meritíssimo, com a devida permissão de Vossa Excelência, requeiro apresentar em juízo o computador pessoal da srta. King.

A promotora Stoddard riu alto. O juiz dirigiu-se a ela:

— Terá a vez em alguns instantes, dra. Stoddard.

— Isso é tudo, Gold?

Assenti.

O juiz prosseguiu:

— O senhor alega, porém ainda não pode provar, que o computador da vítima foi violado, que ela se relacionava com o chefe, que estava a ponto de abrir o capital da própria empresa e que o psicanalista dela foi assassinado alguns dias após sua morte. O senhor alega que a combinação desses fatores constitui evidência de que Yates matou Charlotte King ou contratou alguém para matá-la. Resumi sua posição corretamente?

— Sim.

Stoddard levantou-se e pigarreou.

— Meritíssimo, posso responder?

— Não creio que seja necessário. Mesmo partindo do pressuposto, apenas para fins de argumentação, que todas as alegações do dr. Gold sejam verdadeiras, ainda assim não ficou comprovada a existência de fortes indícios que lhe permitam apresentar essas questões neste julgamento. A apresentação de prova é insuficiente enquanto questão de direito. A defesa não poderá mencionar essa teoria altamente especulativa em qualquer momento do julgamento.

Wheeler dirigiu-se a Damon:

— Senhor, não sei se pretende depor ou não. Essa decisão cabe inteiramente ao senhor. Entretanto, posso dizer-lhe o seguinte: se depuser, não poderá fazer qualquer menção ao que seu advogado acaba de alegar aqui. Estamos entendidos? Se me desobedecer, serei obrigado a anular o julgamento e simplesmente recomeçaremos. Será preciso selecionar novo júri e repetir todo o processo. Creio que nenhum de nós deseja isso.

Lançou um olhar severo a Damon, que não estava nem um pouco satisfeito com tudo aquilo.

— Que se dane. Pro inferno com essa porra. Como é que pode me fazer fechar o bico? O cara mandou matar a moça, e o senhor quer me matar por causa disso.

O juiz ignorou a explosão de Damon.

— As partes estão prontas para continuar?

Todos assentimos. A verdade era que eu não esperava que essa apresentação de provas levasse a lugar algum, e não tinha nenhuma modificação a fazer em minha alegação inicial — tentaria invalidar as provas apresentadas pela acusação e afirmaria que o verdadeiro assassino ainda estava solto. Não era uma má defesa. Além do mais, Stoddard não tinha a menor idéia do que eu estava fazendo.

Se Damon mantivesse a calma e não virasse a opinião do júri contra si mesmo em função de uma perda de controle total, no banco dos réus ou fora dele, teríamos uma chance de obter a sua absolvição.

— Que entrem os jurados — ordenou o juiz.

CAPÍTULO 28

STODDARD LEVANTOU-SE detrás da mesa da acusação e caminhou em direção à pequena tribuna, que ficava a cerca de um metro do corpo de jurados, a fim de dar início às alegações iniciais. O único som na imensa sala de audiência era o dos saltos dela batendo no piso duro e frio. Senti meu coração começar a bater acelerado. Stephens, sentada ao meu lado, mantinha um leve sorriso nos lábios. Seria uma demonstração de autoconfiança? Eu certamente não sentia o mesmo. Nunca havia enfrentado uma adversária tão inteligente, tão encantadora, tão carismática. De modo geral, no início dos julgamentos, eu costumava ficar emocionado, novamente impressionado ao ver como o Estado se empenhava em proteger os direitos de um acusado, ao ver o grande e pesado fardo da prova além da dúvida razoável que recai sobre o promotor, e a enorme variedade de mecanismos de proteção que os tribunais do Estado de Nova York desenvolveram, geração após geração, a fim de assegurar que nenhum réu fosse condenado injustamente. Naquele dia, nada disso parecia fazer diferença diante daquela promotora famosa, uma mulher que poderia ter sido a mãe de Damon, e que se dirigia naquele momento, em tom simples e direto, a um júri favorável à pena capital: doze nova-iorquinos que já haviam declarado que, na hora H, não teriam problemas em assegurar-se de que a vida de Damon acabaria com ele amarrado a uma maca, à medida que as drogas letais iam sendo injetadas em seu corpo.

Meu olhar atento passou de Stoddard a Evelyn Tucker. Lembrei-me das palavras que Stephens, embriagada, dissera na noite anterior:

— Você nunca vai escutar outro som igual ao de uma mãe gemendo ao ver o filho ser executado. Não há nada que se assemelhe a isso. É simplesmente um gemido pavoroso, e não dá para escapar dele.

Segurei e apertei a mão de Damon. Ele também apertou a minha. Trajava um terno negro, camisa azul e gravata. Seu rosto atraente estava circunspecto, mas os olhos brilhavam ao escutar a promotora expor a acusação contra ele em frases simples.

— Bom-dia, senhoras e senhores. No dia 4 de dezembro de 1998, Charlotte King saiu do trabalho em torno das 16h30, tal como costumava fazer toda sexta-feira à tarde. Tomou o sentido oeste, caminhando em direção a Chelsea, bairro repleto de galerias de arte. Visitou várias delas. Estava só, a pé, quando esse jovem, Damon Tucker, ameaçou-a, apontou-lhe uma arma e exigiu seu dinheiro. Ela lhe entregou a bolsa. Em seguida, agindo de forma cruel, esse jovem disparou a arma, atingindo-a no estômago e ferindo-a mortalmente. Ela caiu na calçada e ali permaneceu, sangrando. Faleceu ali mesmo, na rua, nos braços de um policial, alguns minutos depois.

Stoddard simulou o movimento com os braços, como se ela mesma estivesse segurando a moribunda.

— Seu último ato, antes de falecer, foi identificar o assassino.

— Protesto! — Levantei-me. — A promotora pode apresentar sua concepção sobre o que ainda será provado, mas não pode relatar esses acontecimentos como se fossem fatos.

Durante alguns instantes, o juiz realmente pareceu estar ponderando a resposta. Então falou calmamente, como de costume:

— Aceito. Senhoras e senhores, o que estão ouvindo agora, não importa a forma como se expresse a dra. Stoddard, é uma descrição prévia do que ela acredita que as provas apresentadas pela acusação demonstrarão. Nada do que ela própria diz constitui evidência ou prova de algo. Por favor, prossiga.

Ela não se abalou nem um pouco.

— Obviamente, senhoras e senhores, esta não é uma disputa entre advogados. As únicas coisas com as quais devem se preocupar são as provas, e há muitas contra Damon Tucker.

— Protesto novamente! Não estamos apresentando as alegações finais.

A expressão do juiz era quase apologética.

— Aceito. Peço aos advogados que guardem seus argumentos para as alegações finais.

Stoddard prosseguiu:

— Dois policiais à paisana passavam próximo ao local em um carro civil. Escutaram a mensagem da central, divulgada momentos depois que os agentes encontraram a srta. King, com a descrição que ela fizera do criminoso. Foi um negro, de casaco negro. Não é a descrição mais específica que já escutaram, mas, tal como descobrirão, neste caso não faz diferença. Porque quando os agentes policiais interceptaram esse jovem aqui... — ela fez um sinal na direção de Damon como se ele fosse apenas mais uma prova material, como a arma ou o dinheiro — encontraram cento e oitenta dólares em seu bolso, dezoito notas de dez. As impressões digitais dele estavam em todas as notas, e as de Charlotte King, em três delas. Obviamente os policiais não sabiam disso, e nem poderiam na ocasião. Simplesmente levaram Tucker ao local onde Charlotte King encontrava-se, moribunda, e perguntaram-lhe: "Este é o indivíduo que atirou?", e ela conseguiu confirmar, pois seus lábios formaram a palavra "sim". Os senhores ouvirão mais sobre esse reconhecimento quando os dois agentes que o testemunharam vierem depor.

Ela fez uma pausa, a fim de permitir que eles absorvessem essa evidência incriminatória. Então, arrematou o argumento:

— Isso, senhoras e senhores, exclui a dúvida razoável. A combinação de tudo isso constitui prova esmagadora da culpabilidade do réu. As provas demonstrarão que ele foi reconhecido pela vítima.

As provas demonstrarão que o acusado estava fugindo da cena do crime quando foi detido. As provas demonstrarão que as impressões digitais da vítima estavam no dinheiro encontrado no bolso do acusado. Damon Tucker roubou e assassinou Charlotte King a sangue-frio. A morte dela foi dolorosa e terrível, na rua Vinte. Cabe aos senhores, agora, certificarem-se de que a justiça seja feita.

Stoddard voltou ao seu lugar. O barulho dos saltos altos ressoou. Aquilo foi tudo. Muito breve. Muito agradável. Muito eficaz. Era um caso simples, e ela pretendia mantê-lo assim.

Surpreendentemente, ela cometera um erro de principiante, talvez por excesso de autoconfiança. Não mencionara nenhum dos problemas de sua tese. Isso me dava a oportunidade de fornecer novas informações aos jurados em *minhas* alegações iniciais, o que inevitavelmente lhes daria a impressão de que a promotora tentara esconder os fatos em seu discurso. Eu esperava esse tipo de atitude dos habituais assistentes medíocres, mas nunca da promotora-chefe em pessoa. Só provava mais uma vez que até mesmo os advogados mais inteligentes e experientes podem perder o fio da meada e se tornar vítimas do próprio discurso. Eu via isso acontecer o tempo todo com os membros mais bem pagos da Ordem que trabalhavam no setor privado, uma turma arrogante e pretensiosa que tentava dificultar tudo, justificando dessa forma os próprios honorários exorbitantes. Mas não esperava isso de Stoddard.

Agora era a minha vez.

— Bom-dia, senhoras e senhores membros do júri.

Fiz uma pausa para observar cada um deles, olhando-os nos olhos quando possível. Aqueles que evitavam meu olhar atento geralmente não queriam escutar o que eu tinha a dizer.

— Acabaram de ouvir as alegações iniciais da promotora. E realmente parece tratar-se de um caso simples, não é mesmo? Sem complicações. Muito claro. Bem, senhoras e senhores, qualquer história pode soar dessa forma quando se omite metade dos fatos. A promotora contou-lhes todos os detalhes *favoráveis* à tese dela. Parece ter se esquecido, porém, de tudo o que era *nocivo* à tese.

— Protesto! O que exatamente deseja insinuar a defesa?
— Negado.
Sorri. Tomei um gole d'água. Saí da tribuna.

— Senhoras e senhores, na sexta-feira, dia 4 de dezembro de 1998, alguém cometeu um crime hediondo. Alguém disparou contra Charlotte King e a matou a sangue-frio, aparentemente por causa de alguns trocados. Alguém tirou a vida dela. Ela tinha apenas trinta anos. Era uma executiva bem-sucedida de Wall Street. E sua morte foi dolorosa e terrível. Não é isso que está em questão aqui. Não estamos afirmando que isso não aconteceu. Não estamos aqui para discutir "como aconteceu", mas "quem cometeu" o crime. Alguém matou Charlotte King ao disparar contra ela e atingi-la no estômago. Mas esse alguém não foi Damon Tucker.

Fiz uma pausa. Todos pareciam estar atentos.

— Permitam-me contar-lhes alguns dos fatos deste caso que estão prestes a descobrir, mas que não escutaram da dra. Stoddard aqui presente. Descobrirão que Damon Tucker trabalhava em uma locadora de vídeo próxima à esquina onde foi detido. Descobrirão que no dia 4 de dezembro de 1998 ele estava trabalhando no caixa da locadora, e que vendeu uma fita, *Atração Fatal*, para a vítima. Ela pagou em dinheiro, dando a ele três notas de dez dólares. Essas mesmas notas foram parar no bolso de Damon minutos depois, quando ele trocou o cheque de seu pagamento com o chefe, que por sua vez retirou o dinheiro da caixa registradora. Escutarão isso do próprio gerente da locadora, John Taback. Ele lhes dirá que Damon costumava trocar o cheque de cento e oitenta dólares toda sexta-feira, dia do pagamento. Ele lhes dirá que Damon sempre contava o dinheiro, diante dele. É por isso que as impressões digitais de Damon aparecem em cada uma das dezoito notas de dez dólares encontradas em seu bolso, e também na fita de *Atração Fatal*, que a srta. King levava na bolsa quando faleceu. Então, no fim das contas, toda a prova esmagadora relacionada às digitais que a promotora acabou de descrever não é tão esmagadora assim.

Pausa. Gole d'água. Estava lhes dando muitas informações, e queria que eles as absorvessem antes de continuar. Olhei de soslaio para Stoddard. Ela olhava fixamente para a frente. Um exame de ressonância magnética na promotora demonstraria uma atividade cerebral completamente frenética no lóbulo responsável pelo processamento de informações novas inacreditáveis. Essa expressão me era familiar. Eu podia ver a mente de Stoddard tentando acompanhar o ritmo, testando cada possibilidade e variação, imaginando como lidar com essas novas revelações.

Alguns advogados de defesa consideram as alegações iniciais desnecessárias. Há sempre o perigo de que as coisas tomem outro rumo quando as testemunhas de fato depuserem, ou de que você seja obrigado a se ater a uma teoria sobre o caso que talvez tenha de mudar no decorrer do julgamento — o tipo de manobra que geralmente é fatal e resulta em uma rápida condenação. Mas os anos de experiência me levaram a crer que vale a pena correr o risco. O pior momento do julgamento costuma ser justamente aquele logo depois que o promotor acaba de apresentar a tese da acusação; se o advogado de defesa não contra-argumenta, se não toma uma atitude rapidamente, às vezes toda a luta termina antes mesmo de começar. A abordagem conservadora e tradicional acredita que não se deve apresentar alegações iniciais e que não se deve deixar o cliente depor, cabendo à defesa colher os restos da tese da acusação, com o objetivo de levantar alguma falha e, se possível, certa "dúvida razoável". Eu não penso assim. Não importa quantas vezes um juiz instrua os jurados de que o ônus da prova não recai sobre o acusado — não cabendo a ele provar nada — e também de que não devem nutrir preconceito contra o acusado se ele não depuser, os jurados com freqüência nutrem preconceito contra o acusado, e supõem que ele tem antecedentes ou que cometeu o crime e quis evitar mentir sobre isso ao depor. Portanto, na maior parte de meus casos prefiro prevenir do que remediar, e a menos que meu cliente tenha uma extensa ficha criminal, eu o faço depor.

— Descobrirão que quando pegaram Damon, claro, ele estava correndo, mas também estava escutando música em seu walkman. Façam a si mesmos a pergunta, à medida que escutam essa evidência: um assassino em fuga usaria um walkman? E se ele, supostamente, tivesse colocado o walkman com o objetivo de se misturar com os pedestres, teria corrido? Os próprios policiais devem ter se dado conta disso, pois, como poderão averiguar, um dos agentes que deteve Damon pegou o walkman e jogou-o na sarjeta. E só viemos a descobrir isso porque a defesa localizou o aparelho, lá embaixo no esgoto. Continha as impressões digitais de Damon e também as do policial que o jogara lá.

"Agora, não haverá nenhum depoimento afirmando que foram encontradas luvas em posse de Damon, ou próximo à cena do crime. No entanto, nenhuma impressão digital foi encontrada na carteira, na bolsa e na arma. Por quê? Se as digitais de Damon estavam no dinheiro e na fita, por que não estavam também nesses outros itens, na carteira, bolsa e arma? Porque o verdadeiro assassino as removeu ou usou luvas. O verdadeiro criminoso ainda tem em mãos o dinheiro de Charlotte King. O dinheiro encontrado com Damon era dele. Claro que as digitais da vítima estavam nas notas, mas isso porque Charlotte King havia ido até a locadora, e não porque o réu a havia assaltado na rua. O dinheiro veio da caixa registradora da locadora.

"Agora, a promotora afirma que Damon foi reconhecido pela srta. King pouco antes de ela falecer. Apresentaremos testemunhos de peritos que comprovam que ela não estava em condições de reconhecer ninguém, e que simplesmente teve um espasmo e faleceu assim que Damon foi colocado diante dela. Os agentes policiais que afirmarem, sob juramento, que a vítima reconheceu o acusado estarão mentindo ou exagerando."

— Protesto! — disse Stoddard, em seu tom mais contrariado. — Estas não são as alegações finais.

— Negado — respondeu o juiz, calmamente. — Senhores jurados, como já lhes disse durante a argumentação inicial da acusação, nada do que qualquer um dos advogados lhes afirmar constitui prova. É apenas uma amostra do que eles acreditam que as provas demonstrarão. Prossiga, dr. Gold.

— Senhoras e senhores, sua responsabilidade é enorme neste caso. Um crime execrável foi cometido. Uma vida foi tomada. Uma jovem foi assassinada a sangue-frio. Nada do que fizermos aqui irá trazê-la de volta. Mas, agora, os senhores devem manter todas as promessas que fizeram ao serem selecionados membros do júri. Os senhores devem considerar apenas as provas. Não se deixem levar pela emoção ou pela compaixão, e não permitam que a sede de justiça os impeça de ver a realidade, que é a seguinte: a polícia, neste caso, deteve o homem errado. Damon Tucker não cometeu este crime. Estava no lugar errado, na hora errada, e por causa de uma série de incríveis coincidências está agora diante dos senhores, com a própria vida em risco.

— Protesto! — Stoddard estava gritando. — O advogado de defesa sabe muito bem que é proibido mencionar a punição nesta fase do julgamento.

Eu conhecia as regras e, como de costume, as estava quebrando de propósito. Na maioria dos julgamentos, era realmente uma transgressão significativa mencionar a punição durante a realização do julgamento, já que o júri não tinha a menor idéia da pena que poderia ser aplicada ao acusado, especialmente se tivesse vendido uma pequena quantidade de drogas, caso em que o júri supunha que ficaria preso por curto período, sem imaginar que ele teria de cumprir de quatro anos e meio a nove anos se condenado; a mesma punição que estupro, tentativa de homicídio e roubo com emprego de arma de fogo. Ali, é claro, todos os presentes tinham consciência de que a vida de Damon estava em jogo. Não mencionar isso a essa altura do julgamento era um subterfúgio, uma ilusão e nada mais. Gostei de ver o semblante de Stoddard se contorcer de raiva por causa de algo tão obviamente banal para os jurados, os quais não podiam, nem por um instante, esquecer-se da pena capital. Estava no ar que respiravam e tornava pesada cada palavra dita naquela sala de audiência.

Ver Stoddard se levantar e gritar porque eu estava afirmando o óbvio fazia lembrar o "Big Brother", o Estado tentando de forma tola impor algum tipo de controle da mente impossível às doze pessoas perfeitamente capazes.

O juiz se deu conta disso de imediato. Inclinou a cabeça com conhecimento de causa e falou com seu costumeiro tom cadenciado, a respiração pesada:

— Senhores jurados, todos temos consciência do que está em jogo neste julgamento. Nenhum de nós pode se esquecer disso, em momento algum. Entretanto, a dra. Stoddard está tecnicamente correta ao afirmar que os advogados não devem mencionar a pena até os senhores chegarem a um veredicto. Obviamente, se os senhores optarem pela absolvição, nenhum de nós precisará pensar nisso novamente. Se optarem pela condenação, então iremos considerar o assunto formalmente em uma nova fase deste processo. Prossiga, dr. Gold.

— Obrigado, Meritíssimo.

Finalizei o discurso:

— Nenhum dos senhores queria essa missão difícil. Agora têm a cargo a tarefa mais dura que se pode impor a um cidadão. Cabe aos senhores julgarem o destino de outro ser humano. Depois de escutarem todas as provas, depois de meditarem e conversarem sobre elas, entre si, na privacidade da sala secreta, concluirão que Damon Tucker é inocente. Nada do que qualquer um de nós fizer poderá trazer Charlotte King de volta. Mas condenar um jovem inocente só vai agravar essa tragédia.

Sem dúvida alguma eu conseguira captar a atenção deles.

CAPÍTULO 29

A PRIMEIRA TESTEMUNHA de acusação era o agente Dave Newman, o policial que encontrara Charlotte King caída na calçada, sangrando até a morte. O plano de Stoddard era colocá-lo no banco das testemunhas para que afirmasse com eloqüência que Charlotte King identificara Damon Tucker como o assassino. Antes que Stoddard pudesse fazer isso, teria de superar alguns obstáculos legais, e eu não estava disposto a facilitar nada para ela. Se a decisão do juiz fosse contrária à defesa, tudo bem, teríamos nossa primeira questão apelável a ser levantada por Stephens no futuro.

Em um julgamento nos Estados Unidos, ninguém pode prestar depoimento sobre o que outrem disse. Simplesmente não se permite testemunho indireto. A Constituição lhe dá o direito de acarear testemunhas que depõem contra você, além de interrogar minuciosamente os acusadores e de inquiri-los em audiência pública, perante o júri. Se os policiais pudessem contar, sob juramento, o que alguém lhes disse, todo o direito à acareação cairia por terra. Tudo o que o acusado poderia fazer seria interrogar o policial, uma testemunha profissional preparada e treinada para dizer apenas o necessário, a fim de obter uma condenação. Então a lei reza o seguinte: se a pessoa que de fato disse algo estiver impossibilitada de comparecer, sua declaração passa a ser considerada testemunho indireto e não pode ser admitida como prova. Do contrário, qualquer policial poderia se sentar no banco das testemunhas e basicamente apresentar relatórios ao júri. Talvez seja assim na China, mas não nos Estados Unidos. Não na maioria dos casos.

Claro, como toda norma sólida deste mundo, há grandes exceções, as quais foram estabelecidas três séculos atrás, na Inglaterra, e as quais se fiam em alguns indícios da verdade. Por exemplo, o depoimento de uma pessoa afirmando que ouviu outrem dizer "assaltei um banco na semana passada" seria permitido, já que é improvável que alguém admita culpa falsamente. Da mesma forma, em algum momento do século XVIII, na época em que o indivíduo comum no leito de morte se preocupava apenas com o paraíso e o inferno, imaginando qual dos dois seria o seu local de repouso final na eternidade, os tribunais desenvolveram a noção de que ninguém mentiria se soubesse que estava morrendo, já que o temor da condenação eterna recairia pesadamente sobre essa pessoa.

Já no início do século XXI, muito poucas pessoas por aí teriam mais possibilidade de dizer a verdade no leito da morte do que teriam em qualquer outro momento de suas vidas. Ainda assim, há uma grande quantidade de homicídios nos quais os tribunais buscam algum fundamento coerente para permitir um reconhecimento feito por moribundo, testemunhado apenas pela polícia. O empecilho mais comum é a falta de consciência por parte da vítima de que está, na verdade, morrendo. O fato de a vítima realmente vir a falecer não é fundamento suficiente para invocar a ressalva "declaração de pessoa moribunda" à norma "não se permitem testemunhos indiretos". A vítima deve realmente *ter consciência* de que está a ponto de morrer, já que de outro modo o fundamento original, hoje em dia obsoleto, da norma — temor da condenação eterna resultante de uma leve mentirinha no leito de morte — não se aplicaria.

Stoddard sabia que teria de introduzir o reconhecimento feito por Charlotte King na hora da morte como uma declaração de pessoa moribunda. Sem essa declaração, o caso seria infinitamente mais difícil para a acusação. Se aqueles policiais não pudessem atestar que Charlotte King identificara Damon, as provas associando Damon ao crime, incluindo as impressões digitais, seriam puramente circunstanciais e não demonstrariam que ele havia sido o assassino. Se os policiais seriam ou não capazes de dizer as palavras mágicas corretas, ainda era uma incógnita. Eu certamente não queria permitir que a suposta identificação fosse apresentada ao júri — situação que seria irremediável — sem obter primeiro uma deliberação do juiz. Pode ter certeza, quando um juiz afirma "desconsiderem essa última afirmação" ou "retire isso dos autos", só está contribuindo para que tudo fique ainda mais marcado na mente do júri.

Estávamos reunidos próximo ao juiz, dialogando em tom baixo, porém tenso. Advogados de processos criminais desenvolvem um sussurro estridente que lhes permite, a um metro do juiz, perder a calma sem estardalhaço, sem chamar a atenção dos jurados para o sucedido.

— Meritíssimo, obviamente a promotoria não quer outra coisa senão ver esse policial novato levantar-se e contar ao júri, violando todas as normas de apresentação de provas, o que ele acha que Charlotte King disse antes de falecer. Muito conveniente, já que ela está morta e não pode ser interrogada. Infelizmente as normas de apresentação de provas simplesmente não o permitem. Como exatamente a senhora promotora espera transformar esse testemunho muito questionável, mas extremamente prejudicial, em prova?

— Declaração de pessoa moribunda, Meritíssimo. Este é um caso clássico. O policial Dave Newman atestará que a srta. King estava morrendo, que sabia que estava a ponto de morrer, e que antes de dar o último suspiro, em busca de justiça para si própria, ela reconheceu o assassino. Trata-se de padrão de ocorrência clássica para admissão da referida declaração. Creio ter demonstrado a admissibilidade da prova. Peço-lhe que nos permita prosseguir. E gostaria de fazer uma pergunta. Se o dr. Gold estava tão preocupado com essa questão, por que não a levantou antes das alegações iniciais?

O juiz dirigiu o olhar, atento, a mim.

— Meritíssimo, esse problema é da promotora, não meu. Ela não devia introduzir prova inadmissível. Se agir assim, corre um risco. Posso sugerir uma audiência para debatermos essa questão, sem o júri? Quando tirarmos o gênio da garrafa, não poderemos colocá-lo de volta. Precisamos ouvir o que esse policial dirá. Estou apresentando petição *in limine*.

— Gold, obrigado pelo termo em latim correto. Isso é exatamente o que não faremos. Não vejo necessidade. Se a promotora deturpou o depoimento desse policial, os fundamentos da acusação sofrerão conseqüências desastrosas. Creia-me. Doutores, voltem aos seus lugares.

Nada mal. O juiz Wheeler estava basicamente dizendo a Stoddard que como ela não levantara essa questão quando deveria, antes do início do julgamento, ela agora estava vulnerável. Se Newman não fosse convincente, o juiz instruiria o júri a desconsiderar todo o depoimento sobre o reconhecimento, a despeito das alegações iniciais da promotora. Para mim era suficiente.

Newman sentou-se de um salto no banco das testemunhas, como um animalzinho ansioso. Jurou dizer a verdade.

Desde o rápido crescimento da força policial de Nova York nos últimos anos, a faixa etária média dos policiais era cada vez mais baixa. O tal agente Newman mal parecia ter idade suficiente para dirigir e consumir bebidas alcoólicas, quanto mais para andar com uma pistola automática e empenhar-se em impor a lei de forma justa. Tinha o cabelo loiro, com um corte moderno, repicado nas pontas; usava um brinco, e seu sorriso era forçado e nervoso. Concluíra a academia de polícia havia apenas dois anos, não freqüentara a universidade, e este era o primeiro caso de homicídio com o qual se deparara em serviço.

Stoddard conduzia gentilmente o interrogatório.

— E o que o senhor viu, se é que viu algo, na rua Vinte, naquele dia?

— Vi uma jovem estendida na calçada, em uma poça de sangue.

— E o que fez, se é que fez algo, naquele momento?

— Naquele momento eu me aproximei da jovem e tentei descobrir onde ela tinha sido atingida e se podia falar.

— Prossiga.

— Ela mal podia falar, mas tentava dizer algo.

Contestei, bem alto:

— Protesto contra qualquer descrição do que ela queria fazer.

O juiz olhou-me, divertido.

— Aceito. Policial, limite-se a nos dizer o que viu e ouviu.

Newman assentiu.

— Claro, Meritíssimo. Ela estava deitada de costas. Não se movia. A ferida em seu abdome tinha provocado uma hemorragia. Dava para ver o sangue jorrando através da blusa.

— Falou com ela? — perguntou Stoddard, tentando fazer com que Newman se concentrasse no cerne da questão, a maldita descrição.

— Protesto — disse eu, novamente. — Conduzindo a testemunha.

— Aceito — retorquiu o juiz, dirigindo o olhar calmo ao jovem. — Policial Newman, queira nos dizer o que aconteceu, da melhor forma possível. Está bem?

— Claro, Meritíssimo. Eu me inclinei sobre a jovem, que sussurrou algo para mim. Ela me disse: "Foi um negro. Ele atirou em mim. Não me deixe morrer. Preciso de ajuda." E respondi: "Vamos ajudá-la. Como era a fisionomia dele?" E então ela balbuciou algo que não consegui entender.

— Perguntou-lhe algo mais?

— Sim. Perguntei a ela o que o homem negro estava usando. Ela disse: "Casaco negro."

— E então?

— Enviei a descrição pelo rádio: homem negro, casaco negro, armado.

— E o que fez em seguida?

— Fiquei com a vítima. Ela não estava nada bem. Estava perdendo muito sangue.

O agente policial olhava diretamente para a frente, como se estivesse prestando depoimento em um tribunal militar. Antigamente, muitos policiais vinham das Forças Armadas e se adaptavam bem à organização essencialmente militar dos trinta e cinco mil agentes policiais da cidade de Nova York, uma força maior e, sem dúvida alguma, mais armada e bem preparada do que todo o exército de muitos países. Mas esse rapaz estava apenas atuando; essa encenação não era oriunda do serviço militar, mas de muitas horas passadas diante da TV quando criança, assistindo ao seriado policial *Chumbo Grosso*.

— E então?

— E então esperei o *busum* e o chefe.

— Refere-se à ambulância e ao sargento Speazel, correto?

— Correto. A ambulância chegou rápido, na verdade, ah, antes do sargento. Colocaram soro nela e tentaram aplicar uma bandagem no local do ferimento. Mas ela estava perdendo sangue rapidamente.

— Ela disse alguma coisa enquanto esperavam?

— A vítima estava gemendo debilmente. Ela falou: "Não me deixe morrer. Sinto que estou morrendo."

— Em algum momento outros policiais chegaram à cena do crime com um suspeito?

— Sim. Depois de algum tempo outros policiais chegaram com o sr. Tucker. Eles o tiraram da viatura, removeram as algemas e o levaram até a maca onde se encontrava a vítima. Ela estava a ponto de ser colocada na ambulância.

— E então?

— Um dos policiais perguntou: "Foi este indivíduo que atirou na senhora?" Ela não disse nada, mas moveu a cabeça para cima e para baixo, em sinal afirmativo, algumas vezes.

— O que aconteceu em seguida?

— Ela soltou um grande suspiro e pareceu ter morrido.

— E de fato morreu?

— Morreu.

— O que Damon Tucker vestia quando a srta. King o reconheceu?

— Protesto! Se ele foi ou não reconhecido é questão de opinião.

— Negado — disse o juiz.

— Vestia um casaco negro. É o que eu me lembro.
— Nada a acrescentar.

Chegara a minha vez. O interrogatório da testemunha de acusação é como uma cirurgia. Você já sabe o que vai procurar e retirar. Se não tiver um plano, se for apenas "exploratória", então o seu caso, tal como o paciente da cirurgia, correrá perigo. Você só faz perguntas para as quais sabe quais serão as respostas, ou para as quais sabe que as respostas, sejam lá quais forem, não o prejudicarão. A parte complicada é fazer com que a testemunha dê a resposta que você busca, é saber como utilizar as perguntas certas para encurralá-la, a fim de, no final, obter a resposta desejada, o pequeno detalhe, qualquer que seja ele, a ser aproveitado nas alegações finais.

— Bom-dia, policial. Com exceção desta manhã, nós nunca nos havíamos encontrado, certo?
— Ah, certo.
— Mas o senhor se encontrou com a promotora deste caso, não é verdade?
— Ah, sim.
— Na verdade, o senhor e ela revisaram as perguntas que lhe seriam feitas, e as respostas que daria, correto?
— Não exatamente.
— Sobre o que conversaram, então?
— Sobre o caso.
— Mas não revisaram as perguntas que lhe seriam feitas, e as respostas?
— É, acho que revisamos.
— Por falar nisso, o senhor conversou sobre esse caso com os demais policiais envolvidos, não é mesmo?
— Conversei, claro.
— Com Armstrong?
— Sim.
— Com Smith?
— Sim.
— Com Barnett?
— Sim.

Esse era apenas um aquecimento, para que eu me soltasse, para fazer algumas perguntas fáceis e, em determinado momento, criar algumas respostas problemáticas para a promotora, que parecia ter se esquecido de dizer aos policiais que admitissem o óbvio — que ela os preparara para depor e que, claro, eles haviam conversado sobre todo o processo com os demais policiais. Os jurados odiavam esse tipo de desonestidade, detestavam a idéia de um policial se recusar a admitir que discutira um caso antes de depor. Aumentava a suspeita deles de que tudo fora orquestrado e de que não passava de uma atuação programada que ninguém queria revelar.

— Policial, onde estava quando viu pela primeira vez a srta. King?

— Eu estava na viatura, com meu parceiro, Armstrong, quando um cidadão correu em nossa direção, gritando que uma jovem estava estirada na rua, sangrando.

— Então, naquele momento, o senhor se dirigiu até a rua Vinte, onde a srta. King estava estirada na calçada, correto?

— Sim, senhor.

— Este é o primeiro caso com vítima de arma de fogo com o qual teve de lidar?

— É.

— Estava nervoso?

Stoddard deu um salto.

— Protesto! Irrelevante!

— Absurdo! — retruquei. — O estado de espírito do agente afeta sua capacidade de observação. Seu grau de experiência é claramente relevante para que o júri possa avaliar sua credibilidade e confiabilidade.

— Negado. Responda à pergunta.

— Sim, eu estava muito nervoso. Nunca tinha visto alguém atingido por disparo antes.

— Nunca tinha visto alguém morrer antes, não é verdade?

— Correto.

— Agora, policial, o senhor alega tê-la escutado dizer: "Foi um negro. Ele atirou em mim." Um negro, e depois, casaco negro, certo?
— Certo.
— Ela disse algo mais?
— Não.
— Onde se encontrava seu parceiro quando o senhor estava inclinado sobre ela?
— Estava em pé, um pouco atrás de mim, enquanto eu me inclinava sobre ela. Estava chamando uma ambulância.
— Quanto tempo passou até o sr. Tucker ser colocado diante da srta. King?
— Não sei, talvez uns seis ou sete minutos.
— E isso aconteceu após a chegada da ambulância?
— Correto.
— A ambulância chegou rápido?
— Bem rápido. Em uns dois ou três minutos. Não demoraram quase nada.
— Quando os outros policiais colocaram Damon diante da srta. King, ele estava ou não algemado?
— Acho que estava sem as algemas.
— Ele estava algemado quando o tiraram da viatura?
— Acredito que sim. Acho que tiraram as algemas dele quando já tinha saído do carro, e então o trouxeram.

Eu sabia que ele estava mentindo no tocante às algemas. E com certeza os outros policiais fariam o mesmo. Eu não duvidava da afirmação de Damon de que estava algemado quando foi colocado diante de Charlotte King. Mesmo se fosse culpado, o conhecimento dele a respeito de direito penal não chegaria ao ponto de entender a importância de um reconhecimento de acusado algemado, e da omissão desse detalhe.

Embora eu soubesse que Newman estava mentindo a respeito das algemas, não me restava muito a fazer naquele momento. Geralmente, chamar um tira de mentiroso não surte efeito, a menos que se tenha algo além da palavra do acusado para corroborar essa afirmativa, algo como uma contradição nos autos, ou um depoimento antagônico de outro policial, ou uma testemunha civil. Eu precisava de algo mais além das palavras furiosas de Damon para desacreditar o depoimento de Newman sobre as algemas, mas esse algo mais eu não tinha. Parti para solos mais férteis:

— Agora, o senhor afirma que, depois de mover a cabeça para cima e para baixo, a srta. King deu o último suspiro e faleceu; é isso que testemunhou?

— Sim.

— Ela esboçou algum movimento àquela altura? Moveu a cabeça de outra maneira, que não fosse para cima e para baixo?

— Pode ter tido um pequeno espasmo.

— Um pequeno espasmo?

— Isso.

— E de que forma a cabeça dela se moveu quando ela teve esse pequeno espasmo?

— Eu diria que se moveu a esmo.

— E isso inclui para cima e para baixo?

— Se acha que sim.

— Não acho nada. Estou lhe perguntando. Se a cabeça dela se moveu "a esmo", isso não inclui de um lado a outro?

— Claro.

Ele estava começando a se irritar quando eu não estava sendo nem um pouco cruel, e apenas tentava obter mais detalhes de seu depoimento pouco esclarecedor. O júri com certeza não veria com bons olhos sua atitude. Era uma péssima testemunha.

— Agora, o senhor já afirmou que ao mover a cabeça para cima e para baixo a jovem lhe estaria dizendo "sim", certo?

— Certo. Sem dúvida alguma.

— Então presumo que, se ela tivesse movido a cabeça de um lado a outro, o senhor consideraria que seria um "não". Correto?

— Claro. Eu não sabia o que ela ia fazer.

— Mas não afirmou que, apenas um segundo após mover a cabeça para cima e para baixo, ela começou a movê-la de um lado a outro?

— Protesto! O advogado está descaracterizando o que o policial afirmou.

Stoddard não estava gostando do rumo que as coisas estavam tomando. Eu não a culpava. O depoimento deste policial a respeito do reconhecimento era uma droga.

— Negado. Responda à pergunta.

Naturalmente, o policial, não muito inteligente, já esquecera qual havia sido a pergunta, mas, depois que o escrivão a releu monotonamente, sua resposta foi um débil "sim".

— Agora, repetindo, quanto tempo depois de mover a cabeça para cima e para baixo ela teve aquele espasmo que incluiu o movimento de cabeça de um lado a outro?

— Talvez apenas uns dois segundos.

— Então o senhor afirma que ela moveu a cabeça para cima e para baixo, indicando, em sua opinião, uma identificação positiva e, em seguida, apenas uns dois segundos depois, ela começou a mover a cabeça em outras direções, tal como para a frente e para trás. Isto é o que atesta?

— Sim.

— O que o leva a crer que qualquer etapa desses movimentos de cabeça foi um reconhecimento positivo?

— Foi o que me pareceu.

— Está ciente da gravidade deste caso?

Ele inclinou a cabeça em sinal de aprovação.

— Está ciente de que seu depoimento é absolutamente crucial aqui?

— Estou.

— Não quer exagerar ou enfeitar o depoimento?

— Não.

— Então o que está dizendo a este júri, agora, é que teve a "impressão" de que ela reconheceu o sr. Tucker. Presumo que isso signifique que o senhor não tem certeza absoluta.

— Pode presumir o que quiser.

— Policial, está aqui apenas para responder às perguntas, e não para tecer comentários. Está claro?

Um sim relutante.

— Onde estava seu parceiro àquela altura?

— Estava investigando a área, procurando outras evidências. Foi ele quem encontrou a carteira dela na rua.

— A que distância Damon estava da srta. King quando ela o viu?

— A uns três metros.

— Onde estavam Barnett e Smith, os dois policiais que o detiveram?

— Um estava à direita de Damon, e o outro, à esquerda.

— E estavam à paisana?

— Sim, senhor.

— E onde exatamente estava o senhor?

— Eu estava ajoelhado ao lado da vítima. Não achei que ela fosse durar muito.

— Em algum momento ouviu a vítima realmente utilizar palavras para identificar Damon Tucker como o autor do disparo?

— Não.

— Nada a acrescentar.

O juiz Wheeler pediu que os advogados se aproximassem e, falando em tom baixo, indeferiu o requerimento da defesa no tocante à questão da declaração de pessoa moribunda.

— A prova é claramente admissível. A jovem acreditou estar morrendo, e de fato estava falecendo. Quanto à qualidade desse reconhecimento, cabe ao júri decidir. Trata-se de exemplo clássico de declaração de pessoa moribunda.

Protestei em tom abafado.

— Meritíssimo, não houve reconhecimento algum. Foi apenas um espasmo. A declaração de pessoa moribunda tem dois termos-chave. Moribunda e declaração. Neste caso temos a pessoa moribunda, mas não temos a parte relativa à declaração.

— Está bem, Gold, mas já dei meu parecer. Pode sentar-se. Está tudo nos autos. Terá um bom motivo na apelação.

Eu perdera a batalha, mas a guerra parecia estar mais difícil para a acusação. Esse policial deixara registrado um depoimento pouco convincente sobre o reconhecimento. Definitivamente havia dúvida razoável quanto à identificação de Damon por parte de Charlotte King. Eu estivera certo desde o início. Não fora um reconhecimento. Fora um espasmo antes do falecimento, que não provava absolutamente nada.

Houve um recesso para o almoço. A imprensa se apressou em divulgar as notícias mais recentes. Hoje em dia, os repórteres não precisam mais cumprir um prazo de entrega até o final da tarde; têm de enviar o material e disponibilizá-lo on-line imediatamente. O site do *New York Times* é atualizado a cada cinco minutos. Na hora do almoço, meus colegas de gabinete leram nesse site relatos sobre o que sucedeu de manhã. Notícias do dia, vinte minutos após terem ocorrido.

CAPÍTULO 30

APÓS O ALMOÇO, a testemunha seguinte era o agente Barnett, um dos dois policiais que escutaram o informe da central sobre o assalto e detivera Damon. No banco de testemunhas, era completamente diferente de Newman. Tinha o rosto um tanto rechonchudo, mas o olhar era inteligente, e a expressão denotava um tipo de incompetência bem-intencionada, deixando entrever um ar de resignação por ter de repetir tantas vezes a verdade. Stoddard já estava em plena atividade.

— E então, policial, em algum momento o senhor recebeu um comunicado da central relacionado a este caso?

— Recebi.

— Qual foi o comunicado?

— Assalto à mão armada na rua Vinte. Homem negro, grande, casaco negro, armado.

— Onde se encontrava ao receber esse comunicado?

— Fazendo a curva na esquina da Vinte e Dois com a Doze.

— E, ao fazer essa curva, o que viu, se é que viu algo?

Mais perguntas forçadas, destinadas a não conduzir, ao mesmo tempo em que conduziam. Adorei a indagação "o que viu, se é que viu algo". Qual era o significado disso? Você sempre vê *algo*. Não dava para ele ter feito a curva e não ter visto *nada*.

— Vi um homem negro, que mais tarde descobri ser Damon Tucker, correndo na rua.

— O que ele estava usando?

— Um casaco negro.

— Ele foi abordado?

— Foi. Nós o paramos e lhe comunicamos que era um suspeito em um assalto, e o revistamos. Encontramos os cento e oitenta dólares no bolso dele e treze na carteira.

— Quem, de fato, recuperou o dinheiro?

— Bem, na verdade foi o meu parceiro de então, o policial Smith. Foi ele quem revistou o suspeito e encontrou os cento e oitenta dólares no bolso da frente da calça dele. Então pegou o dinheiro e o entregou para mim. Eu o guardei para emitir depois o formulário de apreensão.

— Que tipo de formulário é esse, policial?

— É um formulário que preenchemos sobre a prova obtida, para que possamos entregá-la, a fim de que seja custodiada.

— Então o senhor preencheu o formulário de apreensão dos cento e oitenta dólares?

— Preenchi.

— E o dinheiro restante?

— Esse dinheiro estava na carteira, que também foi entregue a fim de ser custodiada.

— Tomaram algo mais do acusado?

— Sim. Meu parceiro pegou o walkman do acusado e o jogou na sarjeta.

— Por que fez isso?

— Acho que estava bravo. Não sei. Não devia ter feito isso.

— Sabe se o walkman foi recuperado em algum momento?

— Creio que foi. Acho que o advogado de defesa o encontrou.

— Agora, o senhor preencheu alguns formulários solicitando que fossem recolhidas as impressões digitais contidas nesses itens?

— Sim.

— Em quais itens?

— No dinheiro, em todas as notas. E também na bolsa e em seu conteúdo, e na carteira.

— Voltando sua atenção à tarde do assassinato, após deterem Damon Tucker e encontrarem o dinheiro em sua posse, o que fizeram?

— Nós o levamos até a vítima, que estava em uma maca, a ponto de ser colocada no *busum*, quer dizer, na ambulância.

— E o que aconteceu?

— Nós o tiramos da viatura e o colocamos bem na frente da mulher.

— Ele estava algemado naquele momento?

— Não. Tiramos as algemas assim que saímos do carro.

Grande novidade. Barnett estava mentindo ao afirmar isso, tal como Newman.

Stoddard prosseguiu:

— E o que aconteceu em seguida?

— Perguntei: "Foi este indivíduo que atirou na senhora?", mas acho que ela não me escutou. Então o policial Newman se inclinou e disse algo no ouvido dela. Eu não pude escutar. Então ela pareceu inclinar a cabeça, e Newman fez um sinal de positivo. Disse: "É ele."

— Isso quer dizer que não escutou a vítima identificar Damon.

— Não. Só o Newman escutou. Mas nos informou imediatamente.

— Nada a acrescentar.

Levantei-me, pronto para agir.

— Bom-dia, policial. No dia 4 de dezembro de 1998, o senhor e o seu parceiro, Smith, detiveram meu cliente, Damon Tucker, na rua, correto?

— Correto.

— Naquele momento ele estava correndo, não é?

— É.

— E estava escutando música em um walkman, correto?

— Acho que sim, senhor.

— Em seguida, o seu parceiro, o policial Lorenzo Smith, tomou o walkman de Damon Tucker, não é verdade?

— Sim.

— Ele pegou o walkman e os fones, e os jogou na sarjeta, através daquelas grades que dão acesso aos vãos escuros das ruas, onde ninguém nunca olha. Certo?

— Bem, o senhor olhou.

— E o que encontrei?

— O walkman que Smith tinha jogado lá.

— O senhor está há oito anos nesta profissão, não é mesmo?

— É.

— Passou pela academia de polícia?

— Passei.

— Uma das coisas que aprendeu foi a importância de preservar a prova, correto?

— Correto.

— Aquele walkman era uma prova, não?

— Era.

— Sua intenção foi esconder o fato de que Damon Tucker estava escutando música em um walkman enquanto corria? Achou que isso seria prejudicial para a acusação?

— Protesto! — reclamou Stoddard. — Protesto!

— Aceito — disse o juiz. Deleitando-se com isso.

— Para ser sincero, não tive tempo de pensar nisso antes de Smith jogar o aparelho na sarjeta.

— Contou a alguém?

— Não, senhor.

— Não tem a obrigação de informar a seus superiores quando seu parceiro destrói uma prova em um caso de homicídio?

— Eu deveria tê-los informado.

— Quando, finalmente, decidiu dizer a verdade?

— Deve ter sido depois que o senhor encontrou o walkman e que os peritos coletaram nele as digitais do policial Smith e de Damon Tucker.

— Não teve outra escolha àquela altura, não é?

— Exato.

— Estava preparado para deixar o walkman naquela sarjeta para sempre?

— Acho que estava.

— Então não fez diferença para o senhor aquela prova de um caso de homicídio, que acabou sendo favorável à defesa, ter sido ocultada?

— Protesto, pergunta tendenciosa.

— Aceito. Já deixou claro o argumento, doutor, agora, por favor, prossiga.

Até mesmo o juiz Wheeler, que até agora fora bastante imparcial, não iria permitir que eu torturasse aquele pobre tira para sempre. A maioria dos juízes tende a se acomodar e permitir que a testemunha se autodestrua completamente no depoimento; entretanto, tem o costume de interferir a certa altura para resgatar um policial que esteja sendo massacrado pelo advogado de defesa.

— Quando levaram Damon à cena do crime, colocaram-no diante da srta. King, correto?

— Isso mesmo.

— A que distância Damon estava da srta. King quando ela supostamente olhou para ele?

— A mais ou menos um metro e meio.

— Quando o senhor saiu do carro, onde estava o policial Newman?

— Ajoelhado ao lado da jovem. Creio que segurava a mão dela. E estava com o ouvido próximo à sua boca.

— Chegou a escutar qualquer coisa do que ele disse?

— Na verdade, não, não escutei nada.

— Escutou qualquer coisa do que a srta. King disse?

— Não.

— Então o senhor não sabe se a srta. King de fato reconheceu o sr. Tucker, não é mesmo?

— Ela o reconheceu sim.

— O senhor não testemunhou isso diretamente, testemunhou?
— Não. Newman testemunhou isso.

A TESTEMUNHA SEGUINTE era o policial Armstrong. Ele prestou depoimento sobre a descoberta da bolsa, da carteira e da arma, e sobre o envio desses itens para o recolhimento das impressões digitais. Também afirmou não ter de fato escutado a pobre Charlotte King dizer nada. Não havia qualquer necessidade de interrogá-lo, mas lhe fiz algumas perguntas de qualquer forma. O júri gosta de ver os advogados de defesa atuarem. A ausência de perguntas dá a impressão de inércia ou derrota. Então lhe perguntei sobre a identificação, confirmando que ele tampouco vira nem ouvira nada.

Eu só tinha uma pergunta que de fato importava. Ele afirmou que não encontrara luvas em nenhum lugar próximo à cena do crime.

O reconhecimento se limitaria à palavra de Newman, o ansioso protótipo de policial. Nenhum outro agente pôde dizer nada sobre esse mítico reconhecimento. E o depoimento de Newman foi dúbio. A situação melhorara ligeiramente naquele momento. E assim permaneceria até chegarmos às malditas provas relacionadas às impressões digitais. Isso iria acabar conosco.

Mas, antes, houve o depoimento cômico do médico-legista. Tratava-se de um médico indiano, chamado Singh Perm, palavras que pareciam remontar a algum tipo de problema capilar, mas aparentemente eram apenas o seu nome. Era um homenzinho meigo, que parecia não passar muito tempo fora de seu grotesco laboratório.

Nunca conseguirei entender por que um médico opta por ser legista. Se você passar dez segundos no necrotério, questionará a sanidade de qualquer pessoa que complete a faculdade de medicina para então passar a vida cortando cadáveres queimados e desfigurados, com odores piores do que a coisa mais putrefeita que você possa imaginar. É impossível descrever o que os legistas fazem com os cadáveres, tais como remoções de faces e retiradas de cérebros. Na única vez em que visitei o necrotério, vomitei. Meu objetivo ali no tribunal era evitar qualquer testemunho chocante. Mas alguns pontos teriam de ser levantados.

Ao depor, o dr. Perm foi sucinto, objetivo e também bastante ininteligível. Tinha um bom domínio do idioma, mas o sotaque era tão carregado que era preciso adivinhar o que ele estava dizendo. Talvez tenha se tornado legista nos Estados Unidos por ser incapaz de se comunicar com os vivos de qualquer outro lugar que não fosse Bangladesh. A sobrancelha do escrivão estava bastante franzida, mas ele já devia ter escutado esse médico-legista prestar depoimento em outras ocasiões, pois parecia estar registrando tudo. Stoddard tentava ignorar o problema, mas os jurados estavam confusos. Alguns ocultavam os risos. Creio que a única forma através da qual alguém poderia rir de uma autópsia seria escutar a sua descrição feita por um sujeito que ninguém consegue entender.

— Doutor, qual foi, em sua opinião, a causa da morte?

— Brigaaadu, siim, profuuundo fermento em cavdad turaaxic.

— E o que causou esse ferimento profundo na cavidade torácica?

— Siim, brigaadu, io naaunre cupere projééétil.

— Entendo. Mas o que causou o ferimento?

No final, a promotora conseguiu demonstrar que o ferimento fora causado por um único disparo de pistola de alto calibre, que perfurara a aorta e fizera a vítima sangrar até a morte em questão de minutos.

Minha vez. Eu tinha apenas um ponto a levantar, mas era importante:

— Agora, doutor, o senhor acaba de atestar que a vítima sangrou até a morte, ou apresentou uma hemorragia fatal, segundo o jargão da área médica, em questão de minutos. Correto?

— Siim.

— Agora, não é verdade, doutor, que tal ferimento provocaria uma queda muito, muito vertiginosa na pressão arterial dela?

— Pussííível, naaun?

— Provável, não é?

— Naaun pusso afiiirma.

— Doutor, não é verdade que ela entrou em estado de choque?

— Ioo naaun estava em ciiina, naaun pusso saaabe. — Sua voz se tornava ainda mais melódica quando se colocava na defensiva.

— Doutor, vamos lá, quando alguém recebe um tiro na aorta e perde sangue até falecer, em questão de minutos, não entra, antes, em estado de choque, em outro estado de consciência?

— Protesto!

— Aceito.

Sentei-me. O meu objetivo fora cumprido.

JÁ ERAM 16h45. Os raios dourados do sol começaram a penetrar na sala de audiência, pelas janelas altas. Atravessaram os vidros a oito metros de altura e banharam, com um brilho suave, o juiz Wheeler, que se virou para observá-los.

— Senhoras e senhores, tiveram um dia cheio. Vamos encerrar a sessão um pouco mais cedo hoje, mas estejam aqui às nove em ponto amanhã, para que possamos dar continuidade ao julgamento. Lembrem-se, não falem sobre o caso com ninguém, e evitem dar atenção a quaisquer novas explicações a respeito deste julgamento. Boa-noite.

Em que estariam pensando os jurados ao se retirarem, em fila, próximos a nós? A maioria olhou para o chão, ou para um ponto distante. Mas uma jurada, a número sete, uma das mulheres negras que era enfermeira, olhou-me diretamente ao passar por mim, inclinando ligeiramente a cabeça. A jurada número onze, a assistente social, fez o mesmo. Stephens notou e, quando o júri se retirou, virou-se para Damon:

— Viu só, Damon? Pelo menos duas juradas já foram conquistadas pelo advogado de defesa. É um bom começo.

Damon suspirou. Dei-me conta de que nunca o vira sorrir.

CAPÍTULO 31

QUANDO NOS DIRIGÍAMOS, apressados, do Palácio da Justiça aos nossos gabinetes, Stephens olhou-me:

— Que tal sairmos para jantar, doutor?

O desejo dela de manter um relacionamento estritamente profissional esbarrava em sua costumeira solidão. Eu sabia o que era isso.

— Claro.

Fomos a um restaurante japonês tranqüilo na rua Doze.

— Então vai me falar sobre você, Arch? — perguntou ela, sorvendo o saquê quente.

— Pensei que nunca ia perguntar.

A curiosidade dela sobre minha vida pessoal não havia sido avassaladora até o momento.

— Nova-iorquino?

— Sou. Apenas outro judeu careca do Lower East Side. Meu pai era agenciador de apostas. Um agenciador honesto.

Ela riu.

— Ele já não trabalha mais com isso?

Tal como muitas pessoas que perderam os pais cedo, ela supunha que todo mundo de sua idade ainda tivesse pais vivos. Eu sei. O coração é um caçador solitário.

— Meus pais morreram em um acidente de carro quando eu tinha dezoito anos.

Não fora uma execução, mas ainda assim tinha o poder de pôr fim à conversa. Após algum tempo, ela falou.

— Então nós dois estamos sós, não é? Sem pais, nem irmãos. Engraçado — disse ela.

— Queria que fosse engraçado. Vejo que todas as pessoas que têm os pais vivos brigam com eles, atuam de forma rancorosa e reclamam o tempo todo deles. Não creio que valorizem o que têm.

— Pode ser que seus pais tenham sido realmente especiais. Talvez, se estivessem vivos, você não brigasse com eles. Nem todo mundo briga com os pais.

— Não sei — disse eu. — Quando eles morreram, eu era jovem demais para saber.

— Já foi casado?

— Já. Antes de saber que não queria ser um advogado do setor privado, eu me casei. Um grande erro. Ela achava que eu devia cobrar honorários mais altos, opinião compartilhada pelos sócios da firma da qual me afastei. E você?

— Nunca. Não até eu deixar este emprego.

— Se continuar assim, vai acabar virando santa.

— Não enche, Arch. Não acredito em altruísmo. Todos nós somos impelidos a fazer o que fazemos. Não podemos evitar.

Trouxeram o sushi, e nós o devoramos. Conversa profunda, refeição leve.

Despedimo-nos com um desajeitado aceno. Nenhum beijo. Nenhum aperto de mãos. Os rituais comuns não pareciam se encaixar. Eu a coloquei em um táxi e voltei a pé para casa, tal como costumo fazer quase sempre — só que dessa vez desejava ter levado a pequena Robin Stephens comigo, para passar a noite.

Uma vez em casa, liguei a televisão. Lá estava outro esboço meu, gesticulando ao interrogar o policial Newman. Eu estava em primeiro plano, de perfil. Damon estava sentado no centro, de cenho franzido. Newman estava no banco das testemunhas, com o semblante um pouco surpreso.

O repórter, um homem branco, de quarenta e poucos anos e traços perfeitos, tagarelava, com o desenho em segundo plano:

— O julgamento prosseguirá amanhã, com a apresentação, por parte da acusação, de provas relacionadas às impressões digitais. Será um dia importante. Como os senhores devem se lembrar, as digitais da vítima foram encontradas no dinheiro que estava no bolso de Damon Tucker.

O repórter inclinou a cabeça e fez um leve trejeito, indicando tacitamente aos milhões de espectadores que também considerava Damon Tucker culpado.

À medida que ele falava, o desenho a pastel foi desaparecendo, dando lugar a uma cena na qual eu aparecia saindo do Palácio da Justiça, acenando amigavelmente.

Reconheci a tomada. Não fora feita hoje, mas algumas semanas atrás, durante a seleção do júri.

Eu já tinha me tornado imagem de arquivo. Desliguei a televisão e passei a me concentrar nas perguntas que faria ao policial encarregado da coleta das digitais.

CAPÍTULO 32

NA MANHÃ SEGUINTE, às nove horas, já estávamos todos ocupando nossos lugares, prontos para deixar as engrenagens do sistema judiciário entrarem em movimento na pessoa do detetive John Boyce, do Setor de Datiloscopia da polícia, a próxima testemunha da acusação. Eu já havia lidado com ele em outros processos. Era um homem de rosto corado, que devia estar perto dos sessenta anos; estava de uniforme, com a insígnia dourada fixada no bolso do paletó. Tinha um ar totalmente prosaico. Ao escutá-lo, você tinha a nítida impressão de que as digitais não mentiam, e de que ele tampouco mentia. O fato de ele ter a aparência de quem bebia de vez em quando só contribuía para aumentar sua autenticidade.

— Detetive, o que é datiloscopia?
— Datiloscopia é o processo de obtenção da impressão das chamadas cristas papilares das extremidades dos dedos com a finalidade, geralmente criminológica, de identificar um indivíduo.

Seu sotaque nova-iorquino era bastante carregado. Sua atitude era "olha só, estamos utilizando umas palavras longas, mas isso aqui não é nada complicado". Sempre funcionava bem com o júri.

— Como isso é feito?

— Bem, se entendi corretamente a sua pergunta, o que nós fazemos é comparar as impressões que constam em nossos arquivos com a "latente", a impressão digital coletada na cena do crime, ou em algum objeto relacionado ao delito.

— Neste caso, senhor, em que objetos tentou coletar as impressões digitais?

— Bem, vejamos, examinamos o dinheiro que estava em posse do acusado, a bolsa, a carteira e o conteúdo delas, e ainda a arma encontrada na rua.

— Em termos leigos, quais foram os resultados de seu trabalho?

Ela estava fazendo perguntas simples e curtas. Alguns promotores prolongavam os detalhes sobre as impressões por horas, cansando demasiadamente o júri com detalhes a respeito da história dessa misteriosa ciência. Não a dra. Stoddard. Ela estava se concentrando especificamente nas provas prejudiciais.

— Encontrei as digitais do réu Damon Tucker em todas as notas encontradas com ele, bem como na fita de vídeo que estava na bolsa da vítima.

— E encontrou as impressões digitais de Charlotte King em quaisquer desses itens?

— Sim. Encontrei as digitais dela em três das notas encontradas no bolso da calça de Damon Tucker. Creio que eram de dez dólares.

— Como pode ter certeza dessa informação?

— É fácil, doutora. Todas as impressões digitais têm características ou padrões, denominados arcos, presilhas e verticilos. Há também os subtipos: arco plano e angular, presilha externa, interna, invadida e dupla, verticilo espiral, e o que chamamos de verticilo ganchoso.

— Entendo. E que importância têm esses padrões diferentes?

— É muito simples. A forma como todos esses padrões se combinam em impressões digitais específicas os tornam completamente únicos. Não há duas impressões digitais no mundo que sejam idênticas. Até mesmo um fragmento de impressão é único. Então podemos comparar as impressões que tomamos de Damon Tucker e do cadáver de Charlotte King com qualquer impressão, completa ou fragmentada, que coletamos na cena do crime. Isso é tudo.

E realmente era muito simples. Impressões digitais, para os jurados, são como as palavras de Deus. Não obstante, como os promotores nova-iorquinos adoram exagerar, Stoddard mostrou as fotos ampliadas dos verticilos, presilhas e cristas de Charlotte e Damon, para demonstrar exatamente a que esse perito se referia. Era desnecessário. Eu não estava a ponto de chamá-lo de mentiroso. Não iria concentrar minhas perguntas nas digitais encontradas por esse sujeito, mas naquilo que ele não havia encontrado.

— Bom-dia, detetive. Vamos falar um pouco sobre a coleta de digitais de um objeto.

Ao interrogar um perito, eu gostava de começar dando uma pequena demonstração de meu próprio conhecimento, por mais superficial que fosse na realidade. E gostava de iniciar não com uma pergunta, mas com uma afirmação, um mapa rodoviário. Isso deixa claro que planejo o itinerário, e informa ao júri aonde me dirijo.

— Bem, ao coletar as impressões digitais de uma superfície não porosa e lisa, tal qual a de uma arma, o senhor geralmente aplica uma substância em pó no objeto, correto?

— Correto.

— Isso porque os componentes gordurosos do dedo humano permanecem na superfície de um objeto não poroso, e a substância em pó adere a eles, fazendo surgir a imagem da impressão digital latente. Certo?

— Certo.

— Mas, para coletar impressões de papéis ou de outros materiais porosos, o senhor utiliza reagentes químicos em vez de pós não reagentes, não é mesmo?

— Acertou, doutor. — E encolheu os ombros, como se dissesse "está bom, está bom, mas o seu cliente continua sendo culpado".

— Normalmente, mergulha-se a amostra em uma solução de nitrato de prata ou ninidrina, correto?

— Fez o dever de casa, doutor.

— Obrigado, detetive. Agora, o senhor de fato coletou digitais na arma apreendida neste caso?

— Coletei.

— E que digitais encontrou?

— Somente as digitais do policial que encontrou a arma. O nome dele não me vem à memória.

— Nenhuma outra digital?

— Não, senhor.

— Isso significa que o assassino usou luvas ao manejar a arma ou removeu as digitais após atirar, correto?

— Suposição plausível.

— Então, se tal como alega a acusação, Damon Tucker foi o autor do disparo, tinha de estar usando luvas ao manejar a arma ou então removeu as digitais após atirar.

— Faz sentido.

— Agora, alguma luva foi recuperada neste caso?

— Creio que não.

— Nenhum pedaço de pano que pudesse ter sido utilizado para remover as digitais da arma, da bolsa ou da carteira foi recuperado, não é?

— Doutor, pode-se remover digitais de armas, bolsas e carteiras com a própria camisa; já de dinheiro, é um pouco mais difícil.

Vapt-vupt. Era ágil no contra-ataque.

A resposta de Boyce contava uma história, muito mais do que eu queria trazer à tona naquele interrogatório. Agora os jurados podiam imaginar Damon correndo alguns quarteirões, para então limpar e se desfazer da arma, da bolsa e da carteira.

Você não precisava ser um Sherlock Holmes para concluir que Damon não tentara remover as digitais do dinheiro porque planejara ficar com ele, a fim de gastá-lo longe da rua Vinte. Como estava se livrando dos demais objetos, precisou limpá-los para não ser associado a eles quando inevitavelmente fossem recuperados próximos à cena do crime.

— Detetive, o invólucro de plástico da fita de vídeo teria sido fácil de limpar também?

— Acho que ele se esqueceu dele, advogado.

— Senhor, não há como saber quando as digitais foram parar no dinheiro. Podiam ter estado ali havia minutos, horas, dias ou até mesmo meses, correto?

— É verdade.

Não era lá uma grande recuperação. Eu tinha sido queimado, como um novato, fazendo perguntas demais. O próprio Damon deporia sobre como as digitais dele e de Charlotte King haviam ido parar naquele dinheiro. Eu queria que a história viesse à tona primeiro com o seu testemunho. Certamente não queria que um perito totalmente digno de crédito falasse sobre a própria teoria neste caso, quando seu depoimento podia ter simplesmente se limitado às digitais e nada mais.

— Nada a acrescentar.

Voltei ao meu lugar, tentando não me deixar cair de forma brusca.

E assim terminou a apresentação dos argumentos da acusação. Dois dias. Uma fração do tempo necessário para selecionar o júri. O fato era que se tratava de uma apresentação simples e forte.

Pela primeira vez, senti as dúvidas assolarem minha mente — aquelas dúvidas de autoproteção que surgem quando você arruína algo e tenta encontrar uma maneira de jogar a culpa em alguém. Claro, eu acabara de cometer um pequeno erro tático ao interrogar esse perito, mas e daí? Damon provavelmente era culpado. Era o que eu realmente achava? Afugentei o pensamento da mente. A pressão de lidar com a morte estava pregando peças em minha forma de pensar. Eu já participara de dezenas de julgamentos. Na maioria deles, não havia provas contundentes contra meu cliente, motivo primordial que nos levara ao tribunal do júri. Sempre consegui acreditar em minhas próprias alegações até o momento do veredicto do júri, sempre consegui confiar em meus disparates, quaisquer que fossem eles.

Será que a pressão era grande demais para mim? Como a vida de Damon estava em jogo, será que eu estava tentando encontrar uma forma de tirar o corpo fora?

Meu devaneio sombrio foi interrompido pelo juiz.

— Senhoras e senhores, isso conclui a apresentação das testemunhas arroladas pela acusação. Amanhã é sexta-feira, dia que reservo para despachar os processos que constam em minha pauta. Os senhores terão o dia livre. Reiniciaremos na segunda-feira, com as testemunhas arroladas pela defesa. Tenham um bom fim de semana. Não discutam o caso entre si e abstenham-se de receber notícias da mídia. Obrigado.

Quando eu estava saindo, Stoddard puxou a manga de meu paletó com força, levando-me em direção à sala do oficial de justiça, o que nos deu certa privacidade.

— Gold, só queria que você soubesse, a mãe de Charlotte King nos deixou entrar no apartamento da vítima ontem à noite. Checamos o computador dela. O disco rígido foi instalado no verão passado, e não no dia em que ela faleceu.

Olhou-me com certa compaixão, como se lamentasse me ver agarrando qualquer oportunidade de fazer algo por meu pobre cliente azarado.

Não fiquei surpreso ao ouvir essa notícia. Quem quer que seja que tenha feito o trabalho para Yates estragara tudo. Yates deve ter se dado conta disso, e mandou alguém voltar e consertar o que fora feito. Haviam substituído o computador por um totalmente diferente, com um disco rígido mais antigo. Pistas encobertas. Prova arruinada.

CAPÍTULO 33

— O QUE VAI FAZER HOJE, Rob? — perguntei a Stephens na sexta-feira de manhã, o dia em que não iríamos ao tribunal.

Na atual fase, ela era mais uma espectadora do julgamento do que qualquer outra coisa. Sua primeira grande tarefa — a seleção do júri — terminara. A segunda — a apelação —, um bicho-de-sete-cabeças, ainda era uma possibilidade remota, e talvez nem fosse necessária. Então ela não estava exatamente atolada de trabalho no caso de Damon.

— Na verdade estou examinando os autos de um processo que está a ponto de ser julgado lá no norte, em Buffalo.

— Sua próxima parada?

— Isso mesmo, doutor. E você? O que vai fazer?

— Eu? Não sei. Estou pensando em ir até Pittsfield, em Massachusetts, onde Yates cresceu. Não li muitas informações sobre a infância dele na imprensa e estou curioso. Talvez consiga descobrir algo nos jornais locais.

— Puxa! Você *está* mesmo desesperado, não está?

Ela estava sendo bastante grosseira. Eu também não estava me sentindo particularmente diplomático.

— Bem, você já condenou Damon, não? Está aí parada, aguardando a chegada dos autos do processo para poder examiná-los.

— E *você está* sonhando. E daí que o Yates estava transando com ela? E daí que o psicanalista dela foi assaltado quatro dias depois? De que adianta você *alegar*, sem poder *provar*, que alguém mexeu no computador dela? Você não tem porra nenhuma. Absolutamente nada contra esse cara. Tenho mais chances de encontrar ajuda para Damon nos malditos autos do processo do que você dando uma de Dick Tracy com Yates. O cara é o investigador particular mais poderoso do mundo. Vamos encarar os fatos, Yates é tão bem amparado, tão bem relacionado, tão bem protegido, que você não pode atingi-lo agora; então, decidiu se concentrar no passado dele. Boa sorte, Arch. Acho que está perdendo o seu tempo.

Saí furioso. Não guardava rancor contra Stephens. Ainda queria passar a noite com ela. Mas era uma advogada especializada em procedimentos recursórios. Não podia evitar a suposição de que Damon seria condenado. Era seu trabalho.

Entreabri a porta do gabinete de Layden, só para avisá-lo aonde ia. Ele meneou a cabeça, taciturno.

— Arch, não se meta em encrencas, o.k.? Devia estar se concentrando neste julgamento, e não em percorrer a Nova Inglaterra. Você realmente acha que vai conseguir alguma coisa contra o tal sujeito, Yates? Dá um tempo! Logo *agora* que está no meio da apresentação de provas no julgamento, vai correr atrás de evidências? É uma tremenda maluquice, Arch.

Uma hora depois, eu estava na estrada, a caminho de Pittsfield, Massachusetts, no interior ocidental da Nova Inglaterra. Apesar de ficar a duzentos e cinqüenta quilômetros da cidade de Nova York, no sentido norte, era um mundo à parte, no qual, de acordo com as informações que encontrei on-line, crescera Yates. Os detalhes a respeito da infância de Yates eram escassos. Havia uma quantidade considerável de notícias sobre ele na última década, quase todas bastante positivas. Mas nenhum artigo falava sobre sua infância. Todos informavam apenas que ele saíra de Pittsfield para ir à universidade em 1962.

Pittsfield era uma antiga cidade da Nova Inglaterra que, com seus sessenta mil habitantes, era a maior do condado de Berkshire. O local foi transformado no início do século XX, quando a General

Electric construiu uma imensa fábrica — com hectares e mais hectares de edificações de tijolos vermelhos —, uma boa fonte de sustento para os quinze mil funcionários fisicamente aptos que empregava. Esses trabalhadores construíram os eletrodomésticos que se tornaram itens básicos nos lares norte-americanos: rádios, máquinas de lavar pratos, máquinas de lavar roupas, secadoras e, mais tarde, a televisão. Então, na década de 1980, a GE fechou tudo. Como a maioria das indústrias, a GE descobriu que era mais econômico enviar a maior parte de suas operações de produção ao estrangeiro, e deixou para trás apenas uma divisão de material plástico de alta tecnologia, que empregava algumas centenas de analistas de sistemas.

Já na década de 1990, o centro lembrava uma cidade fantasma, verdadeira fonte de inspiração para músicas de Bruce Springsteen, com seus cinemas fechados, vitrines de lojas vazias e velhinhos sentados em pequenos parques e bancos ao longo da rua principal. Muitas pessoas tinham ficado na cidade, mas a maioria delas estava aposentada, e as demais não tinham muito mais o que fazer além de beber e dirigir, caçar, pescar, bater com o carro, mandar consertá-lo e bater novamente com o carro. Isso era o que faziam os homens. As mulheres tentavam manter-se casadas com eles, e educar as crianças o bastante para que pudessem sair dali.

Claro, quando o tempo esquentava, todo o pessoal rico da cidade de Nova York ia passar uma temporada nas casas de veraneio nas montanhas de Berkshire. Um tipo de economia bilateral se desenvolvera no condado. Havia uma grande quantidade de restaurantes finos e lojinhas de comida *gourmet*, que não eram freqüentados pelos nativos por serem caros demais; esses lugares reduziam suas atividades ou fechavam durante os longos invernos gelados. Mas esse pessoal de Nova York evitava ir a Pittsfield. Era deprimente demais. Preferiam as cidadezinhas pitorescas que ficavam nas cercanias e não tinham se industrializado. Pittsfield era uma cidade da qual quem pudesse sair, saía, fosse ele nativo ou visitante.

Sentei-me em uma lanchonete imunda na rua principal e me pus a saborear um sanduíche de atum e a ler um exemplar do *Berkshire*

Eagle, o jornal local, que tentava competir com o *New York Times*, expondo na primeira página os editoriais do jornal nova-iorquino como se fossem seus. O *Berkshire Eagle* era também a bíblia dos acontecimentos da cidade. As notícias locais incluíam nascimentos, obituário, formaturas de ensino médio, prisões, acidentes de carro, aniversários em geral, enfim, todo maldito detalhe da vida em uma comunidade estagnada onde nada acontecia, e as pequenas coisas eram realçadas para compensar a mesmice. Ninguém aqui se preocupava com os acontecimentos internacionais, ou com as carreiras profissionais, ou com as remunerações salariais, ou com o possível valor de mercado de suas casas. O monótono ritmo de vida em Pittsfield era descrito em preto e branco nesse bizarro jornal local. Decidi que minha primeira parada seria nos arquivos do *Berkshire Eagle*.

A sra. Santoro, a mulher de cabelos brancos que tomava conta dos arquivos, no quarto andar da redação do *Eagle* — uma edificação em estilo *art déco*, charmosa e antiga, que ficava na rua principal —, não pareceu se interessar muito pelos detalhes de meu projeto de pesquisa. Ela me fez sentar na sala de arquivos, mostrou-me como utilizar o índice e buscou alegremente os rolos de microfilmes que requisitei.

O índice do jornal fora elaborado de forma meticulosa. Todo indivíduo cujo nome aparecera no jornal estava relacionado no índice geral, uma cópia de seu homólogo nova-iorquino. Antes de ter sido vendido recentemente a uma grande empresa nacional, o jornal pertencera a uma mesma família desde o tempo de sua fundação, no século XIX, e tentara se tornar uma versão reduzida do *New York Times*, inclusive na forma de arquivar as notícias. Para qualquer pessoa que desejasse pesquisar a vida na segunda metade do século XX, aquilo ali era um verdadeiro tesouro. Ao contrário dos sites de notícias on-line, o microfilme é uma edição real do jornal, com as mesmas fotos, a mesma formatação e tudo o mais. Isso leva você diretamente ao passado.

Eu não sabia qual era a data de nascimento de Yates. Imaginava que ele nascera em meados da década de 1940, no final da Segunda

Guerra Mundial, uma vez que, segundo a informação que eu colhera, ele havia recebido uma bolsa de estudos e fora estudar na Universidade de Boston, em 1962. O problema era que não havia nenhuma menção a Yates no índice. Nenhuma.

Hora de falar com a sra. Santoro. Dirigi-me até a sua mesa e pigarreei.

— Com licença, senhora, mas não estou encontrando o que preciso. Gostaria de saber se não teria alguma sugestão.

Fitou-me através dos óculos de lentes grossas que lhe aumentavam os olhos, revelando cada detalhe de sua pele enrugada. Era uma funcionária antiga.

— Quem está procurando, jovem?

— Estou procurando detalhes a respeito de um homem chamado David Yates. Anúncio de nascimento, qualquer coisa que eu possa encontrar. Sei que nasceu em Pittsfield, saiu daqui para ir à universidade em 1962 e nunca mais voltou, só que não estou encontrando nenhum Yates no índice que corresponda a ele. Só coisas mais recentes. Outros com o mesmo sobrenome, mas que não têm qualquer relação com ele. Tem alguma sugestão?

— Qual Yates está procurando? Aquele que é dono de uma grande firma lá de Nova York?

— Como sabe?

— Bem, o senhor não é o primeiro a vir aqui atrás de notícias sobre ele. Suponho que o sujeito deve ser muito importante lá. Acho que nunca foi mencionado em nosso jornal.

— Engraçado a senhora já ter ouvido falar nele. Digo, para o público em geral, ele não é tão famoso. Quem mais veio aqui averiguar detalhes sobre ele?

— Uns repórteres de revista alguns anos atrás. Não fui com a cara deles. Gentinha arrogante de cidade grande. Gostei mais do senhor.

— Obrigado, senhora.

— É repórter também?

— Na verdade, não. Sou advogado. Estou trabalhando em um caso relacionado a uma funcionária dele. Estou pesquisando um pouco sobre o passado de Yates. Para ser sincero, acho estranho não encontrar nenhuma informação a respeito da infância dele aqui em Pittsfield.

A mulher meneou a cabeça.

— Não vai encontrar nada sobre David Yates neste jornal. Ele mudou de nome quando fez dezoito anos. Chamava-se Norton Gorham.

Olhei-a, obviamente sem poder acreditar.

— É mesmo?

— Não precisa confiar apenas na minha palavra. Vá até o cartório e verifique os registros de mudanças de nomes. É um procedimento legal, e lá eles mantêm os arquivos de tudo. Querem ter certeza de que não vão deixar escapar ninguém, sabe.

Fiz o que ela disse. O cartório do condado ficava na prefeitura, uma bela edificação de quatro andares, em estilo florentino, construída há um século. Encontrei o cartório no segundo andar.

O sr. Trevor, exemplo de amabilidade, era um homem branco, de meia-idade, que, com seu cardigã, costumava cantarolar, satisfeito por prestar serviços públicos. Disse-lhe que procurava um registro de mudança legítima de nome, e ele saiu por uma porta nos fundos, de onde voltou cinco minutos depois com um imenso livro de couro, encadernado, que aparentava ter ao menos um século.

— Quase não mostramos esse livro. As pessoas nem sabem que ele existe. Tenho certeza de que há muitas histórias por trás dos nomes aqui, creia-me. Este volume aqui tem informações que datam de 1879.

Abri o enorme livro. A mudança de nome não era um fato muito comum no condado de Berkshire, talvez ocorressem cerca de vinte a trinta por ano, mas cada uma era cuidadosamente registrada no livro de couro, ficando à disposição para inspeção pública. Não demorei muito para encontrar o nome de Yates.

No dia 23 de outubro de 1962, apenas cinco dias antes de completar dezoito anos, um sujeito chamado Norton Gorham, em procedimento realizado no cartório, mudara legalmente o nome para David Yates. A determinação do juiz fora caprichosamente registrada no livro-razão, juntamente com a data, o nome antigo e o novo. Obrigado, sra. Santoro. Voltei rapidamente para a sala de arquivos do *Berkshire Eagle*.

A primeira menção a Norton Gorham foi um anúncio de nascimento. Dia 20 de outubro de 1944. Judith e Charles Gorham anunciaram o nascimento de seu filho, Norton, no Centro Médico de Berkshire. O bebê nascera com três quilos.

A menção seguinte a Norton Gorham ocorreu cinco anos depois, no dia 26 de dezembro de 1949, e estava na primeira página.

MULHER MATA ESPOSO DIANTE DO FILHO

A polícia local foi chamada essa tarde à rua Norte, 245, em Chester, depois que uma vizinha que fora pedir um pouco de açúcar encontrou uma cena horripilante. Um garoto de cinco anos disse à polícia que vira, no dia anterior, a mãe atirar no pai, matando-o na cozinha da casa. De acordo com o detetive Broder, da Delegacia de Pittsfield, o menino, Norton Gorham Jr., viu a mãe, Judy Gorham, assassinar Norton Gorham com um disparo de arma de fogo na cabeça. Judy Gorham teria então fugido na camionete da família. Continua foragida, e deve ser considerada armada e perigosa. O garoto, que recebeu tratamento em função do choque psicológico, disse à polícia que ficara ao lado do corpo porque esperava que o pai "melhorasse". O menino estava todo ensangüentado quando a polícia chegou na casa, localizada em um ponto distante da cidade. O vizinho mais próximo vive a oitocentos metros.

Norton Gorham trabalhava na fábrica da GE, na linha de montagem de máquinas de lavar pratos. Sua esposa, Judith Gorham, cujo nome de solteira era Judith Reston, trabalhava supostamente como dançarina em uma boate local, o Clube das Gatinhas. De acordo com os arquivos da polícia, na ficha de Judith Gorham constam três detenções recentes por prostituição. A camionete da família ainda não foi encontrada, o que leva a crer que ela utilizou o veículo para fugir. O garoto está sob os cuidados de parentes. Segundo as autoridades locais, embora tenha testemunhado o crime, o menino provavelmente não será convocado a depor pela acusação, em função de sua idade.

Caramba. Meu coração batia acelerado. O esperto e aparentemente refinado Yates, que agora estava no topo do mundo da espionagem empresarial, começara a vida de forma bem difícil. Tema de filme de terror. Ver a sua mãe, dançarina erótica, atirar na cabeça do pai, trabalhador de fábrica, e em seguida abandoná-lo junto ao corpo ensangüentado, por todo um dia, sabe Deus fazendo o quê? Não dava para imaginar os estragos causados no pobre garoto.

A menção seguinte ao caso de Gorham apareceu um mês depois. Uma prostituta fora encontrada morta em uma estrada na cidade de Nova York. Overdose de heroína. Parentes de Pittsfield foram à cidade e identificaram o corpo. Judith Gorham. Possível suicídio, possível overdose acidental. O filho, Norton Gorham Jr., ficaria com os avós paternos.

Não achei qualquer outro artigo sobre o caso. O público se esquecera dele, e Norton Gorham crescera com os avós. Uma verificação na seção de obituários revelou que eles faleceram na década de 1960, um em 1964, e o outro em 1965, depois que Norton Gorham saíra de casa, mudara o nome para David Yates e começara uma vida nova longe dos horrores de sua infância.

O que teria levado Judith a matar o marido? Era um homem bom ou mau? Será que Judith o matou porque ele queria que ela parasse de dançar, de atender clientes, de beber e de se drogar? Será que ela o matou porque ele iria deixá-la e levaria o filho consigo? Será que *ele* tinha machucado o garoto? Teria sido um acidente? Teria agido em legítima defesa? Não fazia diferença, depois de todos esses anos, mas eu queria saber.

Escutei alguém pigarrear atrás de mim. Eu estivera tão absorto que não havia escutado a sra. Santoro se aproximar. Ela observava a tela do microfilme por sobre o meu ombro.

— Esse foi um caso impressionante, meu jovem. Eu me lembro muito bem dele. Um dos crimes mais horríveis cometidos por estas bandas.

— Na verdade, sra. Santoro, eu não sabia nada sobre o caso até a senhora me dar aquela dica e me sugerir a visita ao cartório. Como sabia?

— Acompanhei o caso. Senti pena do garoto. Reparou na autoria do segundo artigo? Fui eu quem o escreveu. Eu era a única repórter de sexo feminino deste jornal. Eu me lembro muito bem do garoto. Era corajoso e inteligente. Mas o olhar dele me dizia que ele nunca mais confiaria em alguém. Sempre me perguntei o que seria dele. Sou uma das poucas pessoas aqui que sabem que ele mudou de nome. Os avós dele eram amigos meus. Foram eles que me contaram. Isso partiu o coração deles. Eles o criaram como se fosse o próprio filho, e ele simplesmente deu o fora assim que pôde, com o novo nome. Senti pena deles. Mas não podia culpá-lo. A vida tinha sido demasiadamente cruel com ele. O rapaz queria ao menos ter a ilusão de começar de novo. Agora é um homem muito bem-sucedido, não é? Duvido que seja feliz.

No caminho de volta à cidade, revi todos os detalhes da história inúmeras vezes. Uma coisa era certa: não provava coisa alguma no caso de Damon. E onde se encaixava Charlotte King nisso tudo? Será que ela era algum tipo de vingança pelos pecados de Judith Gorham, cometidos meio século atrás?

Meneei a cabeça, aborrecido. Eu tinha certeza de que Yates matara Charlotte King, mas não havia nada, além de meu instinto e minha imaginação fértil, que comprovasse isso.

No caminho em direção a Manhattan, recebi um telefonema de Kathy Dupont.

— E aí, benzinho? — perguntou ela. — Olha, eu só queria agradecer toda a ajuda que você me deu. Consegui aquela MCP, e o babaca tem me deixado em paz, o que é ótimo.

— Fico feliz em saber disso, Kathy.

— Está trabalhando naquele famoso caso de pena de morte?

— Estou sim.

— É, vi a notícia na TV. Só um retrato seu. Você é mais bonito pessoalmente.

— Obrigado.

— Escuta, por que não vai ver o meu show?

— Kathy, não sou muito ligado nisso, você entende o que quero dizer?

— Não. Que homem não gosta de casas de striptease estimulantes?

Eu não tinha, de fato, uma resposta. A verdade era que eu achava aquilo um tanto exagerado. Será que eu tinha uma veia puritana? Ou será que eu era um escravo do politicamente correto? Vai saber! Eu sabia como me sentia, mas não por quê. Então inventei uma desculpa.

— Olha, o seu caso ainda está em aberto, não é mesmo?

— Acho que sim. Vou voltar pro tribunal na semana que vem, quando o caso deve ser arquivado.

— Que ótimo. Mas, até lá, acho que não seria apropriado eu ir ver o seu... show.

Ela riu.

— Você é mesmo diferente, Gold, mas gosto disso. Tchau.

Liguei para Goodman. Nenhuma novidade.

CAPÍTULO 34

— QUANDO Damon Tucker começou a trabalhar na Vídeo Edge?
— Acho que há um ano e meio, mais ou menos.
— Quais eram as obrigações dele?
— Um monte de coisas. Atender no balcão, pegar fitas nos fundos, registrar aluguéis e compras de fitas, lidar com o computador, verificar o estoque. A rotina de sempre.

John Taback, o gerente da Vídeo Edge, com seu rosto esquelético e amarelado e seu cabelo grisalho, preso em um rabo-de-cavalo, era nossa primeira testemunha.

A face de Taback dizia ao júri que ele provara todas as drogas disponíveis desde Woodstock. Apesar de ele ter colocado camisa e gravata de loja popular, ainda lembrava um baixista de banda de rock medíocre em reabilitação pela décima vez.

— Quanto ganhava Damon? — perguntei-lhe.
— Ele trabalhava meio expediente, sem direito a benefícios. Ganhava nove dólares por hora e trabalhava vinte horas por semana. Recebia um cheque semanalmente.
— Em qual dia da semana ele recebia o salário?
— Às sextas-feiras. No dia em que foi detido, ele tinha recebido o pagamento.

— Agora, o senhor disse que ele recebia um cheque. Costumava trocar o cheque dele por dinheiro?

— Costumava.

— No dia 4 de dezembro de 1998, trocou o cheque de Damon por dinheiro?

— Troquei.

— Qual foi o valor desse cheque?

— Cento e oitenta dólares.

Peguei o cheque que eu trouxera da locadora e entreguei-o a Taback.

— Senhor, este é o cheque que trocou por dinheiro para Damon?

— É.

— Como sabe?

— Bem, é nominal a ele. É um cheque da nossa loja. Tem a data, 4 de dezembro de 1998. E Damon o endossou em nome da Vídeo Edge.

— Peço que este documento seja incluído como prova.

O juiz virou-se para Stoddard, que parecia estar apenas levemente surpresa.

— Nenhuma objeção.

— Por gentileza, registre o documento como prova A, da defesa.

— De onde tirou o dinheiro para pagar Damon?

— Da caixa registradora.

— A que horas?

— Deve ter sido em torno das cinco, quando terminava o expediente de Damon.

— O que o viu fazer, se é que viu algo, com as notas que entregou a ele?

— Ele as contou, uma por uma, para ter certeza de que tinha recebido cento e oitenta dólares. Acredito que ele recebeu dezoito notas de dez.

— Tem certeza disso?

— Tenho.

— Por que se lembra desse detalhe?

— Porque, quando ele foi preso, repassei aquele dia muitas vezes em minha mente.

— Pode dizer novamente de onde vieram as notas?

— Da caixa registradora.

Fiz uma pausa e dei a todos alguns segundos para assimilarem essa nova informação.

— Há um cofre na loja?

— Sim. Mas só é aberto no fim da noite, em torno das dez, quando fechamos. Nessa hora coloco no cofre o dinheiro que sobrou na caixa registradora, para que fique em um lugar seguro durante a noite. Duas vezes por semana um carro blindado da Brinks recolhe o dinheiro e o leva para o banco. O dinheiro só é retirado do cofre dessa forma.

— Então todos os funcionários que queiram trocar os cheques com o senhor recebem o dinheiro da caixa registradora?

— Exato.

— E há dinheiro suficiente na caixa registradora para isso?

— Há. A loja está indo bem.

— Sr. Taback, vamos falar um pouco sobre o software da loja.

Era uma afirmação, não uma pergunta, mas como indicava a todos os presentes aonde eu queria chegar, não houve objeções.

— Sempre que há uma venda ou aluguel, o código de barras da fita de vídeo é escaneado no computador, correto?

— Correto.

— Isso gera uma nota fiscal para o cliente?

— Sim.

— O que é impresso na nota?

— A data, hora, forma de pagamento, o item comprado ou alugado, e o código do funcionário que fez a venda.

— Depois que essa informação é impressa e entregue ao cliente, ela permanece no computador?

— Permanece.

— Então, ao revisar os arquivos, o senhor tem como conferir exatamente quando a cópia de determinada fita foi vendida?

— Exato.

— Uma cópia de *Atração Fatal* foi vendida no dia 4 de dezembro de 1998?

— Foi. Segundo o registro do computador, às 16h58.

— De acordo com o código que consta no computador, quem foi o autor da venda?

— Pelo que está registrado no computador, sabemos que foi Damon Tucker quem fez a venda.

— Por falar nisso, esses códigos são secretos?

— Não, na verdade não. Mas todo mundo quer receber o crédito pela venda, então não vejo por que alguém colocaria um código que não fosse o próprio.

— Algum mecanismo os impediria de realmente fazer isso?

— Nada os impediria, além de saberem que podem perder o emprego se eu descobrir.

Eu estava conduzindo meu interrogatório de forma a atuar um pouco como promotor, e não apenas como advogado de defesa, tentando levantar não só os pontos fortes, como também os fracos. Layden me ensinara a atuar assim. Aumenta a nossa credibilidade com o júri, ao mesmo tempo em que faz o interrogatório conduzido pela acusação perder o embalo.

— O computador pode imprimir toda essa informação contida na nota fiscal?

— Pode.

Entreguei-lhe um documento.

— O que é isso, senhor?

— É uma cópia impressa da nota fiscal gerada pela venda de *Atração Fatal* no dia 4 de dezembro de 1998. Informa a hora, 16h58, a data, a quantia paga, neste caso, em dinheiro, e o código do vendedor, Damon Tucker.

— Peço que esse documento seja registrado como prova B, da defesa.

Mais uma vez, o semblante de Stoddard deixou transparecer um certo cansaço, mas ela não objetou.

— Assim será registrado.

Peguei o cheque e a nota fiscal. Ainda os segurando, dirigi-me ao juiz.

— Meritíssimo, solicito que os jurados examinem estes documentos agora.

O juiz anuiu. Entreguei os documentos ao serventuário, que, por sua vez, os passou às mãos do jurado número um, que os examinou solenemente antes de entregá-lo ao jurado seguinte. Todos os doze membros do júri, bem como os quatro suplentes, fizeram o mesmo. Fez-se silêncio na sala de audiência. Foi um daqueles raros momentos no qual, sem nenhum advogado falando, o ritmo da sessão ficara, brevemente, a cargo dos jurados.

A apreciação dos documentos pareceu durar muito mais do que seis minutos. Dá-se uma verdadeira comoção quando o júri tem a oportunidade de observar provas que acabaram de ser reveladas pela primeira vez pela defesa, e não pela acusação. Olhei para Stoddard. Ela estava olhando diretamente para a frente.

O último jurado terminou de examinar os documentos. O juiz se dirigiu a mim.

— Alguma outra pergunta a esta testemunha, dr. Gold?

— Sem mais perguntas.

STODDARD CONDUZIU o interrogatório de forma brilhante. Ela realmente sabia o que fazia. Além disso, tomara conhecimento de algo que eu ignorava, embora eu houvesse questionado Taback sobre o fato inúmeras vezes. Há dez anos, ele fora condenado por tráfico de drogas, LSD. Havia mentido para mim. Desde a primeira vez que o vi suspeitei disso, mas quando lhe perguntei diretamente, em meu gabinete, no sábado, ele negou. Infelizmente, a defesa não tem como checar a ficha criminal de uma testemunha. Só os promotores e agentes policiais têm acesso ao banco de dados com antecedentes criminais do Estado de Nova York. Ao contrário de Stoddard, fui obrigado a acreditar na palavra de Taback. Com a data de nascimento dele, que tive de fornecer a ela no início do julgamento, Stoddard pôde facilmente checar os antecedentes de Taback.

Ainda assim, a promotora metera-se em um terreno acidentado. Tecnicamente falando, ela não podia introduzir como prova o fato de ele ter uma condenação por tráfico de drogas. Se ela perguntasse: "Senhor, já foi condenado por tráfico de drogas?", e ele mentisse, respondendo: "Não", ela não poderia refutar essa resposta. Isso porque ela entraria no que se denomina prova "extrínseca indireta". Soa complicado, mas não é.

O ponto principal é que, ao interrogar as testemunhas, não estando aí incluídos os réus, você só faz perguntas a respeito do passado delas se estiver disposto a correr o risco. Se elas não disserem a verdade, ou não lhe derem a resposta que busca, paciência. Você não pode introduzir provas extrínsecas para demonstrar que a testemunha está mentindo. Se a lei não fosse assim, então todo julgamento se subdividiria em uma série de minijulgamentos, com cada uma das partes tentando provar que as testemunhas opostas receberam multas de trânsito ou não pagaram o aluguel, ou passaram cheques sem fundos, ou fumaram maconha — tudo com o objetivo de desacreditar seu depoimento a respeito da prova que fornecem. Nos Estados Unidos, os tribunais simplesmente dizem: "Lamentamos, mas não é permitido." A não ser que a questão esteja diretamente relacionada com o caso em questão, os advogados têm de se contentar com as respostas que obtêm. Se quiserem correr o risco, podem fazer as perguntas. Assim sendo, caso Stoddard perguntasse a Taback se ele havia sido condenado por tráfico e ele tivesse a coragem de negar, ela estaria perdida.

Em vez disso, ela recorreu a um subterfúgio muito bem bolado. Embora soubesse que não podia mencionar a ficha de Taback, ela foi até sua mesa, pegou-a e, então, fingindo lê-la e examiná-la, fez ao gerente da locadora a grande pergunta:

— Senhor, não é verdade que em sua folha de antecedentes criminais há uma condenação por tráfico de LSD em 1988?

Ele ficou branco como uma folha de papel. Dirigiu-me um olhar que dizia "ah, porra, não dá para acreditar que isso está acontecendo". E então respondeu que sim, que havia dez anos vendera a um agente à paisana quantidade suficiente de LSD para matar um elefante. Disse isso, apesar de não ser obrigado; se tivesse me contado que já havia sido condenado, eu o teria aconselhado a negar, já que não poderia ser desmentido.

— Então, sr. Taback, quando se usa LSD, a pessoa tem alucinações, correto?

— Bem, sim, mas depende da quantidade ingerida.

— Qual foi a última vez que usou LSD?

— Não sei bem, acho que faz uns dois anos.

— *Ingeriu* quantidade suficiente para ter alucinações?

Ele riu nervosamente.

— Protesto! Protesto! — Eu estava gritando. Não havia muito mais que eu pudesse fazer. — Meritíssimo, podemos nos aproximar?

— Sim — respondeu o juiz Wheeler, apesar de ambos termos consciência de que o estrago já tinha sido feito.

Ao chegar perto, demonstrei minha ira, sussurrando, é claro.

— Meritíssimo, gostaria que constasse nos autos que a promotora levou a testemunha a admitir uma condenação ao apontar a ficha criminal dela, como se fosse admissível, quando ela sabe muito bem que não é. Trata-se de uma das artimanhas mais vis e desonestas que já vi em toda a minha carreira. Eu não esperava isso da própria promotora-chefe, no primeiro caso de pena capital deste condado. Solicito a anulação do julgamento. Os direitos de meu cliente foram violados.

O juiz Wheeler deixou escapar um suspiro.

— Infelizmente, não posso fazer isso, dr. Gold. A verdade é que a testemunha de fato foi condenada, e o admitiu. Simplesmente não há muito nos autos que me permita fazer algo. Dra. Stoddard, não foi uma atitude agradável. Aliás, foi desprezível. Mas a senhora conseguiu o que queria.

Ela se colocou na defensiva, tal como era de esperar.

— Não foi nada que a defesa não faça diariamente neste tribunal. Todos nós sabemos disso.

O juiz lhe lançou um olhar reprovador.

— Nenhuma outra pergunta sobre LSD, dra. Stoddard. Agora, senhores advogados, voltem a seus lugares.

Que desastre. E as coisas não melhoraram.

Stoddard prosseguiu:

— Sr. Taback, o senhor afirma que o dinheiro que entregou a Damon, as dezoito notas de dez dólares, veio da caixa registradora, certo?

— Isso, isso mesmo — respondeu Taback, agradecido por deixar para trás o fiasco relacionado ao LSD.

— Mas a loja não possui um cofre?

— Possui.

— O senhor não guarda dinheiro no cofre também?

— Guardo.

— Como pode estar certo de que o dinheiro veio da caixa registradora e não do cofre?

— Porque lembro que tirei o dinheiro do caixa. É o que sempre faço, para pagar os funcionários.

— Tem certeza de que nada estava atrapalhando sua memória?

— Protesto!

— Negado.

— Tenho, tenho certeza.

Se ele tivesse negado a condenação por tráfico, esse trecho do interrogatório não seria nem um pouco prejudicial. Mas, como não foi esse o caso, eu já não tinha muita certeza.

— Cada funcionário tem um código próprio que é digitado quando ele realiza uma venda, correto?

— Correto.

— Há algo que impeça um funcionário de digitar o código de outro funcionário?

— Creio que não, se a pessoa conhecer o código.

— Então, se algum outro funcionário utilizasse o código de Damon, tudo levaria a crer que a venda havia sido realizada por Damon, quando, na verdade, não seria o caso, não é mesmo?

— Acho que sim, mas aconselho todos os funcionários a não revelarem o código para ninguém.

— Mas o senhor não tem como saber se seu conselho foi ou não seguido, certo?

— Na verdade, sempre confiro as notas fiscais para ver se está tudo correto. Até agora, a gente nunca teve problemas.

— Consideraria um problema o fato de Damon Tucker ter assassinado Charlotte King?

— Protesto! — Clamei.

— Aceito — respondeu o juiz.

— Nada a acrescentar — disse Stoddard, sentando-se a seguir.

De que ela era boa não restavam dúvidas.

A TESTEMUNHA seguinte era a colega de trabalho de Damon, Debbie Ringle, a jovem punk de cabelo roxo. Não mudara muito desde que eu a entrevistara meses atrás. Não usava tantos metais na face, talvez em deferência ao procedimento judicial, mas não inspirava muita confiança ou respeito. Surpreendentemente, sua voz era agradável e sagaz, em total contraste com sua aparência assustadora.

— Srta. Ringle, no dia 4 de dezembro de 1998, Charlotte King foi à locadora?

— Foi.

— Como sabe?

— Bem, na época eu não sabia quem ela era. Só me lembro de ter visto uma mulher atraente entrar e comprar uma cópia de *Atração Fatal*. Damon estava atendendo no balcão, aí, quando ela pagou, ele deu o troco pra ela e disse: "Se cuida, irmã".

Ela deu um risinho afetado, levando a mão à boca. Tinha um sorriso bonito. Era óbvio que estava nervosa, mas era óbvio também que dizia a verdade. Ela estava se saindo bem.

— Vou lhe mostrar o que foi registrado como prova número seis, da acusação.

Entreguei-lhe a fita de vídeo, que estava dentro de uma bolsa plástica lacrada. Virou-a muitas vezes para examiná-la bem.

— Reconhece esta fita?

— Bem, é uma cópia de *Atração Fatal*, e é da nossa locadora.

— Como sabe que é da sua locadora?

— Ainda tem o selo do nosso sistema.

— Esse selo só é usado em sua locadora?

— Na verdade, sim.

— E, por sinal, como sabe que foi para Charlotte King que Damon vendeu a fita naquele dia?

— Eu sei porque no dia seguinte o senhor foi lá na locadora e me fez perguntas.

— Prossiga.

— É. Aí me mostrou uma foto de Charlotte King no jornal e eu disse: "Acertou na mosca, esta mulher esteve aqui na locadora ontem."

— Tem alguma dúvida quanto ao fato de que Charlotte King esteve na loja naquela sexta-feira?

— Não.

— A que horas mais ou menos ela chegou à locadora?

— No finalzinho da tarde. Lá pelas cinco. Eu me lembro porque ela foi a última venda do Damon naquele dia. Depois ele fechou o caixa, trocou o cheque com o chefe e aí foi embora, como ele fazia toda sexta.

— Agora, quando a senhorita disse que ela foi a última venda de Damon, o que quis dizer exatamente?

— Ah, eu quis dizer que ela entregou pra Damon a fita e o dinheiro. Aí ele escaneou a fita, recebeu o pagamento, colocou a grana no caixa e deu o troco pra ela.

— Isso é o que acontece em toda compra, não é?

— É.

— Por que se lembra tão bem dos detalhes do dia 4 de dezembro de 1998?

— Bem, todo mundo leu no jornal a notícia da prisão de Damon, e também viu a história na TV. Lá na locadora, sabe, a gente pensou no que tinha acontecido na tarde anterior, porque, tipo assim, a gente não podia acreditar que Damon tivesse cometido o crime.

Ela levou a mão à boca novamente, desta vez sem rir.

— Não era pra eu ter dito isso?

Houve um silêncio desconfortável antes de o juiz dizer, em um tom de voz alto:

— Srta. Ringle, por favor, limite-se a responder às perguntas da melhor forma possível. — Ele dirigiu o olhar a mim.

— Algo mais, dr. Gold?

— Sim, Meritíssimo, tenho mais uma pergunta. — Dirigi-me à testemunha de cabelo roxo.

— Srta. Ringle, a senhorita é amiga de Damon Tucker?

— Não. Tipo assim, a gente nunca saiu junto depois do trabalho, sabe, nunca.

— Nada a acrescentar.

ERA A VEZ de Stoddard.

— Srta. Ringle, o código de Damon aparece em toda nota fiscal que ele emite, correto?

— Correto.

— Então não é exatamente um segredo.

— Não, acho que não.

— Sim ou não, senhorita?

— Não, não é um segredo.

— Então nada a impediria, se quisesse, de usar esse código ao registrar uma venda, certo?

— Eu nunca faria isso.

Stoddard olhou para o juiz.

— Solicito que a resposta seja considerada evasiva.

O juiz Wheeler estava se cansando de Stoddard.

— Dra. Stoddard, simplesmente faça a sua próxima pergunta, por gentileza. Deixaremos a cargo do júri a avaliação da credibilidade de todo o depoimento.

— Apesar de dizer agora que nunca faria isso, srta. Ringle, se quisesse, algo a impediria de assim proceder?

— Se me pegassem, eu entraria em apuros. Gosto do meu trabalho. Não estou a fim de sair de lá.

Stoddard deixou claro aonde queria chegar, mas não estava massacrando Ringle da mesma forma como arrasara Taback. A promotora tentou, sem sucesso, fazer Ringle admitir que queria ajudar Damon. Não colou. Essa garota de cabelo roxo não queria ajudar ninguém. E ponto final.

O fato é que Stoddard não podia negar, a essa altura do campeonato, que Damon vendera a fita para Charlotte King. De que outra forma as digitais dele teriam ido parar na fita? Que Stoddard conseguira de certo modo desacreditar nossa tese sobre as dezoito notas de dez dólares eu tinha de admitir. O júri poderia chegar à conclusão de que Taback não era uma testemunha confiável. Mas não havia conseguido demonstrar por que Taback e Ringle mentiriam por Damon. Afinal de contas, não se estava contestando a data e o horário que apareciam na nota fiscal. A menos que ambos soubessem que Damon iria assaltar e matar Charlotte King, o que seria absurdo, não teriam motivo algum para encobrir as ações dele prematuramente. Stoddard conseguira armar muita confusão, mas isso é o que costuma acontecer em julgamentos. A versão elaborada pela acusação a respeito do sucedido ia ter de incluir o fato de que Damon vendera a fita para Charlotte King.

CAPÍTULO 35

FOI BEM MAIS FÁCIL entender o dr. Wun Ho Lu do que o dr. Singh Perm. Além de ser o médico-legista de New Haven, Connecticut, o dr. Lu dava aulas na faculdade de medicina de Yale. Nós o contratáramos para avaliar o laudo do perito e reexaminar o cadáver de Charlotte King, de forma que pudesse tirar as próprias conclusões no tocante aos ferimentos fatais.

— Bom-dia, dr. Lu.

— Bom-dia, dr. Gold.

— Dr. Lu, o senhor teve a oportunidade de examinar o cadáver de Charlotte King no necrotério?

— Sim.

— E o senhor também reviu o laudo pericial oficial?

— Sim, revi o laudo.

— Dr. Lu, em termos leigos, poderia descrever o ferimento da srta. King?

— Ela levou tiro em abdome, né? Com base natureza de lesão e extensão de ferimento, foi bala de alto calibre. Disseram que arma recuperada em cena foi automática calibre .45, né?

— Protesto!

— Aceito.

Que diferença fazia o dr. Lu não poder depor a respeito da arma? Que diferença fazia tratar-se de testemunho indireto? Só estávamos tentando esclarecer os fatos para o júri, e o principal ficara claro — bala de alto calibre.

— Qual foi a natureza do ferimento, doutor?

— Bala atravessou parede abdominal, dilacerou fígado e perfurou aorta, provocando de imediato intensa perda de sangue em cavidade abdominal, né? Intensa perda.

Apesar de esse sujeito não usar pronomes ou artigos, era fácil entendê-lo.

— Explique ao júri o que é a aorta.

— Aorta é principal artéria que sai de coração. É maior artéria de corpo humano, né, e é a que suporta maior pressão.

— O que isso significa, em termos leigos?

— Significa que, se aorta sofre ruptura ou lesão, ocorrem intensa hemorragia interna e acentuada queda pressão, né? Pessoa entra em imediato estágio irreversível de choque e falece em questão de minutos.

Não era uma descrição agradável.

— Qual seria o estado mental de uma pessoa minutos após tal ferimento?

— Pessoa estaria gravemente comprometida, incapaz de ver com clareza ou falar. Mergulharia em estado de sonho muito alterado, né?

— Em sua opinião, Charlotte King se encontrava nesse estado?

— Sem dúvida alguma, estava.

— Em sua opinião, doutor, ela teria sido capaz de realizar o tipo de reconhecimento que, de acordo com a acusação, ela teria feito neste caso?

— Absolutamente impossível. Quando polícia colocou sr. Tucker diante dela, srta. King já não podia enxergar normalmente. Pressão arterial dela estaria tão baixa após alguns minutos de hemorragia interna, que srta. King estaria em profundo estado de choque, né? Quando alguém entra em choque, um dos primeiros sentidos afetados é visão. Pessoas em choque sofrem inversão de positivo e negativo, e isso faz com que vejam mundo como se fosse negativo de fotografia. Tampouco podem ouvir. Sons se tornam distantes e distorcidos. Pressão arterial baixa basicamente altera visão e audição, né? Isso foi o que aconteceu com Charlotte King.

— Então discorda do parecer do dr. Singh Perm?

— Bem, laudo da autópsia do dr. Singh Perm é bastante preciso, né? Entretanto, conclusões que dr. Perm tira sobre capacidade de vítima fazer reconhecimento são, em minha opinião, totalmente incorretas. Totalmente incorretas. Não são dignas de crédito, né?

— Obrigado, doutor. Nada a acrescentar.

Stoddard levantou-se. Sabia que teria de desacreditar o dr. Lu de um jeito ou de outro. Claro, ela tinha as impressões digitais, que estavam se tornando as peças centrais do caso, mas simplesmente não podia permitir que o amável dr. Lu arruinasse o testemunho a respeito do reconhecimento.

— Dr. Lu, a intensa hemorragia interna, que o senhor alega ter causado o estado de choque na srta. King, foi provocada pela lesão na aorta, correto?

— Sim. Houve hemorragia em outras lesões, em músculo, em fígado, mas nada comparado ao fluxo oriundo de aorta, né?

— Doutor, a aorta da srta. King não foi totalmente rompida, certo?

— Certo.

— Na verdade, cinqüenta por cento dela ainda estavam intactos no ponto de contato com o projétil. Sim ou não?

— Sim, mas...

— Tudo o que quero, senhor, é um sim ou não. Obrigada.

— Protesto! Ela não pode colocar as palavras na boca da testemunha. Ele precisa responder à pergunta.

— Negado.

— Sim ou não, senhor? Cinqüenta por cento da aorta da srta. King estavam intactos?

— Sim.

— Agora, uma aorta totalmente danificada provocaria uma morte quase instantânea, correto?

— Correto.

— Mas a srta. King não faleceu imediatamente, faleceu?

— Não. Foram necessários alguns minutos para ela sangrar até morte, né?

— E quanto menor a lesão na aorta, menor o nível de choque também, não?

— Sim, suponho que até certo ponto.

— Agora, o senhor não estava com a srta. King nos últimos momentos de vida dela, certo?

— Certo.

— O senhor está apenas supondo qual teria sido o estado mental dela, não é mesmo?

— Não tenho dúvidas sobre condição dela.

— Não é verdade que pacientes internados que sofrem lesões na aorta, tais como aneurisma aórtico, sobrevivem por horas ou dias?

— É verdade.

— Então nem toda lesão na aorta provoca estado de choque e falecimento instantâneos?

— Isso mesmo.

— Nada a acrescentar.

A SESSÃO FOI ENCERRADA em seguida. Naquela noite, Stephens e eu trabalhamos mais com Damon. Ele prestaria depoimento na manhã seguinte. Acomodamo-nos em uma diminuta cela nos fundos da sala de audiência, com uma extensa grade de arame nos separando de Damon. O local exalava a suor e urina. Mal conseguíamos respirar, muito menos pensar ou nos concentrar.

Eu sabia que Damon teria de prestar depoimento, mas não tinha muita certeza de sua capacidade de depor sem explodir e prejudicar o caso de uma forma que nem mesmo eu havia previsto. Até o momento, ele se comportara exemplarmente na sala de audiência.

Nenhum surto. Nenhuma perda de controle. Mas eu podia sentir a pressão aumentando.

Revisamos diversas vezes as perguntas que lhe faríamos, com o objetivo de diminuir ao menos um pouco sua raiva, de modo que ele despertasse a simpatia do júri e parecesse menos ameaçador.

Foi um trabalho árduo.

Praticamos as perguntas que a acusação possivelmente faria a Damon, para que ele tivesse uma idéia do que era encarar uma promotora hostil. Ele não se saiu muito bem.

— Escute, Damon, a sua vida depende de sua atuação amanhã. Lembre-se, é uma atuação. O fato de estar indignado e revoltado, e de achar que está sendo incriminado, não significa nada para o júri. Você optou pelo julgamento. Tem de convencê-los de que não se trata de uma grande farsa. E você só vai conseguir isso se não demonstrar raiva, mas tristeza; precisa dar a entender que é a segunda vítima, e não um assassino tentando se dar bem.

Ele podia ter explodido ao final desse discurso, mas não o fez. Era um bom sinal.

Stephens se intrometeu:

— Damon. Archie está tentando fazer você entrar no estado de espírito ideal. Você já está familiarizado com tudo isso, porque nós temos repetido o procedimento como um disco quebrado. Não pode demonstrar raiva. Não funciona com este júri. Tem de ficar calado, triste, e dar a impressão de ser outra vítima. Já sabemos o que vai dizer, não é essa a questão. A forma como você vai falar é que vai determinar qual será a decisão do júri.

Fizemos todos uma pausa. Ninguém queria ouvir o que Stephens diria a seguir.

— Olhe, Damon, Deus queira que você não seja condenado. Se isso acontecer, teremos de lutar para salvar sua vida. E se o júri o odiar, não vão querer mantê-lo vivo. Eles têm de estabelecer uma ligação emocional com você, têm de vê-lo como outro ser humano. Isso é o que precisa acontecer.

— Outro ser humano — repetiu ele. — Outro maldito ser humano.

De repente, perdeu o controle. Bateu o punho fechado na porta de aço. A porta amassou, e ele quebrou a mão. Deu para escutar. Os agentes penitenciários vieram correndo. Levantei-me rapidamente da cabina.

— Tudo bem, gente, tudo bem. Ele só golpeou a porta. Só isso. Precisará receber cuidados médicos. Acho que quebrou a mão.

Eles o levaram. Podíamos escutar os seus soluços corredor afora.

Eu estava rezando para que ele tivesse extravasado alguma coisa, para que ele pudesse desempenhar o papel que lhe cabia amanhã, o papel mais importante de sua vida.

CAPÍTULO 36

— A DEFESA convoca Damon Tucker.

Damon levantou-se e dirigiu-se ao banco dos réus. Sujeito grande. Grande pra caramba. O fato de ele ter um físico intimidante não ajudava o caso. A acusação, assalto à mão armada seguido de morte, não requeria força física, mas eu sabia que o tamanho de Damon de alguma forma aumentaria as chances de o júri considerá-lo capaz de apertar o gatilho.

Ele se sentou e colocou a mão engessada sobre a Bíblia.

— Juro — disse Damon solenemente, dando início à defesa mais importante de sua vida. Eu sabia que ele estava sofrendo, embora não o demonstrasse. A dor física e a raiva se alimentam mutuamente. Não deu para notar se estava nervoso. Eu estava. Por ele.

— Bom-dia, Damon.

— Bom-dia.

— Quantos anos tem?

— Dezoito.

— Tenho certeza de que o júri notou sua mão engessada. Poderia contar a eles o que aconteceu?

— Claro. Ontem à noite dei um soco na porta daquela cela dos fundos.

Damon fez um gesto apontando para trás. Olhou o júri.

— Eu estava frustrado. Porque sou inocente. Não cometi este crime. Por isso quebrei a mão, porque estava frustrado por estar preso por algo que não fiz.

— Onde cresceu?

— Na esquina da rua 132 com a avenida Lenox. Moro com a minha mãe. Ela é auxiliar de enfermagem do Hospital do Harlem.

— É filho único?

— Sou. Somos só eu e minha mãe.

— Sempre morou lá?

— Sempre. É a minha casa.

— Já foi condenado por algum crime?

— Não.

— Concluiu o ensino médio?

— Concluí. Em 1997. Estou na faculdade, quer dizer, estava, até me prenderem por causa deste crime.

— Trabalha desde o ensino médio?

— Sim, eu estava trabalhando no dia que fui preso. Na Vídeo Edge, que fica na esquina da rua Vinte e Dois com a avenida Onze. Já estava lá há um ano e meio, trabalhando vinte horas por semana.

— Quais eram suas obrigações?

— Cuidava do caixa, estoque, reabastecimento.

— Quanto ganhava?

— Nove paus por hora. Sem benefícios.

— Como lhe pagavam?

— Recebia cheques.

— O que geralmente fazia com o cheque?

— Trocava por dinheiro com o chefe, logo depois de receber.

— E fazia isso sempre?

— Sempre. Toda sexta.

— Foi o que fez na sexta-feira, dia 4 de dezembro, no ano passado?

— Foi.

— A que horas mais ou menos?

— Lá pelas cinco.
— Quando saiu da Vídeo Edge, o que fez?
— Eu me dirigi para aquela loja, a Mundo Eletrônico, na rua Catorze. Ia comprar um aparelho de DVD pra minha mãe. Já tinha escolhido até o modelo.
— Foi caminhando?
— Na verdade, fui correndo. Escutando o meu walkman. Corro muito. Depois de passar oito horas na locadora, eu sinto necessidade de fazer exercício.
— Estava levando dinheiro?
— Estava. Eu tinha treze dólares na carteira, e cento e oitenta paus, meu pagamento, no bolso da calça.
— De onde veio esse dinheiro?
— Da caixa registradora da Vídeo Edge. O chefe tirou as notas do caixa pra trocar meu cheque.
— O que aconteceu enquanto corria na rua?
— Dois tiras me pararam, apontando as armas. Desculpa o meu vocabulário, mas quase borrei as calças. Aí me jogaram contra a parede. Esmagaram meu rosto no muro de tijolos. Precisei levar cinco pontos pra fechar o corte. Ainda tenho a cicatriz.

Ele se inclinou ligeiramente para a frente e apontou para a sobrancelha. Nós tínhamos conversado sobre isso, entre muitas outras coisas. Eu não queria que ele mencionasse nada disso. Não queria que ele demonstrasse muita indignação. Queria que o júri gostasse dele, e não que o temesse. Mas ele simplesmente precisava desabafar. Estava tão zangado que não podia pensar estrategicamente.

— Tomaram meu walkman. Jogaram no esgoto.
— E então, o que aconteceu?
— Eles me colocaram numa viatura e dirigiram uns dois quarteirões até chegarmos a um lugar onde uma senhora estava deitada, numa maca, a ponto de ser colocada numa ambulância.
— Continue.
— Eles me tiraram do carro e me colocaram bem na frente da mulher. Ela não estava nada bem. Estava branca como uma nuvem.

Um dos tiras perguntou: "Foi este indivíduo?" E ela não falou nada. Começou a tremer muito, aí ficou imóvel. Morreu.

— Ela o identificou?

— Não.

— O senhor a roubou ou a matou?

— De jeito nenhum.

Fiz uma pausa. Surpreende-me o quão rapidamente, em todos os processos, pode-se contar uma história para o júri, quando não se está tentando prolongá-la por um motivo ou outro. Havíamos praticamente terminado. Bastaram alguns minutos.

— Essa foi a primeira vez que viu Charlotte King?

— Não foi não. Eu tinha acabado de vender uma fita pra ela. Questão de minutos. Pra ser sincero, nem me recordo muito bem do rosto dela na locadora. Só lembro que disse pra uma mulher branca muito bonita: "Se cuida, irmã." Agora sei que foi Charlotte King.

— Como ela pagou pela fita de vídeo?

— Com três notas de dez dólares.

— Como sabe?

— Bem, porque minhas digitais estavam em três das notas que o chefe me deu quando trocou meu cheque. Foi assim que as notas com as digitais dela foram parar no bolso da minha calça.

— Então quando seu chefe trocou o cheque e lhe pagou, ele tirou do caixa dezoito notas de dez dólares, sendo que três delas lhe haviam sido entregues minutos antes por Charlotte King?

— É isso aí.

— Como as suas digitais foram parar na fita encontrada na bolsa de Charlotte King?

— Tive de segurar a fita pra poder escaneá-la. O cliente pega a fita na estante, aí entrega pro balconista fazer o registro. Acontece em toda venda. Foi assim que as minhas digitais foram parar nela.

E foi tudo. Procuro não estender o interrogatório das testemunhas de defesa. A apresentação dos fatos parece ser rápida demais, mas, creia-me, isso não importa, porque a promotora vai fazer o acusado repetir tudo incontáveis vezes, sob todos os aspectos possíveis. Eu já vira isso acontecer em inúmeras ocasiões. Os sujeitos que ficavam nervosos e falavam apenas o necessário ao serem interrogados pela defesa relaxavam quando a promotora os questionava. Não é só quando são interrogados pela defesa que os acusados conquistam o júri; isso acontece com a mesma freqüência quando são interrogados pela acusação.

Stoddard começou a inquirir Damon Tucker.

— Sr. Tucker, o senhor acompanhou o depoimento do policial Newman, não é mesmo?

— Acompanhei.

— Está dizendo ao júri que ele mentiu no banco das testemunhas, de modo a incriminá-lo por algo que não fez?

— Se ele está mentindo ou se está equivocado, não sei. Não posso ler a mente dele. Mas a mulher não falou nada pra ele. A cabeça dela começou a tremer, aí ela morreu. Então o Newman entendeu errado. Se foi de propósito ou não, não sei dizer.

— Então ele está equivocado.

— Está.

— E o perito que examinou as digitais também está equivocado?

— Não.

— Então foi apenas uma incrível coincidência o senhor ter no bolso o dinheiro com as impressões digitais de Charlotte King?

— Pode dar o nome que quiser. É a verdade.

— Se é a verdade, envolve uma tremenda coincidência, não?

— Pode apostar que sim. — Damon deixou escapar uma risada amarga. — Ainda não posso acreditar!

— Não é verdade, sr. Tucker, que o senhor decidiu assaltar alguém, e quando abordou a srta. King com a arma em punho, deu-se conta, ao ficar diante dela, de que acabara de lhe vender uma fita na locadora minutos antes, e de que ela poderia identificá-lo? Não é por isso que a matou?

Então era assim que Stoddard iria lidar com os novos detalhes sobre o caso? Um motivo! Incrivelmente esperta. Ela estava distorcendo tudo, usando nossas provas, a fim de explicar por que Damon *fora obrigado* a atirar em Charlotte King — porque ela o *havia reconhecido*. Stoddard estava usando *nossas* provas para ajudar o júri a encontrar um sentido para este homicídio sem sentido. Agora tinham em mãos um motivo para Damon ter atirado em Charlotte King. E nós o havíamos fornecido.

— Não e não. Não assaltei nem matei aquela mulher. Eu estava correndo na rua, usando um casaco negro. Por isso eu fui preso. É disso que sou culpado, de ser negro e de correr na rua com um casaco negro.

— Então está sendo incriminado porque é negro?

— A senhora pode não encarar dessa forma, porque é promotora e está fazendo o seu trabalho, mas é a sensação que eu tenho. Vocês todos estão me incriminando. Sou inocente! Por que eu?

A essa altura ele estava gritando. A voz fora aumentando cada vez mais e, naquele momento, havia perdido o controle. Ela continuaria a apertar o cerco.

— O senhor foi pego correndo a apenas dois quarteirões da cena do crime, levava consigo o dinheiro da vítima no bolso da calça, e espera que o júri acredite no que está dizendo?

— Claro, porra.

Erro grave. Os jurados simplesmente não gostam de ver brutamontes falando palavrões no banco dos réus. Denota falta de respeito. No caso de Damon, não era falta de respeito, mas pura e simplesmente fúria, em sua forma mais amarga. Não conseguia se controlar. Tinha de dar ênfase ao que dizia, e a única maneira que conhecia de fazer isso era usando um "porra" aqui e ali.

Infelizmente para Damon, em um caso difícil como aquele, no qual tudo se resumia a qual versão parecia ser a mais plausível, a personalidade de cada um poderia decidir o caso. Se o júri não simpatizasse com ele, tudo estaria acabado. E, se tudo girava em torno da simpatia do júri por ele, isso não facilitaria em nada as coisas na fase de imposição de pena.

O interrogatório de Stoddard nos estava prejudicando. E muito. Ela era boa nisso. Conseguia levantar dúvidas sem ser desagradável. Podia ser sarcástica sem ser irritante. Pela primeira vez o semblante de Stephens se tornara um pouco sombrio. Também não gostei nada daquilo. Stoddard estava conseguindo fazer Damon parecer cruel e perverso.

Damon não havia terminado.

— Tem muita coisa que esses jurados não sabem. Não sabem nada sobre o verdadeiro assassino, David Yates. Não sabem que ele estava dormindo com Charlotte King, e que ela deu o fora nele. Não sabem que ele estava abrindo o capital da empresa. Ela descobriu algo. Alguma sujeira que ele fez. E alguém matou o psicanalista dela também. Uns dias depois.

Não pude acreditar. Havíamos passado por quase todo o julgamento sem nenhuma explosão fatal por parte de Damon, e agora ele estava pondo tudo a perder com um único ataque.

O juiz o interrompeu:

— Pare imediatamente, sr. Tucker. Aproximem-se, senhores advogados.

Aproximamo-nos. A expressão de Stoddard era traiçoeira.

— Se a acusação solicitar, anularei o julgamento.

— Meritíssimo, não queremos anulá-lo. Não queremos reiniciar todo o processo. Entretanto, gostaríamos de ter direito à réplica. E possivelmente necessitaremos de um pequeno recesso.

— Quem irá convocar?

Ela foi evasiva:

— É o que descobriremos amanhã, não é mesmo?

Isso estava se tornando um pesadelo. A lei é bastante clara: nos casos em que o acusado introduz alegações de fato durante o seu depoimento, que sejam inteiramente novas ao processo, a acusação tem o direito de apresentar um segundo minicaso — denominado de réplica —, a fim de demonstrar que tais alegações não são verídicas. Os promotores raramente utilizam essa opção. No entanto, quando podem acabar com você, bem, então não perdem a chance de usar a réplica.

CAPÍTULO 37

NO BANCO DAS TESTEMUNHAS, Yates era o exemplo perfeito do executivo. Sua aparência era impecável, como sempre, e estava muito à vontade, aparentemente satisfeito com aquela oportunidade de esclarecer todas as alegações tolas contra seu respeitado nome.

— Sr. Yates, queira informar ao júri o que faz.
— Sou o CEO da Yates & Associados, uma firma de Wall Street.
— Que tipo de firma é essa?
— Somos investigadores particulares.
— Charlotte King trabalhava em sua firma?
— Trabalhava.
— Seu relacionamento com ela era estritamente profissional?
— Eu a respeitava muito. Era também uma mulher muito bonita. Mas as regras da firma proíbem qualquer tipo de interação desse tipo. Não, eu não estava tendo um caso com ela.

Seu tom de voz era ideal. Os jurados já estavam sendo conquistados.

— Senhor, onde estava, se é que se lembra, no fim da tarde do dia 4 de dezembro do ano passado?
— Estava em um avião, dirigindo-me a Hong Kong. O vôo partiu ao meio-dia, no dia 4, e chegou a Hong Kong dezenove horas depois. É, eu estava em um avião.

— Obrigada. Nada a acrescentar.

Agora era a minha vez de interrogar o desgraçado. Sabia que seria uma perda de tempo. Tinha algumas brechas, mas nada para agarrar o sujeito. Eu estava prestes a andar em círculos por alguns minutos. Mas ao menos iria tentar.

— O senhor está a ponto de abrir o capital de sua organização, correto?

— Correto.

— Pessoalmente, o senhor deverá ganhar milhões e milhões de dólares, não?

— Talvez. Nunca se sabe, na Bolsa de Valores. Meu negócio foi crescendo no decorrer dos anos. Somos agora a organização mais respeitada do ramo, mundialmente falando.

— Informações negativas sobre a sua firma poderiam ameaçar o seu valor no momento da abertura do capital, não é mesmo?

— Protesto! Hipotético.

— Aceito.

Isso não seria nada fácil. Fui mais específico.

— Não é verdade, sr. Yates, que Charlotte King tomou conhecimento de algo negativo sobre sua organização? E que por isso mandou matá-la, juntamente com o psicanalista dela, o dr. Hans Stern?

— Protesto! — exclamou Stoddard.

— Aceito — disse o juiz, friamente.

Yates sorriu. — Não. Tudo isso é bobagem. Para começar, minha organização não tem nada a esconder. Somos idôneos. Pelo amor de Deus, quando o governo norte-americano quis rastrear os ativos do Irã nos Estados Unidos, quem contratou? A Yates & Associados.

Eu queria lhe perguntar a respeito de Norton Gorham. Queria lhe perguntar o que sentira ao ver a mãe estourar os miolos do pai quando tinha apenas cinco anos. Queria lhe perguntar por que ainda freqüentava casas de striptease, semelhantes àquelas nas quais sua mãe trabalhara.

Mas tudo isso era inadmissível. O juiz me interromperia após cada pergunta, Yates não teria de responder e eu pareceria um maldito louco.

— Não é verdade que se o senhor desejasse matar uma pessoa não precisaria fazê-lo pessoalmente? Poderia estar em Hong Kong, ou até mesmo na Lua, enquanto outra pessoa realizaria o trabalho sujo bem aqui em Nova York.
— Protesto!
— Aceito.

Yates franziu o cenho, como se eu fosse um maldito louco. Os jurados estavam do lado dele, e não do meu, nesse interrogatório. Desisti.

— Sem mais perguntas.

Por fim, só para colocar um ponto final na questão, Stoddard convocou uma charmosa atendente asiática da Japan Airlines, que confirmou a presença de Yates naquele vôo para Hong Kong. Para provar o que dizia, ela mostrou os comprovantes da passagem e a lista de passageiros do vôo.

Nossa situação se havia complicado. Nós estávamos a ponto de perder a porcaria do jogo.

Este é o problema quando se opta por apresentar uma tese de defesa, em vez de buscar possíveis contradições e tentar levantar dúvida razoável. Você acaba transferindo o ônus da prova para si mesmo, em vez de deixá-lo firme onde a lei o coloca, na acusação. Em vez de a acusação ter de provar a sua tese, tudo se transforma em uma competição entre as versões das partes a respeito da "verdade". Supus que valeria a pena correr o risco, porque nossa explicação para as provas relacionadas às digitais estava solidamente fundamentada em provas irrefutáveis. Mas, agora, depois de Damon ter anunciado que Yates era o assassino, e de a acusação ter efetivamente obliterado essa idéia, os riscos e a equação estavam totalmente fora de controle. Este júri poderia agora condenar Damon só porque não acreditava que Yates era o autor do crime. O fato de a acusação não ter provado sua tese além da dúvida razoável estava se perdendo nesse tumulto.

CAPÍTULO 38

NAQUELA NOITE, trabalhei em casa, preparando minhas alegações finais. Ao contrário de muitos defensores públicos, não improviso diante do júri com base em anotações. Quando me coloco diante dos doze jurados, procuro ser mais do que o décimo terceiro jurado pensando em voz alta sobre as possibilidades, juntamente com eles. Esse método casual funciona bem com alguns advogados, mas não faz o meu estilo. Não quero deixar escapar nenhum pensamento ou frase. Quero que minhas alegações finais sejam perfeitas. Não quero apenas fazer um esboço. Escrevo cada maldita palavra, estudando cuidadosamente como levantar e sustentar cada argumento. Claro, tento discorrer de forma espontânea, saindo um pouco do texto para não parecer que estou lendo um discurso, apesar de ser essa a denominação correta de minha fala. Os resultados são muito bons, ao menos foi o que me disseram.

Sempre acreditei no sistema. Sempre acreditei que pessoas inocentes são absolvidas, e a maior parte dos culpados é condenada. Mas o preço que se paga por aumentar os padrões de exigência, a fim de evitar a condenação de pessoas inocentes é, obviamente, que alguns culpados são igualmente absolvidos. Esse parece ser o preço que todos queremos pagar. Sou do tipo que prefere libertar dez culpados a condenar um inocente.

Pergunte a qualquer advogado de defesa e ele lhe dirá que detesta defender clientes inocentes. Se o seu cliente é culpado, e você perde, tudo bem, ninguém está recebendo nada que não mereça. Mas e se ele é, de fato, inocente? É um pensamento aterrador. Em meus dez anos atuando como defensor público, jamais qualquer cliente inocente meu foi condenado após ser julgado. Já defendi trinta e quatro casos de delito grave. Desses, meus clientes eram culpados em todos, menos em dois casos, os quais ganhei. Dos outros trinta e dois julgamentos, vinte e quatro acabaram em absolvição, não porque meus clientes eram inocentes, mas porque a tese de acusação era fraca, ou as testemunhas eram problemáticas, ou o promotor assistente era incompetente, ou eu conseguira satisfatoriamente transformar merda em ouro, ou qualquer combinação disso tudo.

Nunca perdi um julgamento ao defender um homem inocente. Ali em minha casa, elaborando minhas alegações finais, dei-me conta de que estava apavorado porque Damon era inocente. Isso exercia sobre mim mais pressão do que eu queria. Se esse júri condenasse Damon, o sistema falharia em seu teste mais decisivo, um julgamento envolvendo a pena capital, e eu contribuiria para esse equívoco.

Meu pai sempre dizia que eu deveria fazer parte do mundo "legítimo". Ele sempre usava essa palavra. Será que "legítimo" significava conduzir um homem provavelmente inocente à morte nas mãos do governo?

A campainha tocou. Era Stephens, que passara para ver como eu estava.

— Dando uma de advogado, para variar? — perguntou ela, gentilmente. — Proibido investigar esta noite.

Ri, embora quisesse chorar.

— Eu tenho de apresentar bons argumentos amanhã. Se as coisas não caminharem bem, vou ter bastante tempo para pensar em uma maneira de pegar Yates. Não dá para fazer isso agora.

Nós dois estávamos tensos. Ela se aproximou de mim por trás, já que eu estava inclinado sobre o teclado do computador, digitando a esmo. Começou a massagear os meus ombros.

— Que delícia — disse eu.

Ela continuou a massagem por alguns minutos. A sensação foi maravilhosa.

Por que, perguntei-me, as mulheres sempre escolhem aqueles momentos nos quais não há a menor possibilidade de as coisas progredirem — por exemplo, naquela noite, quando eu tinha de preparar minhas alegações finais neste julgamento de pena capital — para tomar a iniciativa de se aproximarem? Claro, eu já sabia a resposta. Ela estava me massageando naquele momento justamente porque sabia que isso não daria em nada.

CAPÍTULO 39

EM UM JULGAMENTO, as alegações finais são presumidamente um momento crucial para o advogado de defesa da área criminal. É quando você faz um resumo de tudo para o júri, esperando que todos aqueles pequenos pontos que levantou ao interrogar as várias testemunhas possam ser amarrados, enlaçados em uma seqüência envolvendo lógica, leis e emoções, e resultando inexoravelmente na aceitação unânime daquela grande divindade dos acusados: a Dúvida Razoável.

Nem sempre surte efeito. Levei vinte e quatro horas para preparar minhas alegações finais, e mesmo assim não ficaram do jeito que eu queria. A espinhosa combinação do suposto reconhecimento feito por Charlotte King com a presença das digitais dela no dinheiro encontrado no bolso de Damon era demais para ser invalidada por meio de explicação. Digitais, mas nenhum reconhecimento. Talvez. Reconhecimento, mas nenhuma digital. Quem sabe. Mas cada uma servia para validar a outra, e tentar explicá-las negando ambas era uma questão de mera conveniência e nada mais. Claro, o fato de Damon não ter deixado exatamente uma impressão de vulnerabilidade ou de simpatia não ajudava em nada, tampouco a óbvia inclinação favorável à pena capital deste júri. É difícil ler a mente dos jurados, mas você não precisa ser adivinho para notar que esse pessoal não estava de fato me ouvindo. Esta é a pior sina, o pior pesadelo do advogado de defesa. Saber que já foi repudiado.

Os jurados não pareceram ter se impressionado quando eu lhes sugeri que ninguém assaltaria alguém à mão armada após esperar essa pessoa sair de uma loja. Ninguém se dirigiria a uma pessoa para quem acabara de vender algo, a qual podia reconhecer o assaltante e, por sua vez, ser reconhecida por ele, a fim de roubá-la. "Ninguém seria estúpido a esse ponto", disse eu.

Eles não prestaram muita atenção quando eu lhes disse que não podiam condenar Damon só porque ele havia se zangado, gritado e lançado acusações aparentemente infundadas contra Yates. Disse-lhes ainda que "inocente" não era um prêmio cívico, e que não precisariam convidar Damon para jantar depois.

Todos pareceram desviar a vista quando eu lhes disse que o juiz iria instruí-los sobre o fato de que, se duas conclusões fossem tiradas a partir das provas, uma compatível com a inocência, e a outra compatível com a culpa, a lei exigia que eles escolhessem a opção que levasse à absolvição, ou seja, *nossa* explicação sobre as provas relativas às digitais, e não a da acusação. Considerar o réu culpado nessa situação? Nem pensar! De jeito nenhum!

O "favoráveis à pena capital" ressurgia para me apunhalar pelas costas. Eles já haviam decidido que Damon era culpado.

As alegações finais de Stoddard foram boas. Ela não se prolongou muito. Foi bastante sarcástica, sem ultrapassar os limites. "Muito conveniente", disse ela repetidas vezes, "muito conveniente" Damon ter por casualidade recebido o pagamento de Charlotte King na locadora. "Muito conveniente" uma explicação para a presença das digitais de uma mulher que, por coincidência, reconhecera este assassino logo antes de falecer.

— Senhoras e senhores, a versão de Damon Tucker é uma mentira, uma mentira programada para explicar todas as provas que ele não conseguiu eliminar. Está mentindo porque não quer pagar pelo que fez. É por isso que está mentindo.

"Claro, Charlotte King foi até a locadora. Por isso ele teve de matá-la. Porque ela o reconheceu quando a abordou no intuito de assaltá-la. Damon Tucker atirou nela porque sabia que, se não atirasse, a srta. King o reconheceria, e ele não queria ser preso.

"Agora, o advogado de defesa pediu aos senhores que absolvessem Damon Tucker porque afirma que ninguém seria estúpido a ponto de assaltar uma pessoa que acabara de encontrar, que poderia reconhecê-lo. De onde ele tirou essa idéia? Um homicídio é algo terrivelmente estúpido. Mas acontece milhares de vezes nesta cidade.

"Talvez Damon só tenha se dado conta de quem ela era depois de sacar a arma e confrontá-la. Talvez não a tenha reconhecido por ela estar de costas ou de lado; quando se colocou diante dela, já era tarde demais.

"Damon não é estúpido. É inteligente. Deu-se conta de que ela o reconheceria. Sabia que a nota fiscal que acompanhava a fita de vídeo na bolsa dela tinha o nome dele, pelo amor de Deus! Então tomou a decisão fria e calculista de matá-la, a fim de evitar a cadeia.

"Bem, agora cabe aos senhores fazerem com que ele pague por seus atos. Façam-no pagar pelo homicídio que cometeu."

CAPÍTULO 40

O JÚRI DELIBEROU por dez horas, no decorrer de dois dias. Na manhã de uma quinta-feira, às 11h05, eles enviaram um bilhete que dizia simplesmente "Veredicto".

Quando nos avisaram, Stephens e eu estávamos em meu gabinete, à espera da ligação. Damon se encontrava na carceragem nos fundos do tribunal, andando de um lado para outro, como um urso-polar no zoológico, provando a si mesmo milhares de vezes que o tamanho e o formato daquele cubículo permaneciam iguais. Sua mãe aguardava, em silêncio, na sala de audiência. Não dava para saber se ela estava, de fato, rezando.

O bilhete do júri fez os corações de todos baterem forte. É impossível descrever a carga de adrenalina que se recebe com o veredicto do júri. Você luta com unhas e dentes para ganhar a causa de seu cliente e, no fim, não há nada mais que possa fazer, exceto escutar pela primeira e última vez a fala mansa da porta-voz dos jurados:

— Qual o veredicto, senhora, no tocante à acusação de homicídio doloso qualificado?

— Culpado.

O primeiro som foi o de Evelyn Tucker, deixando escapar um longo gemido. Damon suspirou e deu um murro, com a mão sem o gesso, na mesa. Os agentes penitenciários o cercaram, dizendo: "Calma, rapaz, calma", de forma discreta. Não queriam ter de subjugá-lo diante do júri, o mesmo grupo de cidadãos que agora decidiria se Damon deveria morrer ou viver. Mas ele não causou mais problemas. Pôs-se a chorar, convulsivamente. Eu também chorei. Lágrimas por Damon, que fora derrotado durante a minha sentinela, que havia fracassado junto com Arch Gold. Ouvi o som distante do juiz dispensando o júri, agradecendo-lhes o empenho e requisitando seu retorno em quatro dias para a fase de imputação de pena.

Os agentes levaram Damon. Stephens e eu o acompanhamos. Estávamos no diminuto corredor nos fundos da sala de audiência, próximos a Damon, aguardando o elevador da prisão que nos levaria ao xadrez, nos andares abaixo. Damon virou-se para nós. Sua expressão era de desprezo.

— Obrigado por droga nenhuma. Dêem o fora daqui.

CAPÍTULO 41

ESTÁVAMOS no vestiário do juiz, um cômodo espremido, com apenas uma escrivaninha, várias cadeiras e um telefone. Alguns juízes trabalham muito em seus vestiários. Outros, como o juiz Wheeler, só passam por ali para pegar as togas e colocá-las, a caminho da sala de audiência. Naquela manhã — no dia seguinte ao veredicto — o juiz Wheeler convocara Stoddard e a mim para uma reunião. Nenhum de nós dois sabia por quê. Ele provavelmente queria discutir algo confidencialmente, sem meirinhos ou repórteres que deixassem vazar informações.

O juiz ainda não havia colocado a toga. Parecia apenas outro advogado com problemas sem solução.

— É por isso que sou contra a pena capital — disse ele, encarando Stoddard. — Esse rapaz pode ser inocente. Eles o condenaram porque não gostaram dele. Creio que nunca se pode prever o que um júri favorável à pena de morte vai fazer. Os jurados certamente não se mostraram muito sensibilizados pelo conceito de dúvida razoável.

— Meritíssimo, o senhor bem que poderia ter extinguido o processo após a apresentação de provas. A decisão não precisava ter ficado a cargo do júri.

— Veja como fala, Gold.

Fez-se silêncio por um momento. Muitas verdades pairavam no ar, sem serem mencionadas. Todos sabíamos que se Wheeler estivesse de fato convencido da inocência de Damon e tivesse disposição e coragem poderia dar um jeito em tudo. Quando um juiz acredita que não há prova além da dúvida razoável contra um acusado, pode extinguir o processo antes de este chegar ao júri. É o que se chama de arquivamento. Tem o mesmo efeito legal que uma absolvição por parte do júri. A acusação não pode apelar. O processo é arquivado, para sempre, e o réu é colocado em liberdade.

Mas o juiz Wheeler não fizera isso e agora estava em apuros. Se anulasse a decisão do júri, um tribunal de instância superior poderia simplesmente reabrir o processo.

Ele se dirigiu a Stoddard. Há apenas alguns meses, foram colegas no tribunal. Agora se entreolhavam com extrema antipatia.

— Bernice, por que não aceita simplesmente a perpétua sem condicional? Devo dizer-lhe que estou pensando em arquivar o processo.

Ela franziu o cenho, os olhos soltaram faíscas, e a voz, embora mantivesse o mesmo tom, tornou-se mais profunda. Inclinou-se na direção de Wheeler. Chegou bem perto de seu rosto.

— Wheeler, você não tem coragem de arquivar esse processo, e nós dois sabemos disso. Se tivesse coragem, já o teria feito antes que ele chegasse ao júri. Mas não o fez, na esperança de que os jurados o livrassem dessa com uma absolvição. Agora, se arquivar o processo e o tribunal de recursos o reabrir, será o fim de sua carreira. E eles podem muito bem reavaliá-lo. Mas, mesmo que isso não aconteça, *você* não quer ficar conhecido como o juiz que colocou Damon Tucker em liberdade. Eu o conheço. Então não venha tentar negociar comigo. Se quiser arquivá-lo, vá em frente. Na minha opinião, não se atreverá. Pedirei a pena capital.

Ele desviou o olhar. Se os seres humanos tivessem rabos, o dele estaria entre as pernas.

CAPÍTULO 42

— VOCÊS JÁ TIVERAM a sua chance, agora é a minha vez. As coisas não deram muito certo pra vocês. De repente vou ter mais sorte. É a minha vida, então sou eu que vou falar.

Era a manhã seguinte ao veredicto. Estávamos na Rikers, no parlatório.

— Damon, está querendo dizer que quer depor na audiência de atenuação de pena?

— Não, estou falando que eu mesmo vou me defender.

Damon queria atuar como o próprio advogado. Todo cidadão tem esse direito; está previsto na Constituição e não pode ser facilmente negado. Mas geralmente é um equívoco exercer esse direito constitucional específico. Não há necessidade disso. Se um dia me acusassem de cometer um crime, eu chamaria Layden. Jamais passaria pela minha cabeça representar a mim mesmo, fosse eu culpado ou completamente inocente.

Eu sentia pena, muita pena de Damon. Não podia culpá-lo, muito embora soubesse que ele estava tomando a decisão errada e ia se dar mal. Mas era ele que seria punido, não eu. Por que ele não deveria falar o que sentia e argumentar?

— Quero andar de um lado pro outro na frente da tribuna dos doze jurados e dizer a verdade, diretamente da minha boca, sem papo-furado. Vocês vão ver só. E o juiz vai ter de me deixar falar, estão me entendendo?

— Claro que sim, Damon. Nem mesmo o juiz pode impedi-lo de exercer o direito constitucional de se ferrar.

Não consegui esconder que estava puto da vida. Todo acusado tem o direito de se defender. É sempre um equívoco, e cabe ao juiz convocar uma audiência para informar o acusado de que poderia estar cometendo um erro, e também para certificar-se de que ele está renunciando conscientemente a seus direitos; entretanto, os tipos de sujeitos que escolhem seguir esse caminho geralmente estão entusiasmados o bastante para completar a tarefa com sucesso. Eu tinha certeza de que Damon não seria uma exceção. Virei-me para Stephens em busca de apoio.

— O que você acha, Stephens? Será que o juiz vai permitir?

— Vai.

Isso era tudo o que Damon precisava.

— Aliás, gente, aposto com vocês que esse juiz vai adiantar o meu lado. A minha vida está em jogo. O que é que ele vai dizer? Que eu não posso falar o que penso?

— E o que tem em mente, Damon? — Stephens estava sinceramente curiosa, embora tivéssemos acabado de ser despedidos.

CAPÍTULO 43

NUNCA VOU ME ESQUECER da visão de Damon, com todo o seu porte de um metro e noventa e cinco, andando de um lado para outro diante da tribuna dos jurados, implorando pela própria vida, reclamando, sem sucesso, das forças que se haviam reunido misteriosamente contra ele. Eu o observei ali, amedrontando o júri com sua impulsividade. Nenhum homem culpado seria tão autodestrutivo. Se fosse culpado e estivesse tentando salvar a própria pele, deixaria os advogados fazerem o melhor que pudessem. Não seria tão obstinado. Se fosse culpado, entenderia que o julgamento é um espetáculo que se monta, um espetáculo que é muito mais importante do que a própria verdade. Se fosse culpado, reconheceria que sua própria falta de talento o colocara nessa situação quase fatal e entenderia que seria melhor deixar os profissionais fazerem o possível para livrar a sua cara.

Mas ele era inocente. Não cometera o crime. Por isso não podia participar do jogo. Por isso parecia estar tão decidido a se ferrar. Sua inocência o estava deixando louco. Havia perdido toda perspectiva, todo apego às coisas que poderiam ajudá-lo, tais como melhorar os seus modos, controlar a raiva, fazer o papel de vítima. Embora se tratasse agora de uma questão de vida ou morte, um julgamento de pena capital ainda era uma encenação, uma disputa na qual, em um caso sem provas cabais, se vencia ou perdia de acordo com a personalidade e estilo, e não com a substância. A verdade *nem sempre* prevalecia. Damon era inocente, mas como estava indignado demais para montar o espetáculo adequado, ia se dar mal. Seria condenado exatamente por ser inocente. Com as mesmas provas, um outro acusado, culpado, mas simpático, poderia muito bem ser absolvido. Afinal de contas, este não era um caso com provas irrefutáveis de culpa. Era o que chamamos de "julgável", o que significa que poderia ser ganho. Entenda, a defesa nunca conta com a vitória antes da hora. Os julgamentos são por demais imprevisíveis e sempre dependem de inúmeras variáveis. A única coisa que você pode dizer é que tem chances de conseguir uma absolvição. Eu nunca disse a um cliente que tínhamos mais do que cinqüenta por cento de chances de vencer. Bem, Damon tinha esgotado suas possibilidades. Algo havia influenciado a percepção dos jurados a respeito dele. No início do julgamento, instintiva e inconscientemente, eles chegaram à conclusão de que ele estava bravo por ter sido preso, e não por ser inocente. Uma vez estabelecida essa reação instintiva, ela contaminou a visão do júri no tocante a todas as provas.

Pobre Damon. Seu coração era puro. Não tinha feito nada de errado.

— Olha só, gente, resolvi falar com os senhores diretamente porque a minha vida está nas suas mãos, e sou eu que vou perder a vida amarrado numa maca, em algum lugar longe deste tribunal, se vocês assim decidirem. Então por que não deveriam lidar direto comigo? Foi o que me perguntei, já que, afinal, estão considerando a possibilidade de me matar.

Ele fez uma pausa para tomar água. Certamente havia captado a atenção de todos. Eu não fazia a menor idéia do que ele iria dizer a seguir. Damon estava mostrando a legislação que lhe havíamos entregado semanas atrás.

— A gente está aqui pra falar sobre a "atenuação da pena". Os senhores têm de decidir se os fatores atenuantes citados por mim pesam mais do que os fatores agravantes, que neste caso é que supostamente assaltei e matei Charlotte King. Se esses fatores atenuantes, tipo assim, pesarem mais do que os agravantes, então eu pego a perpétua e não a pena de morte.

Ele olhou para a cópia da legislação sobre a pena capital.

— O fator atenuante no meu caso, senhoras e senhores do júri, é que eu não cometi este crime. Eu sou inocente. Esse é o fator atenuante.

— Protesto! — Stoddard levantou-se. Só Deus sabe por que ela se importava. Damon não parecia estar fazendo nada além de se prejudicar. Por que simplesmente não o deixou continuar? Quase fiquei grato a ela por tê-lo interrompido.

Já não podíamos nos aproximar do juiz, uma vez que Damon teria de ser incluído por estar defendendo a si próprio, e a segurança não permitiria que ele chegasse perto de Wheeler sem as algemas. Assim sendo, foi preciso retirar o júri, e só então nos aproximamos. Eu era o "assessor jurídico" de Damon. Já não podia me dirigir ao júri — essa tarefa cabia somente a Damon —, mas podia discutir questões jurídicas em seu nome, perante o juiz.

Stoddard estava furiosa.

— Meritíssimo, sabe que o acusado não pode reintroduzir a questão da culpa neste procedimento. Já é tida como certa. Vai além de nossos objetivos.

Damon não se deixou abater. Era rápido como um advogado.

— Excelência, que se danem os objetivos. Não podem me impedir neste estágio dos procedimentos. Não podem. A minha vida está em jogo.

O juiz olhou para Damon como se ele tivesse acabado de expressar algum princípio legal há muito arraigado.

— Obrigado, sr. Tucker. Dr. Gold?

— Meritíssimo, o sr. Tucker pode ser condenado à pena capital. Por que não deixá-lo dizer o que deseja?

Damon virou-se para mim e disse:

— Obrigado.

Não havia muito mais a dizer, uma vez que a promotora estava totalmente certa quanto à lei. Damon já fora condenado por latrocínio: assalto seguido de morte. Isso já fora provado além da dúvida razoável. Então ele não podia falar sobre sua inocência. Era inadmissível. O juiz podia simplesmente impedi-lo. Wheeler olhou diretamente para Damon, e não para mim, ao comunicar sua decisão. Parecia estar falando sobre o tempo, e não sobre uma questão de vida ou morte.

— Sr. Tucker, tecnicamente, a promotora pode estar certa no que diz respeito à lei; no entanto, vou considerar esta audiência a partir de uma perspectiva mais ampla, já que optou por representar a si mesmo. Desde que não utilize palavras de baixo calão, ou se aproxime demais dos jurados, ou grite, pode dizer praticamente tudo o que desejar. Sua vida está em jogo, e não vou impedi-lo de falar. Só lhe dou um conselho. O fato de poder dizer algo agora não significa que isso seja uma boa idéia. Lembre-se de que este júri já o condenou por homicídio doloso qualificado. É provável que suas chances não aumentem muito se os confrontar excessivamente.

Era a mais pura verdade. Damon manteve-se totalmente indiferente.

— Meritíssimo, não vou deixar me derrotarem sem antes lutar.

O pobre rapaz sabia que seria derrotado, mas não havia muito que pudesse fazer.

Trouxeram o júri novamente. Damon se inclinou sobre a mureta da tribuna, a menos de um metro da primeira fila de jurados. Eles não estavam acostumados a tal proximidade. Será que humanizava ou demonizava Damon? Eu não tinha muita certeza. De longe, ele poderia ser confundido com um advogado, um advogado jovem e negro, apresentando suas alegações finais. De perto, essa imagem se dissipava. Nada parecia estar do jeito que deveria: a gravata estava fora de lugar, o colarinho estava torto, e era óbvio que aquele era apenas um rapaz com o terno que usava para ir à missa, o qual nunca era vestido em quaisquer outras ocasiões lá no mundo real.

Aquele tampouco era o mundo real. Tratava-se de um tipo de encenação, um drama "baseado na realidade", distorcido, que nada tinha a ver com o que de fato aconteceu lá na rua Vinte. Damon, ao demitir seu advogado, estava prestes a ser igualmente expulso do espetáculo. E sairia chamuscado também.

— Senhoras e senhores, não estou aqui pra dizer que eu sou um cara legal, e que por isso não deveriam me matar, apesar de ter cometido esse crime horrível. Não cometi esse crime. O fator atenuante aqui é a inocência. Um dia a gente vai descobrir quem cometeu esse crime, quem matou Charlotte King. Se os senhores me matarem, e esse "dia" chegar, como vão poder conviver com isso? O fator atenuante aqui é que os senhores não estão completamente certos de que fui eu. Podem ter me condenado, mas há uma possibilidade de que estejam errados. O que falei quando depus, o que as minhas testemunhas falaram, foi tudo verdade. É só questão de querer ou não acreditar. Então, se no fundo têm alguma dúvida de que fui eu, não tirem a minha vida. Não cometam um erro que não vão poder remediar. Não vinguem um assassinato cometendo outro. Sou de carne e osso, tenho a minha mãe, que sempre me amou e sempre vai me amar; sou jovem, ainda nem vivi muito. Então, se não têm cem por cento de certeza de que sou culpado, não me imponham uma sentença que é cem por cento irreversível.

Damon sentou-se ao meu lado. Fez-se silêncio absoluto no recinto, exceto pelo ruído do giz do desenhista. O juiz quebrou o silêncio ao pigarrear próximo ao microfone. Ele certamente sabia como interromper uma situação dramática. Deu ao júri as instruções finais:

— Devem decidir se as circunstâncias agravantes pesam mais do que as circunstâncias atenuantes.

Que diabos significava isso? Teoricamente, tinha a função de orientar, de evitar a aplicação arbitrária e incongruente da sentença de morte que foi tão característica nos casos de pena capital antes da suspensão de 1972. Mas não fazia muita diferença, na verdade.

O júri ainda podia atribuir o peso que bem entendesse a qualquer coisa. Não passava de um monte de tolices, projetado para fazer a pena capital parecer racional e justificável, em vez do que era na realidade: um golpe imprevisível.

Quando os jurados fizeram fila para se retirar, talvez pela última vez, não vi nada além de expressões inflexíveis. Não vi compaixão.

E eles não demonstraram nenhuma compaixão. Rapidamente, não demonstraram nenhuma compaixão. Cinco horas.

— Senhores jurados, o que decidiram?

— Decidimos que os fatores agravantes pesam mais do que os atenuantes.

Era tudo o que ela tinha a dizer, a Madame Porta-Voz. Todo o procedimento era asséptico. Em nenhum momento ela teve de pronunciar a terrível palavra "morte". Tudo se resumia ao peso de fatores, e não à morte.

O júri foi dispensado. Damon comprimia os lábios com força. Os olhos estavam vermelhos, mas o rosto não deixava transparecer nada. Sua mãe chorava discretamente na primeira fila. Respirei fundo e me inclinei sobre a mesa por alguns segundos. Então, endireitando-me, virei-me para Damon e coloquei as mãos sobre seus ombros, obrigando-o a me olhar nos olhos.

— Damon, ainda não acabou.

CAPÍTULO 44

FUI PARA CASA ATORDOADO, chocado demais para pensar. Estava dobrando a esquina em direção ao meu prédio quando, de repente, um homem passou a andar ao meu lado. Parecia ter vindo do nada. Era Yates.

— Gold, escute. Acabou. Você fez um bom trabalho. Mas perdeu. O rapaz negro foi condenado, e o caso, encerrado. Então deixe o assunto morrer.

— Qual é o problema, Yates? Por que está me importunando na rua?

— Não banque o espertinho comigo. Não estou para brincadeiras. Estou falando com você por um motivo. É o seguinte: agora que o julgamento terminou, e o seu rapaz perdeu, quero que você caia fora! Entendeu? Nada pessoal, mas o caso está encerrado. Está na hora de seguir em frente. Tenho certeza de que é o que vai fazer. Não quero vê-lo na tela do meu radar novamente, ouviu?

— Está preocupado com a abertura de capital? O que tem a esconder? Pensei que fosse totalmente idôneo.

— Você tem uma língua ferina. Tudo bem. É advogado e não pode se conter. Fez o seu trabalho. Ótimo. Agora o trabalho acabou. Sugiro seriamente que se concentre no próximo caso.

E foi embora.

CAPÍTULO 45

QUANDO CHEGUEI EM CASA, preparei uma dose caprichada de vodca com tônica para mim. Andei de um lado a outro da sala, revendo meu encontro com Yates. O sujeito estava me ameaçando. Agora que o julgamento havia terminado, ia ficar de olho em mim. Estava me dizendo para deixar o assunto morrer — deixar o assunto morrer, senão...

Não gosto desse tipo de pressão. Para mim suas ameaçazinhas veladas só confirmavam sua culpa. Yates não me assustou, ele me instigou.

Como a maior parte dos defensores públicos, já perdi várias causas e fiquei arrasado em algumas ocasiões, só que este processo era diferente. Se eu não fizesse alguma coisa para revertê-lo, Damon seria executado; isso ainda demoraria alguns anos para que se tivesse certeza, mas, ainda assim, iriam matá-lo. É provável que uma década se passasse até que todas as apelações do caso de Damon fossem esgotadas. Havia um horizonte distante, com o sol se pondo lentamente; no entanto, a escuridão chegaria.

Uma noite, a certa altura, eles o amarrariam em uma maca e o executariam. A menos que eu descobrisse alguma coisa.

Stephens ligou. Layden ligou. Goodman ligou. Minha ex-esposa ligou. Todos queriam saber como eu estava. Que se danassem. Eu não estava em condições de falar com ninguém. Que se danasse o sistema judiciário. Que se danassem os recursos apelatórios. Que se danasse o maldito estado de maldito direito. Não havia funcionado no caso de Damon. As leis faziam tudo parecer sistemático, e justo, e digno, mas os resultados não eram os que deviam ser. Eu não queria mais fazer parte desse jogo. Não tinha feito nada com minhas habilidades senão legitimar um processo que não funcionava. Stephens e eu tínhamos feito um bom trabalho para Damon. Bom o bastante para que não restassem muitas questões reais a serem utilizadas na apelação. Ele recebera "assistência efetiva". Só mais uma forma de apressar a sua morte. E nada mais.

Naquela noite, quase fiquei aliviado quando Stephens bateu à porta, querendo saber se eu ainda estava vivo.

— Estou, ainda estou vivo — disse eu, abrindo a porta.

— Meu Deus, você está péssimo. Por que não saímos e procuramos alguma coisa para distraí-lo? Haverá interposição de recursos no caso de Damon no decorrer da próxima década. Mais cedo ou mais tarde, você vai ter de parar de se culpar e seguir em frente.

— Mais tarde, Rob, mais tarde. E não mais cedo.

O telefone tocou.

— Deixa tocar — gritei. — Deixa tocar.

— Está bom, está bom, relaxa, Arch.

A secretária eletrônica foi acionada. Era Kathy Dupont.

— Oi, Arch. Só liguei para dizer que sinto muito sobre o caso. Sei que você deve estar de baixo-astral. Olha, o *meu* processo terminou. Foi arquivado na sexta. Então agora você não tem mais desculpas. Por que não vai ver o meu show, no Clube do Executivo? É bem excitante. De repente você vai se distrair. Espero ver você lá, benzinho.

— Quem é essa? — perguntou Stephens. — Alguma namorada vadia que manteve escondida de mim?

— Ah, é claro. Quando foi a última vez que tive qualquer tipo de relacionamento?

— Então quem é ela?

— Uma ex-cliente. Dançarina erótica. Você encontrou com ela rapidamente no meu gabinete. Lembra? A dos peitões. De expressão amuada. Ela pertence a outro mundo. Vencedora de concurso de beleza na Carolina do Sul. Veio para a cidade grande em busca de sucesso. Acabou tirando a roupa em espeluncas de striptease de alto nível.

— Incrível. Um passo interessante para a carreira.

Soou levemente ressentida. Veio sentar-se ao meu lado.

— Sinto muito. Achei que a gente fosse ganhar esse caso. Você fez um ótimo trabalho. Sabe disso, não é? Levamos um chute no traseiro com aquela réplica. O descontrole de Damon acabou com a gente. Não fique se culpando, está bem?

— Você é um amor — disse eu.

Eu a abracei e tentei beijá-la. Foi uma atitude estúpida. Ela se afastou.

— Arch, eu gosto muito de você. É um ótimo advogado, um cara legal, um verdadeiro gato. Mas não quero nem começar. Estou dando o fora daqui, fazendo as malas e indo para o próximo julgamento, aquele em Buffalo. Então, para que começar uma história? Quem sabe algum dia, se a minha vida mudar, e a gente ficar bastante tempo no mesmo lugar. Aí a gente pode sair junto.

— Eu gostaria muito — retruquei. — Também queria passar esta noite com você.

— Lamento muito, Arch.

Ela me deu um longo beijo na boca, só para provar o quanto lamentava. Eu podia sentir o apetite dela crescer junto ao meu corpo. Gostei. Gostei muito. Mas isso pareceu não fazer diferença.

Ela foi embora.

Fiquei ali parado, perturbado, e então fui ver Kathy Dupont dançar.

CAPÍTULO 46

ALTO NÍVEL E BOM GOSTO, isso se visava no Clube do Executivo. As cordas de veludo e os seguranças trajando smoking, placas discretas que não davam nenhuma pista quanto às atividades internas, tudo na tentativa de transmitir outra idéia que não a de uma "espelunca de striptease". O couvert de trinta e cinco dólares certamente afastava os pés-rapados.

Lá dentro, a decoração elegante, as custosas banquetas de couro, os funcionários trajando smoking, os lustres, as cortinas e as toalhas de mesa também tentavam transmitir outra idéia que não a de "espelunca de striptease".

Mas não passava disso.

Seis mulheres dançavam em um palco elevado que chegava até a parte central do ambiente, com bifurcações de um lado e de outro. Cada mulher segurava a sua própria barra, que ia do palco ao teto. Havia espelhos enfumaçados, estrategicamente distribuídos, em quantidade bastante para que em qualquer direção que se olhasse fosse visível uma parte da anatomia feminina contorcendo-se no ritmo da música.

As mulheres não estavam nuas, por enquanto. Usavam apenas a parte de baixo de um fio dental. Não vi Kathy Dupont em lugar algum. Mesas circundavam o palco, e homens de terno ocupavam quase todas elas. Notava-se no semblante de alguns deles um sorrisinho forçado e boçal, e o olhar fixo nas dançarinas. Os demais pareciam estar conversando e não prestavam muita atenção.

Aquele ambiente me deixou pouco à vontade. Adoro mulheres e sexo, mas aquilo não me estimulava. Será que em função da consciência de que aquelas mulheres eram exploradas? Ou apenas da constatação de que eu não gostava do tipo de homem que freqüentava aqueles lugares, sujeitos que não se importavam com o que estava na cabeça de uma mulher e tampouco queriam saber se ela havia ou não feito plástica nos seios?

— Olha só essas boazudas! — Ouvi o homem que estava perto de mim comentar com o companheiro. — Nunca vi corpos tão esculturais, e você?

A maioria dos homens presentes não pensava da mesma forma que eu. O brilho em seus olhos deixava claro que eles achavam aquilo tudo excitante. Se você se concentrasse como deveria, veria que eram mulheres sensuais. Não restava dúvida. Mas não era assim que eu pensava, provavelmente pelo mesmo motivo que me impedia de acusar pessoas ou de ir atrás do todo-poderoso dólar em Wall Street.

A música foi parando e as mulheres desceram do palco, dirigindo-se ao bar, onde homens com risadinhas forçadas, excitados, acotovelavam-se, tentando comprar drinques para suas dançarinas favoritas.

Nenhum sinal de Kathy.

Então a música começou a tocar novamente e seis mulheres diferentes subiram, rebolando, no palco. Kathy Dupont foi a primeira. Era linda. Talvez por tê-la visto em outro ambiente, ela parecia real para mim, e não apenas uma boneca de plástico lá em cima. Lembrei-me daquela noite, na leitura do libelo, quando a conheci, juntamente com Damon; dois processos que eu pegara no topo da cesta, há séculos.

Enquanto observava atentamente Kathy, com minha visão periférica vi dois homens chegarem e aguardarem uma mesa. Ao olhá-los, dei-me conta de que um deles era Yates.

Filho-da-mãe.

Um garçom os acomodou. Yates, como sempre, parecia um banqueiro com seu terno elegante, mas eu sabia o que ele era. Ele e o amigo, um homem negro, forte e bonito, também elegantemente vestido, sentaram-se à mesa sobre a qual havia uma placa com a inscrição "reservada", a menos de um metro do local onde o corpinho perfeito de Kathy Dupont se contorcia. O amigo de Yates deu uma gorjeta ao garçom. Escutei-o dizer: "Obrigado, sr. Smalls."

Nome perfeito para o sujeito. Obviamente, ele e Yates eram freqüentadores assíduos.

Era óbvio que Kathy deixara Yates embasbacado. Desde o momento em que ele entrou, seus olhos acompanharam cada movimento dela. A face de Yates estava levemente rubra, e os olhos brilhavam de prazer. A boca estava entreaberta. A cada instante ele lambia os lábios, contornando-os vagarosamente. O sujeito era asqueroso. Enquanto isso, Kathy se deu conta da minha presença. Sorriu e piscou para mim. Estava de costas para Yates. Pude ver a sua boca formando a costumeira saudação.

— Oi, benzinho.

A visão de Yates ali me causava repulsa. A fascinação dele por Kathy Dupont me causava ainda mais repulsa. Não consegui desgrudar os olhos do amigo dele. O negro chamado Smalls. Era incrível como ele se parecia com Damon.

Fui embora sem ser notado.

CAPÍTULO 47

NO DIA SEGUINTE, no gabinete, Stephens estava empacotando seus arquivos. Eu estava falando pelos cotovelos, furioso.

— Foi o cupincha dele que a matou. Um brutamontes negro que tem o mesmo corpo de Damon. Deve ser o guarda-costas de Yates ou sei lá o quê. Deve ter se encarregado também do dr. Stern e roubado o disco rígido de Charlotte.

— Arch, acredite, acabou. A gente perdeu o maldito caso.

Ela estava falando suavemente, mas suas palavras me deixaram magoado. Para ela não restava nada a fazer senão recorrer da decisão. Era muito inteligente. Estaria certa?

— Vamos lá, Stephens, pare de se concentrar só na interposição de recurso e comece a pensar no que podemos fazer para obter novas provas neste caso. Temos de fazer alguma coisa. Não podemos ficar parados, só lendo os autos do processo.

— Essa é a minha parada, cara. É o que faço. Não lido com tiras e ladrões. Só gosto de sair da minha escrivaninha para ir buscar mais café.

— Você não acha muita coincidência a Kathy Dupont me convencer a ir ver o show dela na noite em que Yates foi? Não acha que alguma coisa está acontecendo?

— Acho que a sua imaginação é fértil. Ela nem sabe que Yates tem algum tipo de conexão com você. Para ela, é apenas mais um dos freqüentadores. A vida está cheia de coincidências. O que isso tem a ver com o caso de Damon?

Ela meneou a cabeça em direção aos laudos, às cinco mil páginas organizadas em dez caixas empilhadas próximo à porta. Em algum lugar dessas páginas, segundo Stephens, estava um modo de se obter um novo julgamento para Damon ou, ao menos, a perpétua sem condicional. Não significava muito para mim. O meu instinto me dizia que Damon era inocente. Eu já não tinha mais certeza sobre o que Stephens sentia.

— Não posso ficar aqui parado. Não posso deixar o assunto morrer.

Stephens riu.

— Qual é a graça? — eu quis saber.

Eu não estava a fim de brincadeiras.

— Você vê um homem negro com o mesmo corpo do seu cliente, e então mete na cabeça que *ele* é o culpado. Está sendo tão racista quanto os tiras, pelo amor de Deus! Se não foi Damon, então deve ser o próximo negro que aparecer na minha frente.

— Vá se ferrar, Stephens! Não sabe do que está falando.

— Escute, Gold, você está começando a perder o controle. Damon foi condenado. Acontece. O tempo todo. A gente fez o melhor que pôde. Ele tem inúmeras apelações pela frente, e muitas questões a serem levantadas.

— A sua confiança no sistema me surpreende.

Ela ficou indignada.

— Não se trata da minha confiança no sistema. Simplesmente não vejo o que a gente pode fazer nessa altura do campeonato.

— Rob, você pode continuar lendo e escrevendo. Vou tomar uma atitude.

— Boa sorte, caubói. Tente não se machucar.

Todo o material dela estava empacotado. Despediu-se. Mantivemos uma atitude distante, mas eu sabia que algo especial estava indo embora. Eu esperava que não fosse para sempre.

CAPÍTULO 48

FIQUEI SENTADO À ESCRIVANINHA, pensando no que faria a seguir. Em minha mente, fiz uma lista de tudo o que eu tinha, e não era muito. Liguei para Goodman. Nenhuma novidade. Ainda não tinha conseguido desbloquear o misterioso disquete. Pensei em Kathy Dupont e na forma como Yates a estava comendo com os olhos. Pensei em Tom Twersky, que sempre me ligava em busca de trabalho. Pensei em Hyman Rose, dizendo-me que devia lutar com unhas e dentes pelo rapaz negro. De repente, dei-me conta do que tinha. Tinha meus clientes. Yates tinha seus ex-agentes do FBI, ex-fiscais da Receita, ex-corretores da Bolsa, e só Deus sabe quem mais, com todas as suas conexões. E eu tinha aqueles sujeitos. Você joga com as cartas que recebe. Além disso, eu tinha outra coisa: o disquete, embora desconhecesse o seu conteúdo. Pelo visto, teria de usá-lo, com ou sem a senha. Contanto que Yates *pensasse* que eu conhecia o conteúdo, fazia diferença eu não conhecer?

Comecei telefonando para Kathy Dupont e convidando-a para jantar. Senti-me um pouco culpado. Ela gostava de mim, provavelmente porque eu não estava fazendo o possível para levá-la para a cama. Eu iria tirar proveito de sua afeição, para o bem de Damon. Uma parte de mim temia que Kathy já fosse a namorada de Yates.

Não parecia ser muito provável, mas eu teria de ver como ela ia reagir quando lhe contasse os meus planos.

Ela ficou feliz ao receber minha ligação. Marquei um encontro no Caliente, um restaurante mexicano em Greenwich Village onde ninguém prestaria atenção em nós.

— Por que você marcou esse encontro assim, sem mais nem menos? — quis saber ela, quando nos sentamos à mesa. — O que está acontecendo?

— Eu preciso da sua ajuda.

Sua expressão era de desânimo.

— Não sente atração por mim?

— Que diferença faz?

— É assim que me relaciono. Não consigo evitar. Só sei lidar com esse tipo de reação. Admita ou cale-se para sempre.

— Bem, eu me sinto atraído por você. Nenhum homem com menos de noventa anos deixaria de se sentir assim. Que diferença faz?

— É bom saber disso.

— Fico feliz, senhorita.

Sorvemos nossas bebidas.

— Kathy, sabe quem vi quando fui à sua boate na outra noite?

— Um bando de caras excitados de terno?

Ela pronunciou "terno" como se o erre fosse interminável.

— É, mas estou falando especificamente de um deles. Muito bonito. Bronzeado. Cabelos grisalhos. Chama-se Yates. É o dono da firma onde Charlotte trabalhava.

— Charlotte King?

— A mulher que Damon supostamente assassinou.

— É mesmo? Puxa.

— Ele vai muito lá?

— Vamos ver, um cara de terno, bonito, bronzeado, cabelos grisalhos. Desculpa, mas não dá pra saber.

— Olha só, ele sempre se senta perto de um negro fortão, boa-pinta, que também usa terno.

Estalou os dedos.

— Ah, já sei. Já sei de quem você está falando.

Ela riu.

— Mundo pequeno, hein, Arch? Esse tal sujeito, Yates, está a fim de mim. Ele põe um monte de notas de cem na minha calcinha toda noite e me chama pra sair. Claro que eu nego. Você sabe que não é a minha praia.

— Ele quer uma bonequinha de luxo.

— Arch! — exclamou ela, aborrecida.

Decidi ali mesmo correr o risco de confiar nela. Não me restavam muitas opções. Eu precisava de Kathy Dupont. Não espiritualmente. Não fisicamente. Precisava dela por um motivo puramente estratégico: chegar a Yates.

— Kathy, tem muita coisa suja acontecendo. Sua ajuda fará uma enorme diferença.

— Caramba, desde quando o advogado muito gato precisa da minha ajuda? Essa história não me soa bem.

Contei-lhe o que sabia e suspeitava a respeito de Yates, do assassinato do dr. Stern, do disco rígido. Expliquei-lhe que Damon era inocente, que achava que Yates havia mandado alguém matar Charlotte e que, muito possivelmente, Smalls teria se encarregado do trabalho sujo. Isso explicaria a descrição de um homem negro, grande, usando um casaco negro, que correspondeu ao perfil de Damon.

— E onde é que eu entro nisso tudo? — quis saber ela.

— Kathy, sei que estou pedindo muito, mas é por uma boa causa: evitar que um jovem inocente seja executado. Se não fosse isso, eu não...

Interrompeu-me:

— Fala logo, Arch, pelo amor de Deus!

— Está bem. É o seguinte. Você me disse, quando nos encontramos pela primeira vez no tribunal, que não atendia clientes. E é óbvio que continua não atendendo. Mas precisamos que você finja. Precisamos que marque um encontro com Yates, só para levá-lo a um lugar aonde queremos que ele vá. Se ele souber que vou participar de um encontro, vai se prevenir e levar mais capangas. Mas se ele achar que está indo se divertir à beça com uma dançarina erótica, isso não vai acontecer. Vai baixar a guarda, ao menos um pouco. E é aí que a gente entra.

— A gente? Porra, a gente quem?

— Eu e alguns outros sujeitos. Armados. A gente vai proteger você.

— Arch, sinto muito por Damon, mas não a ponto de arriscar a minha vida. Não tenho nada a ver com isso.

— Acho que tem sim — disse eu, inflexível. — Porque nunca vou deixar que se esqueça de que um rapaz inocente foi executado em virtude da sua recusa em ajudar a agarrar o verdadeiro assassino.

Ela não acreditou no quão sério fiquei repentinamente.

— Você não desiste, não é?

— Não seria bom você usar um pouco dessa sensualidade inacreditável para fazer uma boa ação em prol da humanidade, em vez de só aumentar sua conta bancária?

— Vá à merda!

— Com o que *você* se importa, além da sua grana e de seus próprios probleminhas?

— Vá à merda de novo!

Não estávamos indo a lugar algum.

— Olha, pense nisso, está bem? Rápido. Porque, neste momento, você é tudo que Damon tem.

Levantei-me. Nossos pedidos nem tinham chegado, mas perdi o apetite. Já estava indo embora quando ela gritou:

— Babaca. Pensei que queria jantar comigo!

Inúmeras cabeças se viraram. Aposto como havia quinze caras no bar que *realmente* queriam jantar com ela. Mas naquele momento eu não era um deles.

CAPÍTULO 49

HYMAN ROSE VIVIA a cinco quarteirões da última parada do trem F, no bairro de Queens, em uma casinha feia, uma das cinqüenta unidades idênticas de tijolos, com acabamento em alumínio, construídas apressadamente no pós-guerra por investidores que achavam que empreiteiros eram arquitetos. Cada uma das casas tinha um toldo verde e branco sobre a sacada no segundo andar, um banheiro e um lavabo, dois quartos, uma sala de estar com uma janela saliente e uma sala de jantar que dava para o diminuto quintal, no qual havia espaço para uma piscininha de plástico portátil e nada mais. Uma representação fiel da classe média-baixa na década de 1950.

Eu havia ligado antes, para ver se ele ainda estava acordado e se podia me receber.

— Hyman, como está?

— Eu estou bem. *Tenho* oitenta anos. Não vamos esquecer isso.

Captei um tom de conformidade em sua voz, até mesmo de serenidade. Eu estava sentado à mesa da cozinha, de fórmica antiga, iluminada com lâmpada fluorescente no alto; uma coloração azul-esverdeada dominava o ambiente. Tudo parecia estar nos momentos finais.

— Qual é o problema, filho? Damon Tucker está mandando a família perseguir você?

Deu uma gargalhada.

— O que é que você acha de verdade? O rapaz é culpado?

Contei a ele toda a história.

— Sabe, as peças dessa história não parecem se encaixar. De repente só o que você precisa é conseguir aquele remédio pra cabeça que todo mundo está tomando agora. Pra se acalmar. Só que quando você dá um passo atrás e olha o quadro todo, bem, não está muito bom. O que está pegando é esse cara tentar assustar você. Isso é o que está pegando.

Fez uma pausa rápida, coçando os cabelos brancos.

— Como é que vai salvar o negro, Arch? Qual é o seu plano?

— Já estou trabalhando nele, Hyman, mas preciso deste lugar aqui para me encontrar com Yates. Só uma noite. Está bem?

Ele olhou-me como se eu estivesse delirando, mas não negou o meu pedido.

Fui dar uma volta, nas ruas, nas vielas anônimas de Queens, cheias de casinhas de tijolos com portões brancos de ferro e toldos verdes, um lugar onde pessoas comuns levavam vidas comuns.

Entrei em uma loja para comprar um refrigerante e vi a mais recente engenhoca descartável, de alta tecnologia, colocada no mercado para aqueles que não tinham crédito: um celular descartável. Cinqüenta paus por duzentos minutos, incluindo um telefone grande e esquisito. Não era necessária qualquer identificação. Tudo prépago. Perfeito para o novo Arch Gold, partidário da alta tecnologia e das ações na moita.

À medida que eu andava e pensava, as últimas palavras de meu pai me vinham à mente: "*Existem dois mundos lá fora, Arch. O mundo legítimo, e o mundo do qual você veio. Agora você está a caminho do legítimo. Mas nunca se esqueça, mesmo nesse lugar para onde você está indo é preciso às vezes romper as regras para fazer o que é certo.*"

Falecera há vinte anos e ainda conversava comigo.

Eu não ia simplesmente ficar parado como um maldito "meirinho" enquanto Damon era condenado à morte por algo que não fizera e Yates ameaçava me perseguir como se eu fosse uma grande presa, um prêmio a ser conquistado, se eu tentasse reverter a situação.

Obrigado, Noah. Tanto esforço em nome da legitimidade. Mas ela não parecia estar funcionando muito bem para Damon Tucker. A legitimidade pode levar você ao corredor da morte. A legitimidade pode resultar em uma baita injeção letal.

Peguei meu novo celular esquisito e liguei para Tom Twersky.

CAPÍTULO 50

QUANDO EU DISSE A TOM TWERSKY que precisava de um revólver, ele ficou muito preocupado.

— Gold, não deve mexer com isso. Não deve mexer com isso. Pode usar outro tipo de arma. Você é o cara do tribunal que chamamos *depois* do tiroteio. Não pode se juntar aos atiradores.

Encontrei-me com ele num bar, na avenida Quatro, no Brooklyn, no qual ninguém prestava atenção nos outros e os freqüentadores eram um bando de beberrões do bairro. Eu queria privacidade.

Quando cheguei, Twersky já estava em uma das mesas nos fundos, daquelas separadas das outras por divisórias altas de madeira. Um cigarro pendia em seus lábios. Twersky sorriu, sem deixar o cigarro cair. Sempre ficava feliz em me ver.

Entregou-me uma mochila preta. Eu a coloquei ao meu lado. Ele se inclinou e disse calmamente:

— É uma pistola .38. Não é automática. Muito mais confiável. Mas não comporta muita munição. Só seis balas, e o recarregamento não é rápido. Foi tudo o que pude conseguir por agora.

Lançou-me um olhar inquisidor.

— Não está planejando usar a arma, está?

— Não. Eu posso precisar dela, mas só para evitar levar um tiro.

— Não é o que acontece, Gold. Se puxar uma arma, tem mais chances de levar um tiro do que se não puxá-la. Não importa se o outro cara está armado. É um dado estatístico. Li isso.

Cocei a cabeça.

— Nunca usei uma arma.

— Isso não me surpreende — disse Twersky.

Fomos de carro até um local sob a ponte Verrazano, que eu nunca havia visto. Estávamos parados embaixo da ponte. Podíamos ver toda a sua superfície inferior, curvando-se por quase dois quilômetros sobre Staten Island. A vista era linda, mas ninguém podia nos ver, muito menos nos ouvir, enquanto carros e caminhões passavam zunindo acima e as ondas se chocavam contra as rochas.

Tom tirou uma caixa com seis latas de cerveja do porta-malas. Nós as enfileiramos nas rochas e recuamos cerca de nove metros.

— Pega a arma, cara, vou mostrar o que tem de fazer.

— Você é maluco, Twersky, e se alguém aparecer?

— Ninguém vai aparecer, Gold. Cadê a arma?

Eu a peguei. Era mais pesada do que parecia ser na TV. Twersky me mostrou o mecanismo de disparo e a trava de segurança, e como atirar usando as duas mãos diante de meu rosto.

Atirei nas latas de cerveja. O revólver fez um grande estrondo, como fogos de artifício. Projetou-se um pouco para trás em minha mão, mas não tanto quanto eu esperava. Errei.

— Não é fácil atingir um homem a nove metros. Os revólveres quase sempre funcionam apenas de perto. A três metros ou menos. Mais longe do que isso, a não ser que você seja Buffalo Bill, é questão de sorte. Claro que para mim isso não importa. Só me preocupo com o impacto que a arma causa. Não tento atingir nada.

— Você *é* um cavalheiro, Tom. No fundo, pensa no bem de todos.

Twersky tinha muitos projéteis. Eu precisava deles. Consegui praticar bastante o recarregamento de cartucho. A princípio, tive de dar vinte e cinco tiros para atingir todas as latas de cerveja, a cinco metros. Mas melhorei. Com uma segunda caixa de seis, tirada do porta-malas sem fundo de Twersky, bastaram quinze tiros. Com a terceira caixa, só dez.

Tom não ficou impressionado. Tentou passar o fundamental:

— Se tiver de atirar em alguém, Gold, é melhor estar perto da pessoa.

Eu não tinha planos de atirar em ninguém. Queria conversar com Yates, não trocar tiros com ele.

CAPÍTULO 51

É UMA SENSAÇÃO DIFERENTE andar armado. É ilegal portar arma de fogo na cidade de Nova York, a não ser que você pertença à polícia ou possua o "porte de arma", que é praticamente impossível de obter, a não ser que você seja um detetive particular, como Yates. Quando você carrega uma arma ilegal, a regra número um é: não faça nada que dê motivo aos policiais para revistá-lo. Já defendi um monte de sujeitos que pularam catracas e foram pegos por não pagarem a passagem, portando arma carregada. Esses caras se viram obrigados a se declarar culpados de delitos graves, e quase todos acabaram cumprindo pena de um ano na Rikers — até mesmo os que não tinham quaisquer antecedentes.

Então eu só iria atravessar quando o sinal estivesse verde, e não amarelo, e pagaria o meu bilhete de metrô. Tampouco jogaria lixo na rua.

Quando cheguei ao meu gabinete, havia uma mensagem de voz de Kathy Dupont. Retornei a ligação.

— Arch, andei pensando muito. Estou a fim de ajudar.

— Que bom!

— É. Mas faça o possível pra eu não me machucar, está legal?

— Prometo.

Será que era para salvar Damon ou para conseguir viver consigo mesma? Eu não sabia, e não dava a mínima. Quando alguém faz algo certo, não pergunto se é pelo motivo certo. Só fico grato.

Contei a ela o plano. Mais uma vez me perguntei se não era uma loucura confiar nela, e cheguei à conclusão de que eu não tinha muitas opções.

CAPÍTULO 52

DA JANELA DO BANHEIRO na casa de Hyman, vi Yates e Smalls chegarem em um luxuoso Lincoln negro. Yates desceu do carro, espreguiçou-se e olhou ao redor, ajeitando a gravata. Smalls ficou no carro. Até ali, tudo bem. Senti a arma em meu bolso. Não queria ter de usá-la. Claro, Yates matara duas pessoas, mas esses haviam sido crimes premeditados, golpes cirúrgicos planejados com antecipação. Será que ele viria armado até para um encontro com uma dançarina erótica, com Smalls por perto? Eu esperava que não. Um tiroteio não estava dentro dos planos. Tudo o que eu queria eram respostas.

Lá fora havia um pintor, todo de branco, raspando as janelas frontais da casa de Hyman. Pela primeira vez em sua vida, Twersky parecia estar ganhando um dinheiro honesto, mesmo que se tratasse apenas de uma encenação para ele. Twersky ficara incumbido de interceptar Smalls se ele tentasse entrar.

"A testosterona está no comando", disse a mim mesmo quando Yates bateu à porta. Eu acertara em cheio com esse sujeitinho. Norton Gorham. Ainda em busca da mãe.

Kathy abriu a porta. Usava apenas um minúsculo vestido negro. Caramba, ela estava sensacional.

— Bem-vindo à minha humilde casa, Dave — disse, quase ronronando.

Ela o levou ao quarto.

— Olhe, Dave, tem um espelho enorme. Você gosta disso, não é?

Ele a empurrou até a cama. Agarrou-a pelas pernas e pressionou a pélvis dela contra sua virilha. Rasgou-lhe a calcinha. Tudo em apenas alguns segundos. Economia de movimentos. Esse cara era mesmo romântico. Deixei Yates se entusiasmar com Kathy porque esperava que ele retirasse parte da roupa, e quem sabe até se separasse da arma. Mas não funcionou. Saí do banheiro.

— Deixe-a em paz, Yates. Ela foi só uma desculpa para atraí-lo até aqui, para que pudéssemos conversar.

Ele se virou e olhou-me. Kathy se levantou, abaixou o vestido, endireitou o cabelo e cuspiu, com força, no meio do rosto dele.

— Seu maldito animal!

Yates a ignorou. Estava concentrado em mim.

— Gold. Maldito Gold.

Limpou o cuspe do rosto com o braço.

— Acabou, Yates. Acabou tudo.

— Do que está falando? Eu vim aqui trepar com essa mulher. Por acaso é algum crime? Não creio.

— Eu sei de tudo. Charlotte. Dr. Stern. Norton Gorham. A atividade ilícita com os registros e a lista de clientes. Sei de tudo.

— Você está falando do quê, pelo amor de Deus?

Sua face estava ficando cada vez mais rubra, mas Yates continuava a se fazer de inocente. Entretanto, estava ficando bravo.

Mostrei-lhe um disquete negro. Totalmente vazio, mas ele não sabia disso.

— Capítulo e versículo. De Charlotte para o psicanalista dela, e em seguida para mim, um dia antes de você mandar matá-lo. Foi você ou Smalls que se livrou do pobre dr. Stern?

A face de Yates se contorceu um pouco. A máscara estava caindo.

— Norton Gorham. Ainda bravo com a mãe. — Meneei a cabeça.

— O que é que você quer de mim? O que quer? Quer dinheiro? Eu dou dinheiro para você, para que me deixe em paz.

— Tudo o que quero, Yates, é justiça para Damon.

Yates meneou a cabeça.

— É uma pena, Gold. A essa altura, você já devia saber, não existe justiça. Não para você. Não para Damon.

De repente ele sacou a arma, muito mais rápido do que eu esperava. Atirou em mim quando tentei pegar a minha. Quando escutei o estouro do revólver, senti algo queimar em meu peito. Tentei respirar, desesperado. Meu pulmão foi atingido. Fiquei caído no chão, olhando Yates, enquanto minha pressão arterial baixava. Ele se inclinou sobre mim e tirou o disquete de minha mão. Parecia estar em um sonho. Positivo e negativo invertiam-se constantemente. Os fatos transcorriam em câmera lenta. Belos efeitos especiais. Não senti qualquer dor. Os médicos chamam isso de choque. Não é tão ruim assim.

Yates se virou e apontou a arma para Kathy. Ela gritou. O som pareceu ecoar eternamente. Então, um tiro. Yates voou para trás, aterrissando próximo a mim. Meu sonho ainda não havia terminado.

Da posição em que me encontrava no chão, o velho Hyman Rose parecia maior do que a vida quando entrou na sala, atirando. Apaguei.

CAPÍTULO 53

— COMO ESTÁ A PRESSÃO?
— Alta.
— Gases?
— Ausentes.
Pelo visto essas pessoas estavam se referindo a mim.
Sempre gostei de acordar em lugares estranhos. Aprecio aquele momento no qual você se conscientiza do local onde se encontra, e então esquadrinha a memória, organiza o que a sua mente lhe informa e volta ao mundo a partir de um novo ambiente. Desta vez, no entanto, pouco a pouco fui me dando conta de que estava em uma cama hospitalar, e que havia dois tubos, que iam de meu nariz, passando pela parte posterior da garganta, até o meu intestino.
Pareciam ser totalmente dispensáveis para mim, então eu os retirei. Estou exagerando. Apenas tentei removê-los. Uma daquelas pessoas que sabiam sobre a ausência de gases em meu organismo me impediu. Provavelmente estava pensando em meu bem-estar. Equipamentos tiranos.
— Dr. Gold, precisa desses tubos. Está muito doente.
— Querida, não sei quem você é, mas não há nada que justifique essa mangueira de jardim enfiada no meu nariz.

Eu queria ter dito isso, mas não podia falar. Meu olhar e o rosto crispado devem ter comunicado algo.

— Vamos ter de entubá-lo?

Não gostei nem um pouco da idéia. Tentei me lembrar por que havia ido parar ali. Pelo visto a enfermeira não só era mais forte do que eu, como também podia ler a minha mente.

— Dr. Gold, lembra-se do que o trouxe aqui?

A verdade era que eu ainda não conseguia me lembrar.

— O senhor levou um tiro. No pulmão. Quase morreu. Mas vai se recuperar. Completamente. Se nos deixar cuidar do senhor.

Eu não tinha muita escolha mesmo. Levantei a cabeça para olhar o meu braço. Estava algemado à cama. Eu estava no Hospital Penitenciário Bellevue.

Apaguei novamente.

CAPÍTULO 54

EMERGI de meu estupor narcótico e vi Kevin Layden se inclinar sobre a cama. O relógio na parede dizia 1h30, mas eu não sabia de que dia. Os tubos em meu nariz e garganta me impediam de falar. A morfina que eles injetavam em mim evitava que eu engasgasse com eles ou sentisse dores em função do peito dilacerado.

Eu me sentia fraco. Mal podia mover até mesmo as partes que não estavam cobertas ou acorrentadas.

Tal como Damon, eu era um prisioneiro. Havia conseguido fazer com que me amarrassem a uma maca muitos anos antes dele, embora minha vida devesse ser salva e não tirada.

— Porra, Gold, quando é que eles vão tirar esses malditos tubos? Precisamos conversar.

Assenti, e com a mão livre fiz um gesto, indicando que queria escrever.

— Tudo bem, tenho um bloco. Mas, antes, precisa se pôr a par do que está acontecendo. Olha, não quero incomodar você, mas já está aqui há dois dias, e tem um monte de coisa acontecendo. Sabe, você foi acusado de porte ilegal de arma. É um delito grave. No mínimo três anos de reclusão. Meu Deus, precisamos saber o que está acontecendo!

Fez uma pausa para ver se eu estava escutando. Meus olhos estavam fixos nos dele. Ele prosseguiu:

— Que diabos estava fazendo naquela casa? Ainda por cima armado! Poxa, que maluquice foi aquela, Arch? No que estava pensando, pelo amor de Deus?

Ele foi até a porta, abriu-a e gritou: "Enfermeira", naquele tom de voz que faz toda a equipe hospitalar correr de um lado para outro. Após alguns minutos, uma enfermeira chegou.

— Senhorita, preciso conversar com este paciente; é muito importante. Sou o advogado dele. Seria possível retirar os tubos só por alguns minutos?

Dali a pouco, um jovem de jaleco branco apareceu, disse ser o residente-chefe e concordou em retirar os tubos para que pudéssemos conversar. Alguns minutos depois, pude transmitir os meus pensamentos em um sussurro rouco. Será que era assim que havia soado a moribunda Charlotte King na calçada?

— Bom ver você, Kev.

— Bom ver você também, Arch, ainda bem que está vivo — disse Kevin.

— Tenho algumas perguntas — sussurrei.

— Você não é o único, seu maldito louco. Vou representá-lo em seu processo.

Ele fez um esforço visível para se acalmar.

— Vou esperar que melhore antes de gritar com você.

Pegou minha mão livre.

— Arch, bem que eu gostaria de dizer que eles o estão tratando como um herói, mas não estão. Ainda não.

— Sabe, Damon é inocente.

— Claro, Arch. Você vai me contar tudo. Acalme-se.

— Yates morreu?

Layden olhou-me com o cenho franzido, percebendo pela primeira vez que eu não estivera consciente durante o *grand finale*. Eu não sabia como a história havia terminado, e queria que Layden me informasse.

— E Hyman, Kathy e Twersky? — perguntei.

— Estão todos vivos, se é a isso que se refere. Tanto Hyman como Twersky receberam a mesma acusação que você: porte ilegal de arma. Estão pensando em acrescentar homicídio doloso no caso de Hyman. Ele está a alguns metros daqui. O câncer voltou com tudo. Está sofrendo. Não acho que escape dessa.

As armas são traiçoeiras. Você pode ser o paladino da justiça em um caso, mas, se possuir uma arma ilegal, a promotoria não vai deixar esse detalhe escapar. Eles querem que você receba alguma punição quando o porte é ilícito, mesmo que você esteja do lado dos anjos. Naquele momento, não parecia que as pessoas com poder considerassem que eu estava do lado dos anjos. Anjos não são algemados às camas hospitalares.

— Escute, Layden — sussurrei. — Yates mandou matar Charlotte King. Acho que ele fez isso porque ela sabia de algo a respeito da firma dele, e o estava chantageando quando ele resolveu abrir o capital. Ele também matou o psicanalista de Charlotte, o dr. Stern, porque chegou à conclusão de que ela lhe havia contado toda a história. E depois Yates tentou me matar quando eu o confrontei no tocante a tudo isso.

Fui obrigado a fazer uma pausa. Minha voz estava quase sumindo. Consegui dizer mais uma frase:

— Stoddard entende agora que Damon é inocente?

Layden levantou a mão para me fazer parar.

— Calma, Archie. Vá com calma. Cada coisa a seu tempo, jovem. Por que eu não lhe conto o que sei, antes de você me dizer o que sabe? O que acha?

Eu já escutara *esse* tipo de argumentação antes. Layden estava se dirigindo a mim como se eu fosse o acusado de um crime. Encaremos os fatos, eu era exatamente isso.

— O que sei é o seguinte, Arch: uma dançarina erótica, chamada Kathy Dupont, ex-cliente sua, Yates e você estavam reunidos na casa de um velho agenciador de apostas, que está morrendo de câncer, chamado Hyman Rose; parece que você também lhe prestou assessoria jurídica, nas suas horas vagas. Um sujeito chamado Smalls esperava do lado de fora, no carro. Um outro ex-cliente seu, Tom Twersky, montou guarda à porta. Quando os tiras chegaram, encontraram você semimorto no chão, com um tiro no peito, ainda segurando uma arma que tinha sido disparada uma vez. Yates estava morto, estatelado ao seu lado, com um tiro no peito. Smalls estava no lado de fora da casa, inconsciente. Hyman Rose e Twersky estavam sentados no sofá, com as armas na mesa de centro, fora do alcance. Esses caras são inteligentes demais para assustar tiras que não hesitariam em apertar o gatilho. Quando os policiais entraram, Rose contou a eles a história. Disse que Yates fora atraído até ali por Kathy Dupont, para que você pudesse confrontá-lo sobre o envolvimento dele na morte de Charlotte King. Yates sacou a arma primeiro e atirou em você, depois que você lhe mostrou um disquete. Pegou o disquete e em seguida se virou para atirar na dançarina. Vocês todos estariam mortos se nosso herói idoso, Hyman Rose, de oitenta anos, com o corpo tomado pelo câncer, não tivesse neutralizado Yates com um disparo no peito. Smalls tentou entrar e foi golpeado por Twersky, que estava com um cassetete. Lembra-se de algum desses momentos?

Meneei a cabeça.

Layden ficou em silêncio. Ele queria a melhor explicação possível e não iria me apressar. Ele inclinou a cabeça para escutar meu sussurro fraco. Eu lhe contei sobre minha viagem a Pittsfield, e sobre a presença de Smalls e Yates na boate de striptease. Contei-lhe sobre o disco rígido e a retirada do disquete do consultório do dr. Stern; disse-lhe que o código ainda não fora decifrado. Expliquei-lhe como havia blefado com Yates quanto ao conteúdo do disquete, e como ele em seguida atirara em mim.

Então lhe contei a melhor parte de tudo. Toda a cena final fora gravada. Eu havia comprado o material na Loja do Detetive, uma lojinha discreta, mas extraordinária, de Greenwich Village, repleta de objetos que eu antes julgava serem ilegais ou caros demais. No entanto, em nosso admirável mundo novo de engenhocas modernas e baratas, é possível espionar sem gastar muito. Por alguns milhares de dólares, emprestados de Hyman Rose, comprei duas câmeras de filmar do tamanho de tampinhas de garrafa, que podem ser encaixadas em detectores de fumaça padrão. Para gravar o som, escolhi uns diminutos microfones sem fio, em formato de caneta. As câmeras e os microfones transmitiram as imagens e os sons para um aparelho de videocassete que eu instalara na sala de Hyman.

— Você tem uma fita de vídeo?

Era óbvio que Layden achava que aquilo tudo era bom demais para ser verdade.

— Ela deve mostrar tudo.

— Caramba! Onde está?

— Se não estiver na casa de Hyman, foi encontrada pelos policiais. Você é meu advogado. Por que não tenta descobrir?

— Espero que essa fita esteja por lá, Arch, porque nós vamos precisar dela. A mídia não arma um circo como este desde o caso de O. J. Simpson. Acredite. Temos um investigador privado, famoso, que foi assassinado. Uma dançarina erótica, um agenciador de apostas morrendo de câncer, que é um dos atiradores, e um arrombador profissional, que estoura os miolos das pessoas com um porrete. E temos também o próprio advogado de defesa de Damon Tucker atingido e quase morto. É uma cena de crime e tanto!

Isso tudo parecia ter revigorado Layden. Sem dúvida alguma, seu humor havia mudado. Talvez a vontade de me livrar dos problemas e de pegar o verdadeiro assassino de Charlotte King tivesse sido suficiente para fazê-lo deixar de lado suas próprias dificuldades.

— E o disquete? — quis saber Layden.

Eu disse a Layden para pegá-lo com Goodman e entregá-lo à promotoria, apesar de desconhecermos o conteúdo dele. Estava na hora de colocar tudo a limpo, agora que Yates estava fora de cena. Talvez Stoddard pudesse chamar Bill Gates, a fim de desbloquear o maldito disquete. Eu tinha certeza de que seria mais uma prova esclarecedora contra Yates.

— O que Stoddard está dizendo? — perguntei.
— Nada. *Niente*. Tudo está "sendo investigado". Todos os jornais mencionaram que Yates era o chefe de Charlotte King e que você defendia Damon. Também descobriram que você foi o advogado de Kathy Dupont no último caso de agressão dela. Todos informaram que aparentemente Yates estava envolvido no assassinato de Charlotte King. Mas, no fim das contas, todos têm mais perguntas do que respostas.
— E quanto a Smalls?
— Não disse nada. Ainda.

Layden recostou-se e fechou os olhos. Fez-se silêncio no quarto, exceto pelo zumbido baixo do equipamento médico que me mantinha vivo.

CAPÍTULO 55

HYMAN ROSE ESTÁ apontando a arma para Yates.

— Pode me dar um motivo pra não atirar de novo em você, seu maldito bunda-mole desmiolado?

— Não. Por favor. Não me mate. Por favor, não me mate. Podemos conversar.

Yates está implorando pela própria vida. Hyman quer mais.

— Conta a verdade pra mim, seu bundão. A verdade. E aí, de repente, não acabo com você. Foi você ou Smalls que matou Charlotte King? Qual de vocês matou o dr. Stern? Fala pra mim ou vai morrer.

Yates está abatido. Está perdendo muito sangue. Não responde.

— Do que é que ela sabia, Yates?

— Ela sabia demais, aquela piranha. Nós íamos abrir o capital. Ganharíamos milhões. Nada disso tinha de acontecer. Ela não tinha nada que ter estragado tudo. Não precisava ter se deixado dominar pela ambição.

Nesse momento, Yates, branco como um lençol, está falando baixo. Está morrendo.

Hyman não se comove.

— Você é um desgraçado — diz ele, quando Yates pára de respirar. Franze a já enrugada boca envelhecida e sopra o revólver.

— Quem foi que disse que um velho agenciador não podia atirar direito? Eu mantive esta belezura aqui lubrificada durante trinta anos, esperando inaugurá-la com um infeliz como este aqui. Kathy, chama os tiras.

Layden apertou o controle remoto em sua mão, e o vídeo parou. Estávamos assistindo à fita no meu quarto, no hospital. Stoddard era nossa convidada especial. Ela estava prestando muita atenção, acredite-me.

Layden encontrou a fita exatamente onde eu a havia deixado, no aparelho de videocassete, escondido na estante da sala de Hyman Rose, de onde fora gravada. Os rapazes da Unidade Pericial procuram sangue, impressões digitais, DNA, o que quer que seja. Nunca pensam em câmeras escondidas ou fitas de vídeo. Assim sendo, concentraram-se no quarto, onde toda a carnificina aconteceu. Só vieram a se dar conta da fita sem etiqueta quando Layden a colocou debaixo de seus narizes.

Então todos observamos atentamente os últimos momentos de Yates na terra, ao vivo e em cores.

Já no dia seguinte, os investigadores de Stoddard estavam debruçados sobre os registros e lançamentos contábeis da firma, em busca de um motivo — algum problema que Yates quisesse esconder. Por fim, encontraram o que buscavam. Pelo que se descobriu, Yates representava ambos os lados em muitos negócios da Bolsa. Obrigava os clientes a assinarem acordos de sigilo, afirmando que se sua presença em um negócio fosse descoberta, sua eficácia estaria comprometida. Na verdade, muitas de suas investigações eram simuladas. Na realidade, ele não investigava nada. Apenas examinava cuidadosamente as informações que obtivera de um lado e de outro, e decidia quanto iria deixar vazar para o outro lado. Cada lado pensava que Yates trabalhava exclusivamente para si, o que não era só imoral, como também criminoso.

Claro, a listagem de clientes e negócios estava guardada em seu computador, com uma senha sofisticada, que só ele conhecia. Era seu segredo obscuro mais bem guardado. Só que a maldita Charlotte

King quebrara a senha. Era inteligente a esse ponto. Ele começou a dormir com ela, e acabou tendo de lhe pagar uma fortuna para que se mantivesse calada. A que ponto chegam os relacionamentos! Alguns terminam, também, de forma bastante abrupta. Aparentemente, quando Yates decidiu abrir o capital da empresa, a fim de obter lucro, concluiu que Charlotte King representava um risco grande demais para estar por perto e mandou matá-la. Como ele sabia que ela fazia análise, achou melhor matar o psicanalista também. O dr. Stern não falaria enquanto ela estivesse viva, mas, após a morte dela, poderia contar aos policiais o que sabia.

Uma surpresa. O disquete que eu levara do consultório do dr. Stern estava vazio. Claro que aquele arquivo, o "Yates", estava lá, não havia nenhum outro. Mas quando a promotoria finalmente o desbloqueou, continha apenas a seguinte frase: "Nem sei por onde começar." Era intrigante, mas isso agora não fazia a menor diferença. Havia muitas provas contundentes contra Yates. De fato, uma prova excelente e decisiva foi fornecida pelo detetive Bill Blakeman, o policial agradável que me fornecera o telefone da esposa do dr. Stern em Boston, alguns meses atrás. Ocorre que, logo depois que o psicanalista foi assassinado, a Unidade Pericial encontrou uma impressão digital desconhecida no vaso sanitário. O detetive Blakeman resolveu checá-la, depois de se inteirar de Smalls. A digital coincidia com a do dedo indicador direito de Smalls.

Ainda doía quando eu dava risadas, mas não pude me conter ao ouvir essa notícia. É um erro comum que assassinos de aluguel e ladrões cometem. Os bandidos se esquecem das digitais quando vão urinar. Esse é um dos poucos atos inocentes de suas vidas sórdidas. Geralmente não conseguem abrir o zíper da calça e retirar o membro com as luvas. Como não se preocupam com a possibilidade de deixar impressões em seu próprio órgão, retiram as luvas. Funciona a maior parte das vezes, mas Smalls se preocupou em ser educado. Depois de retirar as luvas e retirar o membro, levantou sem pensar o assento do vaso sanitário.

As boas maneiras não levam você a lugar algum. Se não se importa em matar alguém, não deveria se preocupar com a urina no assento do vaso sanitário da vítima.

CAPÍTULO 56

EU ESTAVA SENTADO na cama do hospital, alguns dias depois, quando escutei uma batida à porta.

— Entre — disse eu com uma voz agora quase tão forte quanto antes. O fluxo contínuo de visitas, relacionadas ao trabalho e particulares, diminuíra. A imprensa se havia aquietado um pouco. Eu estava me recuperando gradativamente. Já podia respirar sem os tubos e consumir alimentos normalmente. Já não havia algemas me prendendo à cama.

Damon entrou. E, ao pé de minha cama, deu um sorriso.

— Gold, você é demais.

Pegou a minha mão e apertou-a. Seu sorriso ia de orelha a orelha.

— Você salvou a minha vida. Eu nunca vou me esquecer disso.

UM DIA, Stephens veio lá de Buffalo me visitar. Pegou a minha mão e aproximou-a de seu coração.

— A gente quase perdeu você, Arch. — Lágrimas de alívio marejavam os seus olhos. Era bom saber que ela se importava, embora estivesse em uma jurisdição longínqua.

CAPÍTULO 57

LAYDEN CONSEGUIU OBTER um acordo para mim. Foi mais difícil do que pode parecer. O pessoal que dá as cartas na maquinaria da lei não gosta de caubóis, mesmo quando eles entregam os bandidos. *Não* cabe a você fazer justiça com as próprias mãos. Só a polícia tem permissão de lidar com armas de verdade.

Eu disse a Layden que qualquer acordo feito comigo deveria incluir Twersky e Rose. Não suportaria vê-los cumprir pena por salvar minha vida. Layden cuidou disso. Deu-se conta da política relacionada à situação e pressionou Stoddard duramente.

Stoddard queria, acima de tudo, ser eleita. Não queria entrar para a história como a primeira promotora-chefe negra de Nova York que, diga-se de passagem, não conseguia ser *eleita*. Como a imprensa havia transformado Twersky e Rose em modelos de heróis populares, Stoddard sabia que deixaria uma péssima impressão se fizesse qualquer um dos dois cumprir pena em função de suas boas ações. Considerando que sua imagem já fora manchada por ter obtido a condenação de um rapaz inocente, não iria querer denegri-la ainda mais ao se esforçar demasiadamente para impor penas aos sujeitos que haviam retificado tudo. Então, Twersky obtve um *sursis*, ou seja, uma suspensão condicional da pena — um verdadeiro presente, considerando sua ficha criminal —, e nenhuma acusação foi levantada contra Rose, já que, de qualquer forma, só lhe restavam alguns meses de vida.

Smalls nunca abriu a boca, exceto para dizer sim quando lhe perguntaram se aceitaria cumprir de vinte e cinco anos à perpétua. Se fosse julgado, seria condenado à perpétua, sem direito a liberdade condicional, ou à morte. Preferiu não correr o risco.

Quanto a mim, o fato de ter comprado uma arma ilegal e de tê-la portado carregada foi perdoado. O furto de objeto do consultório do dr. Stern também foi perdoado. A invasão do apartamento de Charlotte King foi igualmente perdoada. Só umas duas coisinhas, em contrapartida. Tive de me declarar culpado de uma contravenção: posse ilegal de arma de fogo — não era lá muito grave, na verdade — e, além disso, perdi a licença para advogar. Quer dizer, mais ou menos. Eu poderia solicitar o reingresso na Ordem dentro de um ano, se não me metesse em confusão. Não tinha outros planos, além de não me meter em confusão.

Continuei a trabalhar na defensoria, na condição de "assistente" de defensor, já que eu estava proibido de representar clientes ou de aparecer no tribunal até recuperar minha licença. Sou o assistente mais qualificado do planeta. Revejo os autos dos processos de casos mais recentes, em busca de possíveis moções pós-julgamento a serem apresentadas ao juiz do feito antes da interposição de recurso em instância superior. É uma maneira tranqüila de viver, estudiosa. Leio milhares de páginas de transcrições — depoimentos de testemunhas, decisões de juízes, protestos de advogados, queixas de acusados —; enfim, leio sobre o que eu costumava fazer. Gostei da mudança.

Já faz alguns meses agora. À primeira vista, minha vida quase parece ter voltado à normalidade. Já estou totalmente recuperado, embora tenha algumas cicatrizes cirúrgicas asquerosas e sinta dores no meu pulmão esquerdo quando vai chover. Layden me diz que amadureci.

Meus pensamentos nem sempre são agradáveis. Minha concentração foi afetada. Para mim, esquecer a violência da qual fui vítima recentemente, guardá-la em algum lugar no interior da mente para que não me assombre todo dia, obriga-me a exercitar constantemente minha força de vontade.

A mídia já não está me importunando tanto. Houve um período no qual me seguiam por toda parte. Todos queriam me entrevistar. Não estou acostumado a ser tratado como herói. Para falar a verdade, sou justamente o oposto. Só quero que me deixem em paz.

Então me sento à escrivaninha e leio transcrições. Hoje, eu estava reexaminando os alentados autos de um processo no qual o juiz do feito, durante o processo de seleção de júri, cometera um grave erro em uma impugnação apresentada pela defesa, baseada no caso *Batson*. Esse processo levou a Suprema Corte dos Estados Unidos a determinar que um promotor não pode rejeitar um jurado em potencial com base em preconceitos raciais. Eu estava revendo os autos, tentando estabelecer a composição racial dos possíveis jurados e procurando a tabela de seleção do júri do advogado de defesa. A maioria dos advogados a desenha em um bloco de papel, ao comprido. Cria dezesseis células, com oito colunas e duas linhas, ocupando toda a página. Cada célula representa um dos dezesseis lugares na tribuna dos jurados. Para dar início à seleção, o serventuário gira o "globo de madeira", que contém os cartões com os nomes de todos os cinquenta jurados presentes na sala de audiência. Dezesseis nomes são retirados aleatoriamente do "globo" e convidados a se sentar à tribuna dos jurados, de onde respondem às perguntas de advogados e do juiz. À medida que as informações sobre cada jurado são reveladas, o advogado vai anotando esses dados na célula correspondente — nome, profissão, faixa etária, residência, raça e assim por diante. É uma maneira fácil e precisa de não perder de vista as características dos jurados, de modo que, mais tarde, quando eles forem retirados da sala de audiência e você já não estiver olhando para eles, possa decidir rapidamente quem eliminar e quem manter. No meu caso, as células me ajudam a lembrar de cada jurado.

Estava folheando mais alguns documentos quando, de repente, me deparei com um bloco no qual estava a tabela que me era tão familiar, com suas dezesseis células, oito colunas e duas linhas.

C. Clark Corretor da Bolsa Merrill Upper West Side B/s.m.	J. Amster Professora Lower East Side B/s.f.	G. Davis Contador Anderson Upper East Side B/s.m.	K. Layden Defensor-chefe Defensoria de Nova York Upper West Side b/s.m.	C. King Executiva Yates & Associados Upper East Side B/s.f.	J. Reic Carteiro Sly Town N/s.m.	K. Holt Aposentado Harlem n/s.m.	A. Rollins Professor Universidade de Nova York East Village b/s.m.
J. Jones Advogada de Wall Street Upper East Side B/s.f.	A. Rivera Vigilante East Village Lat./s.m.	S. Wong Contador Deloit Chelsea Asiat./s.m.	D. Klein Escritora NY Magazine Upper East Side B/s.f.	Jose Ortiz Supervisor Lower East Side Lat./s.m.	A. Daniels Florista Upper West Side b/s.m.	J. Thomas Secretária MJA Harlem n/s.f.	J. West Professora Harlem n/s.f.

Ali estava, na caligrafia de algum advogado, bem diante de meus olhos. Layden sentara-se ao lado de Charlotte King ao servir como jurado, em setembro de 1998, apenas dois meses antes do assassinato dela. Mas como? Minha mente pôs-se a trabalhar, pensando rapidamente em todas as possibilidades. Eram eles, de fato? Sem dúvida alguma. Eu podia confirmar isso depois, mas não havia como confundir Layden, chefe da defensoria de Nova York, e Charlotte King, da Yates & Associados. Essa tabela de jurados em potencial não deixava dúvidas de que eles permaneceram juntos ao menos uma hora: era quanto costumava demorar a avaliação de um painel de dezesseis nomes. Será que ele poderia ter se esquecido dela dois meses depois? Como era possível? Havia algo a esconder? Peguei o número de telefone de Layden a fim de ligar para ele. Mas mudei de idéia. A ligação podia esperar. Eu queria saber mais. Tinha mais duas paradas a fazer antes de conversar com o defensor-chefe.

CAPÍTULO 58

STODDARD ASSISTIU à fita de Yates mais uma vez, junto comigo. Durava apenas oito minutos, embora esse tempo parecesse uma eternidade na época.

— Obrigado, Bernice. Eu precisava assistir à fita novamente.

É verdade, a familiaridade é o caminho para o esquecimento. Enquanto a fita permanecesse um mistério para mim, eu especularia sobre seu conteúdo. Assim que se tornasse familiar, perderia seu mistério e eu poderia arquivá-la, quem sabe até junto com o próprio evento em si, nas profundezas da minha mente, fora do caminho da vida rotineira.

Mas não era por isso que eu estava assistindo à fita. Queria averiguar se Yates realmente tinha confessado. O fato é que isso não ocorrera. Quando Hyman, que Deus o abençoe, diz: "Conta a verdade pra mim!", a resposta de Yates é: "Ela sabia demais, aquela piranha." Em seguida, ele acrescenta: "Ela não tinha nada que ter estragado tudo. Não precisava ter se deixado dominar pela ambição." Não era exatamente uma admissão incontestável. E adquirira um novo significado agora. Charlotte King *estava* sendo promíscua — dormindo com Kevin Layden. Obviamente, as impressões digitais de Smalls no assento do vaso sanitário do dr. Stern acabaram incriminando Yates por aquele homicídio, mas não era uma prova direta de sua participação no assassinato de Charlotte.

Não compartilhei meus pensamentos sombrios com a promotora Stoddard. Ela ainda estava preocupada comigo.

— Depois de tudo o que aconteceu com você, sou a favor de qualquer coisa que o ajude a superar o trauma.

— Muito obrigado, Bernice. — O agradecimento tampouco foi da boca para fora.

CAPÍTULO 59

A RESIDÊNCIA DE LISA LAYDEN ficava em uma linda rua, a poucos metros da parte oeste do Central Park, uma área que permanece igual há cento e vinte anos, exceto pelos automóveis. Eu estava sentado com ela na sala, um ambiente escuro com painéis de madeira imponentes, pé-direito de cinco metros e cornijas floreadas, esculpidas por artesãos que há muito haviam falecido. Ela continuava alegre e educada, tal como eu me lembrava dela em função das inúmeras comemorações natalinas da defensoria no decorrer dos anos, e dos vários jantares naquele ambiente vitoriano que eles chamavam de lar.

Ela crescera em uma mansão luxuosa no subúrbio, tão agradável e de terreno tão vasto que lembrava o campo; depois, freqüentou um colégio particular tão agradável e de terreno tão vasto que lembrava uma universidade; e, mais tarde, ingressou em uma faculdade tão agradável e de terreno tão vasto que lhe deixou um sabor de anticlímax. Foi quando ela encontrou um sujeito que era diferente, porém inteligente, alto e de boa aparência. Apaixonou-se pelo rapaz, embora sua forma de pensar parecesse indicar que ele não ganharia rios de dinheiro, tal como os antepassados dela.

Felizmente, quando você tem rios de dinheiro, pode se casar com alguém desprovido em termos de grana, desde que essa pessoa seja inteligente e tenha princípios. Foi o que ela fez. E foram felizes até Charlotte King aparecer.

— Você já se deu conta de tudo? — perguntou-me ela.

O olhar que Lisa me dirigia era bastante desafiador. Por trás daquele comportamento educado e controlado havia uma vontade de ferro. Não creio que Layden tenha percebido isso quando imprudentemente se deixou levar pelo mundo doentio de Charlotte King. Naquele momento, Lisa não sabia ao certo de que lado eu estava, e a quem eu seria leal. Não podia culpá-la.

Peguei a tabela original de distribuição dos jurados. Parecia ser uma boa maneira de começar. Prova material.

Mas eu não precisava convencê-la.

— Olhe, eu o expulsei de casa. Sabe por quê?

Baixou a vista e respirou fundo. Não era do tipo que se desmanchava em lágrimas.

— Charlotte King me enviou uma fita de vídeo. Em novembro. Uma fita muito bem-feita. Afinal de contas, ela trabalhava com espionagem. — Deu uma risada amarga. — Aquela mulher sabia o que estava fazendo.

Eu não entendi muito bem o que quis dizer. Ela explicou:

— Satisfez as vontades de meu marido. Em câmera lenta.

Então Layden *de fato* conhecera Charlotte King. Em todos os sentidos da palavra. O maravilhoso pai de família sucumbira à tentação. Pensei naquela manhã de dezembro no gabinete, depois de eu ter pegado o caso de Damon no libelo — Layden fingindo que não sabia nada sobre Charlotte King, Layden me dizendo que Lisa acabara de expulsá-lo de casa.

Reconcentrei-me na conversa com Lisa, embora minha cabeça estivesse dando voltas.

— Lamento, Lisa. Lamento que tenha tido de assistir a algo assim.

— Eu não lamento. Ia acontecer mais cedo ou mais tarde. Por isso, não mantenho nenhuma ilusão.

Ela ficou com a voz um pouco embargada, mas manteve o controle.

— Arch, o que você quer?

— Quero informações. Quero saber quem matou Charlotte King. Foi Smalls, trabalhando para Yates, ou foi o seu marido? Ou foi você? O que Kevin lhe disse, Lisa? Preciso saber.

Ela meneou a cabeça.

— Não posso responder às suas perguntas. Não vou me defender, tampouco vou meter Kevin em problemas. Ele já tem muito com que se preocupar.

Ao observar essa dama de ferro, soube que não matara Charlotte King. Ela fora criada de forma a acreditar em punições, não em vingança. Preferiria expulsar o marido a matar a amante dele. De repente, eu me dei conta da cronologia dos fatos. Lisa não o expulsara por causa da aventura amorosa. No início de dezembro, ela já havia tomado conhecimento do relacionamento. Assistira à fita mais de uma vez. Não, Lisa o expulsou porque temeu que Layden tivesse *matado* Charlotte King, e *isso* realmente a assustou.

— Então o que houve? Kevin foi lá e matou Charlotte, a fim de lhe provar que ainda era o amor da vida dele? Você teme que isso tenha acontecido, não é verdade? Que você o tenha levado a cometer o crime. Sente-se culpada. É por isso que não o entregou? Apesar de ele ter confessado tudo a você?

Olhou-me fixamente, ainda desafiadora, como se fosse uma vítima de tortura com informações que não podia revelar.

— Não tem medo dele? — perguntei.

— Não.

— Por que não?

— Porque ele não me odeia. Layden a odiava. Ele a odiava porque ela acabou com a vida dele. Charlotte King lhe custou algo que ele ama mais do que a si mesmo: os três filhos. Não fui eu quem fez isso com ele. Apenas reagi. E poderia tê-lo aceitado de volta, se... — Preferiu não completar a sentença. *Era* mesmo durona. E não iria entregar o marido.

— Arch, não faça nada. Está bem? Vou dizer para ele ir embora. E ele irá. Nunca mais vamos vê-lo. Por favor, Arch. Por favor. Simplesmente deixe-o ir.

Ela me levou à porta, para se despedir. Inclinou-se e me deu um beijo. Pela primeira vez seus olhos estavam banhados em lágrimas.

— Alguma mulher vai ter a sorte de conviver com você.

Lisa não tivera sorte. Ela e a família haviam sido pegas pela máquina demolidora Charlotte King.

CAPÍTULO 60

NA MANHÃ SEGUINTE, cheguei cedo ao trabalho. Estava sentado à escrivaninha, pensando nos Layden, em Charlotte King e Damon Tucker quando Kevin Layden entrou em meu gabinete e fechou a porta. Acomodou o físico longilíneo na cadeira de plástico, no lado oposto de minha escrivaninha.

— Arch, estou indo embora. Pedi demissão.

Não esbocei qualquer reação. Aquilo não me surpreendeu.

Ele estava fugindo, a conselho da esposa. Não havia uma alternativa melhor — na verdade, não restava outra opção. Naquele momento eu era seu maior obstáculo, embora não acreditasse que Layden tivesse se dado conta disso ainda.

— Para onde vai?

— Vou para o interior. Preciso pensar, escrever um livro. Deixar a tristeza para trás.

— Junto com as crianças.

Estava tentando demonstrar coragem.

— Lisa está dificultando as coisas para mim, eu...

— Ela não quer que os filhos convivam com um assassino, não é mesmo?

— Do que diabos está falando?

Ele se inclinou na cadeira e apoiou a cabeça nas mãos. Após alguns momentos, ergueu os olhos, a boca bem aberta, de forma estranha, contorcendo-se em um espasmo de agonia.

— Não sou má pessoa.

— O Kevin que eu conhecia havia dez anos, que defendia com zelo qualquer indivíduo cujo processo passasse pela defensoria, esse Kevin não era má pessoa. O que aconteceu com ele? Bem, acho que tudo começou no dia em que ele se sentou ao lado de Charlotte King na tribuna da sala de audiência do juiz Amron.

Kevin enrubesceu e comprimiu os lábios.

— Em um dos processos que estava examinando, aquele, do *Batson*, eu me deparei com uma tabela de seleção de júri, no formato padrão. Dezesseis células, oito sobre oito, uma para cada assento. Você se sentou ao lado de Charlotte King; ela, na cadeira cinco, e você, na quatro, na parte central da fila de trás. Tenho certeza de que estiveram juntos ao menos uma hora. Não se lembra disso?

Layden me olhava e escutava, mal respirando.

Prossegui:

— Isso me fez pensar. Seria realmente possível que você não se lembrasse dela, dois meses depois? Então assisti novamente à fita de Yates, especialmente o trecho antes de Hyman matá-lo. Na verdade, ele nunca admitiu de fato que matou Charlotte King.

Layden me encarava, esperando.

— Continue, Arch.

— Isso porque ele não a matou. Mas, depois que ela foi assassinada, ele teve de matar o dr. Stern. Enquanto Charlotte estava viva, Yates tinha tudo sob controle. Sabia que ela estava fazendo análise, mas tinha consciência de que o dinheiro a mantinha satisfeita, pagando pelo maldito psicanalista, na verdade duzentos dólares por hora. O psicanalista não iria violar a sagrada relação médico-paciente, a menos que achasse que *Charlotte* estava a ponto de matar alguém, o que não era o caso. Então, quando Charlotte foi assassinada, tudo mudou. Yates se deu conta de que o dr. Stern poderia falar com as autoridades. Teve de neutralizá-lo.

Fiz uma breve pausa, deixando-o absorver aquilo tudo.

— Você é muito criativo, não é verdade, Arch?

— Você a matou. Eliminou-a porque ela destruiu sua vida, mandando aquela fita explícita para a sua esposa. Lisa, a linda herdeira, alegre e educada, não gostou nem um pouco. Ameaçou expulsá-lo imediatamente. Uma semana depois, Charlotte estava morta. A partir de então, sua mulher passou a suspeitar de você, não é? Ela temeu tê-lo levado a fazer isso. Para provar seu amor a ela, mais uma vez. Por isso você contou a Lisa, Kevin. Distorceu tudo e chegou à conclusão de que matar Charlotte poderia reunir sua família.

Layden estava meneando a cabeça.

— Você não pode provar nada. Tudo isso é circunstancial. Ela disse "foi um negro" antes de falecer. Isso não me inclui, inclui?

— Sabe o que penso? Ela não disse "foi um negro", e sim "foi um erro". Ter se metido com Yates. Um grande erro tê-lo chantageado. Ela pensou que *Yates* a matara. Quando estava lá na calçada, sangrando até a morte, não imaginava que tivesse sido você. Isso o faz se sentir melhor?

— Nada disso constitui prova suficiente, e sabe disso. Lisa *jamais* vai depor. Na qualidade de cônjuge, vai alegar conflito de interesses.

— E a fita?

— Ela a destruiu.

— E se eu depuser?

— A respeito do quê? Eu não admiti coisa alguma.

— A respeito do fato de que sua esposa me disse que **você confessou** a ela.

— Testemunho indireto, em ambos os casos. Inadmissível.

Ele tinha razão. Nenhum juiz iria permitir que eu me sentasse no banco das testemunhas e afirmasse que Lisa Layden me contara que o marido dissera a ela...

Nós dois conhecíamos as normas de apresentação de provas.

— Tudo o que pode ser comprovado é que tive um caso com ela, que encobri. Só isso.

Após um breve silêncio, falei:

— Por quê, Kevin? Por que arriscou tudo em troca de um pouco de diversão com Charlotte King?

Olhou-me fixamente com aqueles olhos amedrontados dele.

— Arch, quando você chega aos cinquenta, alguma coisa acontece. Você se dá conta de que... é só isso, a vida é assim. Não há mais ilusões, não há mais fantasias. Não há mais alternativas.

Sua voz ficou entrecortada. Prosseguiu:

— De certa forma, isso é bom. Meus filhos, eles são a melhor parte disso tudo. Mas há também o lado ruim. Minha esposa...

Ele parecia um espectro. A voz soava distante.

— Não restava muita paixão em meu casamento, Arch. Eu já tinha me conformado com isso.

Sua voz adquiriu um tom desesperado. Queria que eu entendesse algo que nunca entenderia.

— Você não pode imaginar a sensação que tive ao conhecer Charlotte na tribuna da sala de audiência do juiz Amron. Era uma criatura sedutora e brilhante. Eu me deixei dominar pela cobiça e estupidez. Acabei me envolvendo com ela.

Assenti. Ele continuou:

— Ela parecia estar tão encantada comigo, desde o momento em que me conheceu. Eu era puro aos olhos dela, um verdadeiro paladino da justiça. Nós nos sentamos na tribuna, por uma hora mais ou menos. Em seguida, fomos dispensados e saímos juntos. Fomos almoçar. Foi assim que tudo começou.

Fez uma pausa. Já perdera o costume de falar sobre algo importante com quem quer que fosse; não o fazia desde que sua vida desmoronara. Agora prosseguia às cegas, forçando-se a falar.

— Charlotte chegou à conclusão de que eu era o homem certo para ela. Queria que eu abandonasse minha esposa e me casasse com ela. Fiquei chocado. Nem por um instante sequer pensei em abandonar minha família. Vivo para os meus filhos, você sabe disso, Arch.

Lágrimas rolavam por sua face, indo parar em sua barba.

— Disse não a ela. Isso provocou uma mudança em Charlotte. Não tinha me dado conta de que ela era má pessoa, e quando descobri já era tarde demais. Resolveu acabar com a minha vida. Mandou para Lisa aquela fita comigo e com ela... juntos.

De repente, levantou-se, e com um gesto violento correu a mão pela estante, derrubando objetos por toda parte. Algumas coisas quebraram.

— Está gravando isto? Mais uma para os arquivos de Gold? — Aproximou-se da mesa, então titubeou por um instante e sentou-se.

— Não, não estou.

— Minha mulher queria me expulsar quando viu aquela fita. Você sabe, era ela quem tinha dinheiro. Comprou aquela linda casa, construída em 1876, na qual morávamos. Descobrir que o seu marido teve um caso, uma amante, é uma coisa; assistir a tudo em uma fita, em câmera lenta, é outra. Ela não conseguiu me perdoar, tampouco pôde esquecer. E Charlotte King sabia exatamente que efeito isso teria. Planejou com perfeição. Sabia perfeitamente como minha esposa iria reagir, tinha consciência de que, com a fita em mãos, Lisa entraria com uma ação de divórcio e ganharia guarda total das crianças. Charlotte não tinha dúvidas de que eu ficaria arrasado por não estar com meus filhos. E estava certa.

— Só não imaginou que você iria arrasar a vida dela também. — Fiz uma pausa; eu estava ficando mais bravo. — Como se sentiu ao discutir a defesa de Damon comigo, naquela manhã em que voltou ao trabalho depois de tê-la matado? Disse que eu devia me concentrar no reconhecimento, e que eu jamais ia encontrar o verdadeiro assassino.

Observou-me em silêncio.

— Nunca imaginou que alguém seria preso, não é? Meu Deus, você deve ter levado um susto quanto cheguei ao gabinete, falando de Damon Tucker. E, para complicar tudo, o pior que podia acontecer aconteceu: Leventhal faleceu e Stoddard assumiu. O que sentiu, sr. Defensor-Chefe, ao ver Damon condenado à morte pelo crime que você havia cometido?

Nenhuma resposta.

— Você sabia que ela teve um caso com o Yates ou soube por mim?

— Descobri da maneira mais desagradável possível. A própria Charlotte me contou tudo quando tentei acabar com a nossa relação. Ela ficou furiosa, de um jeito que eu nunca tinha visto antes. Disse para mim que quando ela colocava as garras em alguém, essa pessoa nunca se via livre dela. Contou-me todos os detalhes do que sabia sobre Yates. Era tão doentia. Gostava de jogar perigosamente com ele. Ela me disse isso no final. Foi assim que eu me dei conta de que ela ia acabar comigo.

— Sabe por que ela se apaixonou por você, Kevin? É o oposto de Yates. Para ele tudo se resumia ao poder, sem regras nem princípios. Houve época em que você era a moral em pessoa.

— E agora, o que sou?

— É um maldito assassino, tentando escapar ileso, isso é o que você é.

— Não sou má pessoa, Arch. Durante toda a minha vida, agi de forma correta. Até ela chegar e acabar comigo.

— Agora vai me matar?

Não respondeu.

— Você se esforçou ao máximo para me tirar dessa confusão, não foi, Kevin? E para jogar toda a culpa em Yates. Aquela fita que eu fiz salvou *você*, não é mesmo? Por algum tempo, as coisas pareceram estar caminhando na direção certa, não? Você estava escapando ileso de um assassinato, e Damon tinha sido solto. Quase um final feliz.

— Se você não tivesse continuado a bisbilhotar, nós não íamos precisar daquela fita, íamos?

— Não existe mais "nós". Só um de nós estava disposto a ficar de braços cruzados enquanto um homem inocente enfrentava a pena de morte.

Ele olhou-me friamente.

— E o disquete, Kevin? O que me diz? Você o tomou de Goodman, conforme lhe pedi. Mas nao o levou para a promotoria, levou?

Ficou com ele? Ou resolveu destruí-lo? Tenho certeza de que você pegou um disquete vazio, criou um arquivo chamado Yates, com aquela frase "Nem sei por onde começar" e o entregou à promotoria. Esperava que eles achassem que era o disquete original. Não podia correr o risco de entregar o verdadeiro. Nenhum de nós sabe o que está naquele disquete, não é? Pode conter denúncias contra você. Interessante, não? Escutar toda a história do meu ponto de vista, e depois poder rever todas as provas que eu lhe indiquei antes de decidir se eram úteis para você ou não? Imagino que tenha chegado à conclusão de que não havia problemas com a fita, já que incriminava Yates, mas o disquete... era um risco grande demais.

Ele me ouvia atentamente. Havia mais a dizer:

— Eu me lembrei de duas coisas diferentes que você disse quando soubemos que Stoddard pediria a pena capital para Damon. Eram pequenos indícios, mas não me dei conta deles na época. Primeiro, você comentou: *"Por que Leventhal não esperou alguns meses antes de enfartar? A decisão sobre quem vai ser executado nesta comarca depende supostamente de quando o coração de um velhinho deixa de funcionar?"* Pense nisso por alguns instantes. Por que faria diferença *a época* em que faleceu Leventhal se *alguém*, um de nossos inúmeros clientes, iria enfrentar a pena de morte de qualquer forma? Por que você, no comando da defensoria, se importaria *com quem seria indicado?* Por uma única razão. Sabia que Damon era inocente. Queria que fossem atrás de um dos nossos típicos clientes culpados. Você ficou arrasado, considerando tudo a que tinha se dedicado durante sua carreira, por eles terem escolhido uma pessoa *inocente*. Claro, o fato de você ser o assassino dificultou um pouco mais as coisas. Até que ponto, não sei. Você parecia estar lidando muito bem com a situação.

— Você tem uma memória e tanto — murmurou ele.

— Na véspera do Natal, quando você comentou não estar convivendo com seus filhos, disse: *"Deixar de vê-los, escutar alguém dizer que não os verá crescer, ser totalmente afastado; a sensação é de estar morrendo."* Para você, não se tratava apenas da sensação de estar morrendo. Tratava-se de um motivo para matar. Pena que acabou colocando Damon no corredor da morte, sr. Defensor Público.

— Você vai tentar me entregar?

— Ainda não sei o que vou fazer.

Já representei tantas pessoas culpadas. Até mesmo algumas maquiavélicas. Nunca julguei ninguém. Sempre me concentrei em fazer o meu trabalho. Qual era a minha função agora? Layden não era um cliente. Não fora pego, tampouco fora acusado de cometer um crime. Era meu amigo, o que poderia ou não fazer diferença.

Uma mulher diabólica fora assassinada. Um homem inocente fora solto. Um sujeito perverso, um assassino, também fora morto, depois de quase ter me matado. Um outro homicida recebera sentença de vinte e cinco anos à perpétua. Então os mocinhos quase venceram. Exceto o mocinho principal, um cara que eu admirara durante quase toda a minha vida adulta — afinal, ele era o mocinho ou o bandido? Pobre Layden. Meteu-se em algo que nunca chegou a entender. Deixou-se levar pela tentação, e toda a sua vida desmoronou. Nunca mais verá os filhos, que são o que ele mais ama na vida, mais até do que a si mesmo. Esse amor, essa perda, alimentou o ódio que fez dele um assassino.

LAYDEN SE RETIROU sem dizer uma só palavra. Não o impedi.

Ele tinha razão. Era um caso fraco. Sem mais provas, talvez não fosse possível sequer acusá-lo.

Mas provavelmente havia outras provas por aí. Ninguém podia afirmar com certeza. Tive de lutar contra toda a lealdade, os anos de amizade, o pesar que eu sentia em virtude de seu infortúnio. Por fim, a parte que não pude perdoar foi Layden estar disposto a deixar Damon ser executado, a fim de salvar a própria pele.

Peguei o telefone e liguei para Stoddard.

EPÍLOGO

STODDARD CONSEGUIU REUNIR muitas provas contra Layden. Ligações via celular. E-mails. Presentes. Testemunhas. O recepcionista do turno da manhã do Tribeca Grand lembrava-se de tê-los visto se hospedarem regularmente no hotel, durante o dia. Charlotte debitava o pagamento dos quartos na conta de despesas da Yates & Associados. Então havia deixado um rastro eletrônico. Yates teria se orgulhado.

Talvez Kevin tenha acompanhado tudo. Talvez tenha lido as notícias publicadas nos jornais a respeito do crime. Mais de um comentarista mencionou a ironia da obrigação de servir como júri ter deixado um rastro de lesões corporais e homicídios.

Eles encontraram o corpo dele em uma cabana em Vermont, lá onde Judas perdeu as botas. Estava morto, mas o laptop ainda estava funcionando, rodando um programa na tentativa de decifrar o tal disquete bloqueado.

Layden cortara os pulsos e sangrara até a morte. Sei que foi um grande alívio para ele. Posso imaginar a euforia apaziguante, a libertação do inferno que ele criara para si mesmo na terra. Rezo por Kevin Layden diariamente.

Kathy Dupont voltou para seja lá qual fosse sua cidadezinha natal, na Carolina do Sul. Antes, dormiu comigo, o que foi bom à beça. Eu teria tomado conta dela se ela tivesse ficado aqui, mas Kathy não confiava em minhas intenções a longo prazo. Mulher esperta.

Twersky mudou da água para o vinho, depois do tiroteio. Ele abandonou para sempre as atividades criminosas. Ainda me liga, em busca de trabalho. Sempre que aparece, eu o convido para almoçar. Na última vez que averigüei, ele estava trabalhando como taxista. Twersky salvou a minha vida, e evitei que ele passasse décadas preso. Nós tínhamos uma dívida muito grande um com o outro. Mantemos uma relação agradável.

Stephens continua a lutar contra a pena capital, em todo o país. O movimento tem recebido certo impulso ultimamente, em parte em decorrência do caso de Damon.

Damon voltou a freqüentar a universidade em horário integral. Diz que quer ser um advogado de defesa criminalista. Talvez algum dia venha a trabalhar comigo.

A promotora Stoddard não ganhou as eleições gerais daquele ano.

O governador anunciou a criação de uma comissão de inquérito, a fim de investigar a condenação equivocada de Damon Tucker. No Natal do ano 2000, ele ordenou a suspensão de todas as execuções no Estado de Nova York.

Eu estava à cabeceira de Hyman Rose quando ele faleceu. Certifiquei-me de que não estivesse sentindo dores. Disse-lhe que ele havia sido um bom homem. Derramamos algumas lágrimas juntos, eu e aquele agenciador durão que salvara a minha vida. Pude me despedir dele.

Ontem à noite conversei com o meu pai. Contei-lhe toda a história. Pude vê-lo nitidamente, de madrugada, em meu sonho; estava apenas um pouco mais velho.

Disse-me: "Rapaz, você fez o que era certo."

Quando acordei, pela primeira vez em meses eu estava sorrindo. Vão me devolver a licença para advogar no outono. Estou pronto para o próximo caso.

AGRADECIMENTOS

GOSTARIA DE AGRADECER, em primeiro lugar, à minha agente, Amy Rennert. A sorte exerce um papel importante em qualquer romance inicial, e tive a sorte de tê-la como agente. Serei eternamente grato por sua enorme dedicação, seu discernimento e seu bom humor.

Carolyn Marino é uma ótima editora, a qual, com seu grande talento e experiência, contribuiu para melhorar a qualidade do livro. Agradeço também à sua assistente, Jennifer Civiletto.

Manifesto minha gratidão a John Cohlan e David Sand, amigos queridos e leitores muito pacientes, que me apoiaram desde o início.

Desejo ainda destacar as contribuições dos seguintes leitores: Neil Altman, Linda Biagi, Nina Bjornsson, Dena Fischer, Emily Heilbrun, Jim Heilbrun, Margaret Heilbrun, Pat Holt, Jimmy Nicholson, Tony Rudel, Julia Serebrinsky e, acima de tudo, de minha esposa, Laura Buonomo.

Por fim, sou profundamente grato à minha mãe, Carolyn Heilbrun, que sempre me aconselhou a não correr atrás do dinheiro e a me dedicar àquilo de que eu gostava. Os romances policiais escritos por ela, sob o pseudônimo de Amanda Cross, levaram-me a pensar que, talvez um dia, também poderia escrever.

Impresso no Brasil pelo
Sistema Cameron da Divisão Gráfica da
DISTRIBUIDORA RECORD DE SERVIÇOS DE IMPRENSA S.A.
Rua Argentina 171 – Rio de Janeiro, RJ – 20921-380 – Tel.: 2585-2000